Das Buch

Die Geschichte der »Heilerin von Canterbury« ist Krimi, historischer Roman und Lovestory zugleich, angesiedelt im Canterbury der Rosenkriege (1455 bis 1485). Die heilkundige Kathryn Swinbrooke ist, im Gegensatz zu manch anderer Figur in diesem Roman, nicht historisch verbürgt. Doch die Geschichtsschreibung berichtet von einer ganzen Anzahl von Frauen, die als ihre Schwestern im Geiste gelten könnten: Mathilda von Westminster etwa, die im Jahre 1322 den besten medizinischen Ruf in London genoß. Zwar war die Welt der Medizin im Mittelalter von Männern dominiert, doch taten sich immer wieder Frauen durch außergewöhnliches Wissen in der Heilkunst hervor. So auch die willensstarke Protagonistin dieses Romans, die sich noch dazu ohne Ehemann durchs mittelalterliche Leben schlägt: Kein Wunder also, daß man sie zu Rate zieht, um die mysteriösen Giftmorde an Pilgern, die aus allen Teilen Englands zum Schrein des heiligen Thomas Beckett gekommen sind, aufzuklären. Der Mörder ist allem Anschein nach ein Mann und verfügt sowohl über detaillierte Kenntnisse als auch einen reichen Vorrat an verschiedenen, kostbaren Gütern. Und nur Kathryn hat das Wissen, um ihn zur Strecke zu bringen. Denn ihren kühlen Kopf läßt sie sich so schnell nicht verdrehen, auch nicht von dem rauhbeinigen Iren, der sie im Dienste der Krone bei ihren Recherchen unterstützen soll…

Die Autorin

Die englische Historikerin Celia L. Grace beschäftigte sich schon in ihrer Dissertation mit dem Thema »Frauen und medizinische Berufe im Mittelalter«. In ihrem ersten Roman »Die Heilerin von Canterbury« kombiniert sie historische Fakten mit einer hochspannenden Kriminalgeschichte. Sie lebt mit ihrer Familie in Devonshire.

CELIA L. GRACE

DIE HEILERIN VON CANTERBURY

Roman

Aus dem Englischen
von Marion Balkenhol

WILHELM HEYNE VERLAG
MÜNCHEN

HEYNE ALLGEMEINE REIHE
Nr. 01/9738

6. Auflage

Wilhelm Heyne Verlag GmbH & Co. KG, München
Printed in Germany 1998
Umschlaggestaltung: Atelier Ingrid Schütz, München
unter Verwendung eines Gemäldes von
Pieter Neeffs dem Älteren »Interior of a Church«, 1640
Johnny van Haeften Gallery, London
Satz: Compusatz, München
Druck und Bindung: Elsnerdruck, Berlin

ISBN 3-453-09261-9

Dieser Roman ist dem verstorbenen Gelehrten Dr. William Ury gewidmet, der mit leidenschaftlichem Eifer die Geschichte des mittelalterlichen Canterbury erforscht hat. Mein Dank gilt auch Dr. Urys Tochter, Mrs. Elizabeth Wheatley, die mir freundlicherweise Zugang zu den Aufzeichnungen ihres Vaters über das mittelalterliche Canterbury gewährte. Fehler, gleich welcher Art, habe allein ich zu verantworten, nicht der große Gelehrte.

Titel der Originalausgabe
A SHRINE OF MURDERS
Erschienen bei St. Martin's Press, New York

Daß abends lange dort im Gasthof an
Wohl eine Schar von neunundzwanzig Mann
Verschiedenen Volks, durch Zufall nur gesellt;
Auf Pilgerfahrt war aller Sinn gestellt,
Nach Canterbury reisen wollten alle.

Die Canterbury-Erzählungen von Chaucer, »Der Prolog«

»Im Mittelalter gab es Ärztinnen, die auch in Kriegswirren und während großer Epidemien unbeirrt weiter praktizierten, wie sie es immer schon getan hatten, einfach weil man sie brauchte.«

Kate Campbellton Hurd-Mead, »Geschichte der Frauen in der Medizin«, London, The Haddam Press, 1938, S. 306.

Bemerkungen des Autors

Die Geschichte ist mit ebensovielen Irrtümern wie Tatsachen gespickt. Man geht im allgemeinen davon aus, daß Frauen im Mittelalter nur eine unbedeutende Rolle spielten, daß ihre Stellung sich erst in den nachfolgenden Jahrhunderten allmählich verbesserte. Das ist allerdings falsch. Ein berühmter englischer Historiker hat bereits darauf hingewiesen, daß Frauen um 1300 mehr Rechte besaßen als um 1900. Und bei Chaucer wird die »Frau aus Bath« als eine Frau beschrieben, die sich in einer vornehmlich von Männern bestimmten Welt durchsetzte, durch ganz Europa zu den großen Heiligtümern reiste und als gewiefte Geschäftsfrau stets bereit war, lautstark für das »schwache« Geschlecht einzutreten.

Im vorliegenden Roman vermischt sich Erdachtes mit Tatsachen, und das dem Titel vorangestellte Zitat faßt in wenigen Worten zusammen, wie wichtig Frauen als Ärztinnen, Heilerinnen und Apothekerinnen waren. Zugegeben, die Person der Kathryn Swinbrooke ist frei erfunden. Doch immerhin war es eine Frau, Mathilda von Westminster, die im Jahre 1322 den besten medizinischen Ruf in ganz London genoß; Cecily von Oxford war Leibärztin von Edward III und seiner Frau Philippa von Hainault; in der Arbeit von Gerard von Cremona (die in diesem Roman erwähnt wird) werden Frauen im Mittelalter ausführlich als Ärztinnen beschrieben. Speziell in England, wo die medizinischen Fakultäten an den beiden Universitäten Oxford und Cambridge relativ schwach besetzt waren, arbeiteten Frauen als Ärztinnen und Apothekerinnen, in Berufen also, zu denen ihnen erst in späteren Jahrhunderten der Zugang verweigert wurde.

Geschichte verläuft nicht linear, sondern häufig in Zyklen; eine Behauptung, die zumindest für die Medizin im Mittelalter ihre Gültigkeit hat. Es gab zwar damals wie heute Scharlatane, die versuchten, mit sogenannten Wunderheilmitteln »schnelles Geld« zu machen, aber die Ärzte im Mittelalter besaßen ein erstaunliches Können, vor allem, was die Diagnose betrifft. Einige Arzneien aus jener Zeit, die später als unwirksam abgetan wurden, werden heute in Europa und Amerika wieder mit großem Erfolg in der Alternativmedizin verwendet.

HISTORISCHE PERSÖNLICHKEITEN, DIE IM TEXT ERWÄHNT WERDEN:

Im Jahre 1471 erreichten die »Rosenkriege«* zwischen den Häusern Lancaster und York ihren Höhepunkt in den Schlachten bei Barnet und Tewkesbury. Das Ergebnis war die völlige Vernichtung des Hauses Lancaster; das Haus York kam an die Macht.

EDWARD IV, König aus dem Hause York 1461–1470; 1471–1483.
ELIZABETH WOODVILLE, Gemahlin Edwards IV.
GEORGE, Herzog von Clarence, Bruder Edwards IV.
RICHARD, Herzog von Gloucester, der jüngere Bruder Edwards IV.

HEINRICH VI, König aus dem Hause Lancaster, wurde 1471 im Tower ermordet.
MARGARETE VON ANJOU, genannt die »Wölfin«, Gemahlin Heinrichs VI und wichtigste Vertreterin des Hauses Lancaster.
BEAUFORT, Herzog von Somerset, Hauptbefehlshaber von Margarete von Anjou (und, wenn man Gerüchten Glauben schenken will, der Geliebte der Königin).
LORD WENLOCK, General des Hauses Lancaster.
RICHARD NEVILLE, Graf von Warwick, General des Hauses Lancaster, mit dem Spitznamen »Königsmacher«.

---

* Dynastenkriege (1455–1485) zwischen den Häusern Lancaster (rote Rose im Wappen) und York (weiße Rose im Wappen) um die englische Krone.

THOMAS FALCONBERG, General des Hauses Lancaster. Er war der letzte, der nach dem Sieg des Hauses York bei Tewkesbury dem Feind noch Widerstand leistete und versuchte, London zu halten.

EDWARD, Sohn von Margarete von Anjou, wurde bei Tewkesbury getötet.

HEINRICH IV, 1399–1413, König von England.

JOHN WYCLIF, englischer Kirchenreformer im letzten Viertel des vierzehnten Jahrhunderts.

NICHOLAS FAUNTE, Bürgermeister von Canterbury und leidenschaftlicher Anhänger des Hauses Lancaster.

THOMAS BECKET, Erzbischof von Canterbury. Geriet mit Heinrich II (1154–1189) über die Rechte der Kirche aneinander und wurde von Heinrich ergebenen Rittern in Canterbury ermordet.

GEOFFREY CHAUCER (ca. 1340–1400), Dichter, Diplomat und Höfling. Der berühmteste englische Dichter des Mittelalters und Verfasser der *Canterbury-Erzählungen.*

DIE WICHTIGSTEN STRASSEN IN CANTERBURY, UM 1471.

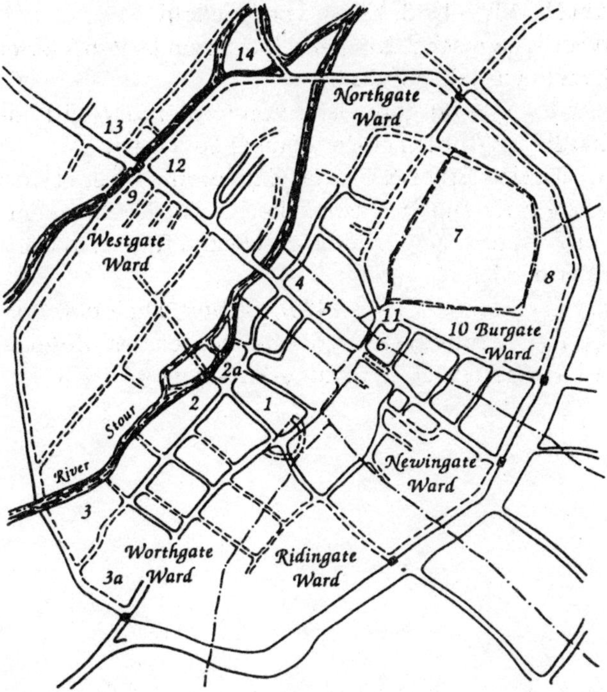

1	= **Ottemelle Lane**	*7*	= **Christchurch Cathedral Buildings**
2	= **Hethenman Lane**	*8*	= **Queningate**
2a	= **Poor Priests' Hospital**	*9*	= **Holy Cross Church**
3	= **St. Mildred's Church**	*10*	= **Burgate**
3a	= **Canterbury Castle**	*11*	= **Buttermarket/Bullstake**
4	= **High Street**	*12*	= **Westgate**
5	= **Guildhall**	*13*	= **Fastolf Inn**
6	= **The Mercery**	*14*	= **Kingsmead**

Prolog

Hexenmeister und Zauberer kündeten eine Zeit des Mordens an. Die Schreiber unter den Mönchen hockten in ihren feuchten Zellen, tunkten Federkiele in Tintenfässer aus Horn und schrieben die Chronik ihrer Zeit nieder, in der sie fein säuberlich alle Verbrechen verzeichneten: Mord und Totschlag, Treuebruch und Landesverrat. Die guten Mönche glaubten in der Tat, das Böse würde obsiegen. Gerüchten zufolge habe schließlich der Geisterbeschwörer John Marshall am Vorabend zu Allerheiligen sieben Pfund Wachs und zwei Ellen Tuch zu einem verlassenen Herrenhaus außerhalb von Maidstone getragen und dort grobe Puppen angefertigt, die den König, die Königin und alle großen Adligen des Landes darstellten. Marshall habe sie alle in Blut getränkt, mit Dolchen zerstochen und über einem lodernen Feuer geröstet. Tief in den Wäldern außerhalb Canterburys warfen sich andere Zauberer lange Tierfelle mit riesigen Schwänzen über; sie schwärzten ihre Gesichter und riefen Herodias, die Königin der Hexen, um Hilfe an. Wieder andere Hexenmeister, so schreiben die Chronisten, brachten der Königin der Nacht Blutopfer und beschworen die Ghouls. Seltsame Dinge wurden beobachtet: Scharen von Hexen flogen in dunkler Nacht durch die Lüfte und führten stumme Leichenkolonnen zu Teufelsmessen.

Gerüchte dieser Art drangen sogar nach Canterbury. Ein Mann mit einem Totenschädel und einem Buch voller Zauberformeln wurde beim Westtor festgenommen, und jenseits der Stadtgrenzen fuhr man einer Frau, die ihren Mann umgebracht hatte, mit Peitschenhieben über den Mund und schlug ihr eine Eisenspitze in den Kopf; doch als sie begraben war, zuckte ihre sterbliche Hülle noch immer. Das Frühjahr wich allmählich dem Sommer, und damit stellten sich weitere Übel ein. Das teuflische Schweißfieber brach aus, dessen Opfer schon nach wenigen Stunden starben: ob im Schlafen, im Gehen, ob beim Fasten oder Essen. Die Krankheit begann immer mit Schmerzen im Kopf, die dann auf das Herz übergriffen; ein Heilmittel gab es nicht. Alle möglichen Arzneien waren ausprobiert worden: das Horn eines Einhorns, Drachenwasser und Engelwurz. Man sprach Gebete, brachte Reliquien herbei, flehte den Himmel um Hilfe an, aber der Tod schritt unbeirrt durch die stinkenden, engen Gassen und Straßen von Canterbury. Auf der Jagd nach Opfern blickte sein Totenschädel gierig grinsend durch die Fenster, seine knochigen Finger klopften an Türen oder klapperten mit den Fensterflügeln.

Dann endlich kam der Sommer. Das Schweißfieber verschwand, nicht aber Gewalt und Blutrausch. Man hörte, daß Menschen auf merkwürdige Art gestorben waren, von mysteriösen Todesfällen unter denjenigen, die in Scharen nach Canterbury zogen, um die Hilfe des Heiligen Thomas Becket zu erflehen, dessen zerschlagener Leichnam mit gespaltenem Schädel unter Goldplatten vor dem Hochaltar der Kathedrale von Canterbury lag. Natürlich ignorierten die Lebenden die Toten, und zunächst blieben die Morde unbeachtet. Immerhin war es Sommer geworden. Die Straßen waren trocken, das Gras stand hoch und saftig, das Wasser war süß und frisch. Eine Zeit für Reisen und Besuche bei Freunden. Man traf sich unter Obstbäumen, schlürfte kühlen Wein oder leerte Krüge des während der Wintermonate selbstgebrauten Ales. Man sprach über die blutrünstigen Prophezeiungen, die Fehler der Höherstehenden und vor allem über den erbitterten Bürgerkrieg, der zwischen den Häusern York und Lancaster tobte.

Im Westen saß die Wolfskönigin Margarete von Anjou mit ihren Generälen zusammen und heckte Pläne aus, wie sie den Thron für ihren geisteskranken Mann, König Heinrich IV, und für ihren Sohn, ihren Goldjungen Edward, an sich reißen könnte. Von ihren Feinden wurde sie verspottet. Es hieß, ihr Mann sei so heilig, er habe weder den Verstand noch die Mittel, einen Erben zu zeugen, und der junge Prinz sei ein Sproß ihrer heimlichen Liebe zu Beaufort, Herzog von Somerset. In London traf sich Edward aus dem Hause York mit seiner silberhaarigen Gemahlin Elisabeth Woodville und seinen kriegshungrigen Brüdern Clarence und Gloucester im Geheimkabinett des Königs in Westminster und schmiedete raffinierte Pläne gegen die Absichten der Wölfin. Sie besuchten dreimal täglich die Messe, sangen Frühmette und Vesper und hatten dabei nichts anderes im Sinn, als Margarete, ihren Mann und das gesamte Haus Lancaster zu vernichten. Wahrlich, es war eine Zeit des Mordens, und denjenigen, die sich daran erinnern konnten, fielen die düsteren Zeilen Chaucers ein, in denen es hieß:

»Der lächelnde Schurke, das Messer im Mantel versteckt;
Brennende Scheunen, das Haus von Ruß schwarz bedeckt.
Verrat und Leichen, im Bett ermordet gefunden,
Der offene Kampf, die blutenden Wunden.«

Ein paar Wochen später saß Robert Clerkenwell, ein Arzt aus Aldgate in London, unweit der Lagerhäuser im Zentrum von Canterbury in der Schenke »Zum Schachbrett« und schwafelte eifrig über die Vorteile eines solchen Krieges. Robert war reich; das Heilmittel, das er während des Schweißfiebers verkauft hatte, Rosenwasser mit Honig, hatte den meisten seiner Patienten zwar kaum geholfen, aber es hatte dem guten Arzt eine Börse voll klingender

Gold- und Silbermünzen eingebracht. Robert blickte zufrieden auf ein erfolgreiches Jahr zurück.

»Der Herr hat's gegeben, der Herr hat's genommen«, pflegte er fromm vor sich hin zu murmeln, wenn er seinen Lohn einstrich und seine Patienten dem sicheren Tod überließ.

Nachdem es nun Sommer geworden war, hatte Robert beschlossen, einen angenehmen Ritt nach Canterbury zu unternehmen, um an Beckets Grab Gott dem Herrn für seine Gnade zu danken. Die Reise war ohne Zwischenfälle verlaufen, er hatte die Ruhe der lieblichen Landschaft genossen. Es war, als hielte das Land den Atem an, während Könige und Prinzen sich auf den Kampf vorbereiteten. Clerkenwell war seit drei Tagen in Canterbury; zweimal war er in der Kathedrale gewesen, hatte in den Garküchen und Schenken der Stadt gut gegessen, hatte sogar für die Dienste einer hübschen Dirne bezahlt, die ihm oben, in der geräumigsten Kammer der Taverne, ganz nach seinen Wünschen gefällig war. Morgen würde er abreisen; seine Reisetaschen waren gepackt, und der gute Arzt hatte gerade seine letzte Mahlzeit in Canterbury zu sich genommen, seine letzte Mahlzeit überhaupt: eine saftige, goldbraun gebratene Wachtel, die auf der Zunge zerging, frisches Gemüse und klaren Weißwein, der in den geräumigen Kellern des Wirtshauses gekühlt wurde. Jetzt lehnte sich Robert zurück, rülpste leicht und strahlte seine Tischgenossen an, die rechts und links von ihm im Schankraum saßen.

»Ihr werdet noch an meine Worte denken«, sagte er, kniff die verwegenen Lippen zusammen und tätschelte sich den umfangreichen Bauch. »Königin Margarete wird siegen: Sie hat starke Bretonen im Gefolge, und Somerset und Wenlock sind fähige Generäle. Edward von York wird es schwer haben, wenn er behalten will, was er sich genommen hat.«

Clerkenwell stierte mit seinen wasserblauen Augen in die Runde, aber die anderen Pilger waren wohl zu müde oder zu betrunken und reagierten nicht auf seine Worte. Hinzu kam, daß ihr Tischgenosse, der Arzt, knauserig war. Sie alle hatten gehofft, daß er noch vor Ende des Abends den Wirt bitten würde, ein neues Weinfaß anzuzapfen oder zumindest noch mehr Fleischplatten oder Früchte zu bringen, die er mit seinen immer noch hungrigen und weniger begüterten Tischgenossen teilen würde. Der Arzt schmatzte laut und schaute sich um. Er nahm seinen Becher, schwenkte umständlich die Hefe, die sich auf dem Grund abgesetzt hatte, und leerte ihn in einem Zug. Mit starrem Blick beugte er sich nach vorn.

»Mehr Wein! In drei Teufels Namen! Wo steckt denn dieser Bursche?«

Ein Diener mit von Essenresten und Weinflecken übersäter Schürze eilte herbei. Die verfilzten Haare hingen ihm ins Gesicht, so daß man ihn nicht erkennen konnte.

»Du bist nicht der Kerl, der mich beim letzten Mal bedient hat!« schrie der Arzt ihn an. »Teufel noch eins, ich will mehr Wein!«

Der Diener nickte, nahm den Becher und eilte davon. Kurz darauf kehrte er mit dem randvollen, überschwappenden Kelch zurück und stellte ihn vorsichtig vor dem Arzt auf den Tisch. Die anderen Pilger warfen sich vielsagende Blicke zu, und einige wurden unruhig. Allem Anschein nach würde der Arzt sich nicht als ihr Wohltäter erweisen. Robert schlürfte den Weißwein und genoß das kühle Naß auf der Zunge und im Rachen. Er nahm noch einen Schluck, leckte sich die Lippen, nicht ahnend, daß jetzt ein tödliches Gift in seinen Bauch drang, das wie ein Pfeil auf sein Herz und seinen Verstand zielte. Der Arzt stutzte; er fühlte sich unwohl, sein Magen verkrampfte sich, sein Herz begann zu flattern, sein Atem kam in kurzen Stößen. Er stand auf, riß verzweifelt an seinem

Kragen. Sein ganzer Körper schmerzte nun, als würden unsichtbare Flammen an ihm lecken. Die anderen Pilger sahen mit unverhohlenem Entsetzen und offenen Mündern zu, wie diesem redseligen Arzt die Augen aus dem Kopf traten, wie sein Gesicht hellrot anlief, wie er nach Luft schnappte, würgte und um sein Leben rang, bevor er tot umfiel.

Mit Clerkenwell in Canterbury starben auch seine Prophezeiungen über den Krieg bei Tewkesbury im Westen des Landes. Der Kampf hatte den ganzen Tag gedauert, und Edward von York war als Sieger daraus hervorgegangen. Das Heer des Hauses Lancaster war geschlagen, und die Rotröcke der Königin Margarete und des Herzogs von Somerset verließen fluchtartig das blutgetränkte Schlachtfeld. Sie hetzten vorbei an der Tewkesbury Abbey über die Weiden und suchten verzweifelt nach einer Furt oder Brücke über den Severn. Die Yorkisten in ihrem Rücken heulten wie die Wölfe, denn sie hatten unter den wehenden blauen Bannern mit der Goldenen Sonne von York oder dem Roten Wilden Eber von Richard, Herzog von Gloucester und Bruder des Königs, die Verfolgung aufgenommen. Fluchend und schimpfend drängten die Lancastertreuen in den Fluß. Im Nu sammelten sich Leichen an den Untiefen, und die Lebenden stapften in der Hoffnung auf ein Entkommen über sie hinweg. Sie waren umzingelt von ihren Mördern, die unter lautem Gejohle mit ihren Speeren zustießen oder mit Schwert, Knüttel oder Streitkolben um sich schlugen und niemanden ausließen, bis sich die seichten Flußstellen und das Röhricht vom ausströmenden Blut hellrot färbten.

Colum Murtagh stand auf der Kuppe eines Hügels und beobachtete das Massaker. Er wendete seinen Fuchs, nahm seinen Helm ab und warf ihn zu Boden, wobei er lautstark den Schweiß verfluchte, der seine dunklen Haare durchtränkte und ihm in die Augen lief, so daß er kaum noch etwas sehen konnte. Er hielt sich wohlweislich von den Kämpfen fern. Er trug ein Lederwams, war mit Schwert und Dolch nur leicht bewaffnet, und es gehörte, deo gratias, nicht zu seinen Aufgaben zu töten. Der König hatte Wert darauf gelegt. Er und die anderen königlichen Boten sollten jederzeit bereit sein, Befehle zwischen den verschiedenen Kampfschauplätzen hin und her zu befördern, und, falls der Feind geschlagen würde, herausfinden, wohin seine Anführer fliehen würden. Murtagh starrte auf den Fluß, der im Sonnenlicht glänzte, und klopfte leicht den Hals seines Pferdes.

»Da sterben sie, die Armen«, murmelte er. »Die armen, ausgebeuteten Bürger!« Er blickte prüfend auf das Gemenge und versuchte, Banner, Farben und Livreen der adligen Vasallen von Lancaster auszumachen, aber er konnte nichts erkennen. Er wandte sich um und blickte zurück auf die große Abteikirche. »Wo sind Somerset und die anderen?« Er strengte seine grünen, katzengleichen Augen an und versuchte, die verschiedenen Bewegungen auf den gewundenen Landstraßen zu unterscheiden. Plötzlich wurde seine Aufmerksamkeit auf Farbtupfer gelenkt, die er aus dem Augenwinkel wahrgenommen hatte. Ja, jetzt sah er sie: Es war eine kleine Gruppe von Reitern, die weder Banner noch Vasallentracht trugen, sich ihrer Helme und Waffen entledigt hatten und jetzt über das Gelände der Abteikirche auf und davon ritten. Jeder andere Spion hätte sie als eine Gruppe gewöhnlicher Ritter abgetan, die ihr Heil in der Flucht suchten, aber Murtagh kannte sich mit Pferden aus, und diese hier gehörten zu den besten. Er wendete sein eigenes Reittier und trieb es hügelabwärts auf eine Gruppe von York-Befehlshabern zu, die sich an einer kleinen Kreuzung um ihren goldgelockten König geschart hatten. Sie wandten sich dem Reiter zu, der in wildem Galopp auf sie zustürmte. Murtagh sprang vom Pferd, fiel vor dem König auf die Knie und deutete auf die Hecken.

»Euer Majestät«, keuchte er, »die Befehlshaber Lancasters und ihre Gefolgsleute fliehen nach Westen, weg vom Fluß!«

Unter seinem mit einer Krone geschmückten Helm entspannten sich die Gesichtszüge Edwards von York, und er grinste breit. Er schnippte mit den Fingern und erteilte einem Bannerherrn seines Haushalts eine Reihe knapper Befehle, bevor er sich zu Murtagh umwandte und ihm auf die Schulter klopfte.

»Gut gemacht, Ire«, murmelte er. »Die Belohnung ist dein.«

Am späten Nachmittag fand das Morden am Fluß ein Ende. Die Befehlshaber der Lancastertreuen hatten kehrtgemacht, nachdem sie gesehen hatten, daß ihr Fluchtweg von den Yorkisten abgeschnitten war, und suchten im dunklen Kirchenschiff der Abtei von Tewkesbury ihr Heil. Aber es war, wie wir schon von den Chronisten wissen, eine Zeit des Mordens, und die York-Soldaten stürmten die Abtei. Die feierliche Stille der Kirche wurde gestört vom Klang der Schwerter, von den Rufen der Kämpfenden, von den Schreien und dem Stöhnen Verwundeter und Sterbender. Die Lancastertreuen drangen schließlich zum Hauptaltar vor, berührten ihn und beriefen sich auf den Schutz der Kirche. Der Abt erschien höchstpersönlich, das goldene Kreuz aus seinem Amtszimmer vor sich hertragend. Mit donnernder Stimme verkündete er die Exkommunizierung aller, die auf geheiligtem Boden Blut vergossen hätten.

Mit finsteren Mienen zogen sich die Yorkisten zurück, aber König Edward warnte den Abt: Entweder er liefere die Gefangenen aus, oder man werde die Abtei belagern. Schließlich kamen die Befehlshaber der Lancastertreuen heraus, abgehärmt, verwahrlost und über und über mit Wunden bedeckt. Sie baten nicht um Vergebung, denn sie wußten, daß sie ihnen ohnehin nicht gewährt würde. Richard von Gloucester, der leibliche Bruder des Königs, mit kleinem Buckel und borstigem Haar, wurde zu ihrem Richter bestellt. Er hielt direkt vor den Toren der Abtei ein Standgericht ab. Die Feinde des Königs wurden der Reihe nach vor ihn geführt und abgeurteilt, und bei Sonnenuntergang trieb man die Befehlshaber der Lancastertreuen zum Richtklotz auf einem provisorischen Schafott auf dem Marktplatz von Tewkesbury und schlug ihnen die Köpfe ab.

Colum Murtagh beobachtete die erste Exekution durch ein Fenster des Wirtshauses und wandte sich angeekelt ab. Seine Aufgabe war erfüllt. Es gab zwar noch mehr zu tun, aber weit entfernt vom Blutbad der Schlacht. Er steckte eine Hand in seine Reisetasche und fühlte die beiden Urkunden, die dort fein säuberlich zusammengefaltet lagen. Die erste ernannte ihn zum Aufseher über die königlichen Pferde auf den Weiden um Canterbury. Die zweite ermächtigte ihn, die abscheulichen Giftmorde zu untersuchen, die in der Stadt geschehen waren, und darüber Bericht zu erstatten. Murtagh legte sich wieder auf seine Bettstelle und versuchte, seine Ohren vor dem dumpfen Schlag des Henkerbeils zu verschließen. Er würde nach Canterbury gehen; er war vom Kriegsdienst befreit und vielleicht in Sicherheit vor den Bluthunden von Ulster und ihren ständigen Ränken gegen ihn.

Eins

»Was Euch fehlt, ist ein Mann.«

»Ich habe einen Mann. Ich bin verheiratet.« Zornig blickte Kathryn Swinbrooke in das runde, weiße Gesicht Thomasinas.

Diese wischte sich den Schweiß von der Stirn und betupfte ihre Pausbacken mit einem Tuch. Sie legte das Messer, mit dem sie die Hühner ausgenommen hatte, zwischen die Eingeweide auf den Tisch und blickte Kathryn mit wissendem Lächeln an.

»Ich kenne Euch nun schon, seit Ihr ein Dreikäsehoch wart, Herrin. Schön, Ihr seid verheiratet, aber Euer Gemahl ist fort, ab in den Krieg, und dieser gemeine Bastard wird nicht zurückkommen.« Sie schnaubte verächtlich.

»Ihr braucht einen Mann. Eine Frau ist erst dann glücklich, wenn sie einen Mann zwischen den Schenkeln hat. Ich muß es wissen; ich war schließlich dreimal verheiratet.«

Kathryn wandte sich mit einem Lächeln ab. Es war nicht leicht, sich einen Mann zwischen Thomasinas stämmigen Oberschenkeln vorzustellen.

»Sie müssen Panzerhemden getragen haben«, murmelte sie.

»Wie bitte?«

»Nichts, Thomasina.«

Kathryn faßte ihr langes schwarzes Haar mit den vereinzelten grauen Strähnen zusammen, steckte es unter ihre weiße Leinenhaube, und damit sie nicht verrutschte, zog sie das rote Band fest. Sie blickte sich in der mit Steinfliesen ausgelegten Küche um. Thomasina mußte schon früh aufgestanden sein, denn der Raum war bereits geschrubbt, der Fußboden blitzblank, die Tischplatte samtweich, nachdem viele Eimer heißen Wassers darübergeschüttet worden waren. Sogar der Rauchfang über der Feuerstelle glänzte, und der Bronzekessel und die Fleischhaken über der Feuerstelle schimmerten wie poliertes Gold. Kathryn seufzte, erhob sich und schlüpfte in ihre Sandalen. Sie hob den Saum ihres grünen Wollkleides, denn der Boden war immer noch etwas feucht, nachdem Thomasina ihn geschrubbt hatte.

»Zum Teufel nochmal!« entfuhr es Thomasina. Ihr war eingefallen, daß in dem kleinen Backofen neben der Feuerstelle noch Brot steckte. Sie watschelte mit einem hölzernen Brotschieber hinüber und rief lautstark nach Agnes, der jungen Magd.

Kathryn trat aus der halboffenen Tür ins Freie und stellte sich unter das hölzerne Vordach. Versonnen betrachtete sie den Garten. Den süßlichen Duft des Grases, die üppig wuchernden wilden Blumen und die sorgsam gepflegten Kräuterbeete hatte sie – ganz besonders an warmen Sommertagen wie diesem – einmal sehr geliebt. Im hellen Sonnenlicht verlor der Garten etwas von seiner bedrohlichen Aura. Gedankenverloren klopfte sie sich den Nacken. Ihr war warm in dem wollenen Leibrock und dem grünen, mit einer Kordel zusammengehaltenen Überkleid.

»Ihr seht aus wie eine Nonne«, brummte Thomasina. »Was würde wohl Euer Vater dazu sagen?«

»Vater ist tot«, entgegnete Kathryn. »Kalt, begraben unter den Steinplatten von Saint Mildred.«

Sie blinzelte und starrte in den Garten. Sie vermißte ihn noch immer. Seit sechs Monaten war er tot, seine Seele war bereits durchs Fegefeuer gegangen. Er hatte Kathryn, seinem einzigen Kind, sein schreckliches Geheimnis hinterlassen. Sie konnte es immer noch kaum fassen. Vielleicht würde sie mit der Zeit vergessen, wenn diese verdammten

Briefe nicht mehr kämen. Kathryn griff in ihre Börse und zog ein Stück gelbes Pergament hervor, das am Abend zuvor unter der Tür durchgeschoben worden war. Es war abgegriffen, zerfleddert und schmutzig. Sie las die hingekritzelte Botschaft: »Wo ist Alexander Wyville? Wo ist Euer Gemahl? Mord ist ein Verbrechen, und Verbrecher kommen an den Strang!« Neben die Worte war in groben Umrissen ein Schafott gezeichnet. Beim Anblick der grob als Frau mit langen Haaren skizzierten Figur, die an dem Blutgerüst baumelte, gefror Kathryn das Blut in den Adern. »Schweigen ist Gold«, hieß es in der Botschaft weiter. »Und das Gold ist auf Goodmans Grab auf dem Friedhof von Saint Mildred zu hinterlassen.«

Kathryn rollte das Pergament zusammen und steckte es wieder in ihre Börse. Nach dem Tode ihres Vaters hatte sie bereits zwei ähnliche Botschaften erhalten und fragte sich verzweifelt, wer dieser ominöse Schreiber war und wie er etwas vom Geheimnis ihres Vaters erfahren hatte. Bis jetzt hatte sie noch kein Geld gezahlt, aber die anonymen Briefe wurden immer bedrohlicher. Als Thomasina plötzlich neben ihr stand, fuhr sie zusammen.

»Herrin, wir müssen gehen.«

Kathryn kehrte wieder in die Wirklichkeit zurück. Sie hörte die Glocken der Kathedrale, die mit ihrem lauten Dröhnen die helleren Glocken anderer Kirchen übertönten. Der Ratsherr hatte sie für die Mittagszeit vorgeladen. Sie ging zurück in die Küche und schaute in die Ecke neben der Tür zur Vorratskammer, in der die Stundenkerze stand. Langsam ließ sie den Blick nach oben wandern. Ja, der zehnte Kreis war inzwischen erreicht. Kathryn warf der Kerze einen verärgerten Blick zu, weil sie ihre Zeit fraß, vielleicht sogar ihre Freiheit, vielleicht sogar ihr Leben. Nervös schluckte sie. Was wollte der Ratsherr von ihr? Fragen stellen? Die Vorladung mit dem offiziellen Siegel der Stadt Canterbury war sehr knapp gehalten. Sie solle sich am Mittwoch um zwölf beim Ratsherrn im Rathaus einfinden.

»Was wollen die von mir?« murmelte sie vor sich hin.

»Das weiß der Himmel, Herrin«, heulte Thomasina hinter ihr auf. »Aber Ihr kennt ja die Ratsversammlung, diese faule Bande von Bastarden. Man sollte doch meinen, sie hätten genug andere Dinge im Kopf. Immerhin ist der Bürgermeister unserer Stadt des Verrats angeklagt. Es heißt, er habe sich irgendwo versteckt. Der Rest der Ratsversammlung wird die Hosen voll haben, denn schließlich haben sie die Lancastertreuen unterstützt, und Goldjunge Edward hat ihre Hoffnungen zunichte gemacht.«

Kathryn nickte und lehnte sich gegen den Türpfosten. Thomasina hatte recht; sie konnte es nicht verstehen. Die Großen der Ratsversammlung von Canterbury hatten das Haus Lancaster unterstützt: Nicholas Faunte, der Bürgermeister von Canterbury, hatte sogar Falconberg, dem General der Lancastertreuen, der London verteidigte, Soldaten zu Hilfe geschickt. Jetzt war alles verloren. Edward von York hatte die Lancastertreuen bei Barnet geschlagen und war dann nach Westen marschiert, um Margarete, ihre Königin, bei Tewkesbury gefangenzunehmen. Nicholas Faunte wurde öffentlich des Verrats beschuldigt, auf seinen Kopf war ein Preis ausgesetzt, und die Stadt befürchtete nun, ihre Freiheiten zu verlieren. Warum also beschäftigte sich der Oberste Ratsherr ausgerechnet mit ihr? Sie hatten doch gewiß genug damit zu tun, das Kriegsende zu bewältigen.

Thomasina ging um ihre Herrin herum, baute sich breitbeinig vor ihr auf und blickte prüfend in ihr ernstes Gesicht. Sie starrte Kathryn finster an, um die Woge des Mitleids zu verbergen, die sie bei ihrem Anblick überkam. Kathryn war nicht gerade eine Schönheit in der Blüte ihrer Jahre; unter dem tiefschwarzen Haar war ihre Miene zuweilen viel zu ernst, die grauen Augen zu hart, die olivfarbene Haut stets fahl, die Nase zu hakenförmig; und diese Lippen, die einst gelächelt und bissige Bemerkungen über die Welt geformt hatten, waren seit dem Tode ihres Vaters viel zu fest verschlossen.

»Herrin,« wiederholte Thomasina, »wir müssen gehen!« Sie reichte Kathryn den dunkelblauen Umhang, ihren besten, mit einer weiten, von Grauwerk gesäumten Kapuze. »Wir müssen noch im Krankenhaus vorbeischauen, und Ihr dürft nicht zu spät kommen. Vielleicht braucht Ihr den Schutz der Ratsversammlung noch einmal.«

Kathryn nickte gedankenverloren, legte den Umhang auf den Tisch und ging den Korridor entlang zu ihrer Kammer. Sie mußte prüfen, ob alles gesichert war, ob die Kästen mit den Kräutern und Mixturen angekettet und mit Vorhängeschlössern versehen waren. Sie konnte es sich nicht leisten, daß jemand bei ihr einbrach und einen Trank stahl, an dem er am Ende starb, wie es Hawisa, der Frau eines Pilgers, passiert war, die dumm genug gewesen war, einen Trank aus Lorbeerrosendestillat zu sich zu nehmen, nur weil sie schöner werden wollte. Sie starb, und keiner konnte ihr helfen. Kathryn blickte sich prüfend in der Kammer um. Hier vermißte sie ihren Vater am meisten, hier zwischen seinen Horoskopkarten, den Schüsseln, dem Dreifuß, dem Zuschneidebrett, den Messern, Nadeln und den Flaschen mit Tinkturen.

»Du warst ein guter Arzt«, murmelte sie, doch die Stille in der leeren Kammer war wie blanker Hohn. »Alles in Ordnung«, stellte sie gereizt fest, als würde der Raum selbst sie ärgern. Kathryn stellte die Mixturen, die sie zubereitet hatte, in einen geflochtenen Weidenkorb und schloß die Tür, drehte den Schlüssel herum und ließ ihn in ihre Börse gleiten. Sie fuhr zusammen, als plötzlich heftig an der Haustür geklopft wurde. Thomasina war hinten in der Spülküche.

»Ich gehe schon«, rief Kathryn.

Sie ging den mit Steinplatten ausgelegten Korridor hinunter, durch die Diele, vorbei an dem großen, offenen Laden, in dem ihr Mann Alexander früher seine Gewürze, Kräuter und Heilpflanzen verkauft hatte. Sie seufzte beim Anblick der verstaubten Regale, der Spinnweben zwischen den Tiegeln, Gläsern und Flaschen. Der Ladentisch war mit einer fingerdicken Staubschicht bedeckt. Sie hätte das Geschäft gern wieder in Gang gebracht und den Handel ihres Mannes fortgeführt. Aber sie spürte, daß es da eine Schranke gab. Nicht nur Geldmangel, sondern eine eiserne Kette versperrte ihr diesen Weg; denn wenn sie es tat, würde sie sich zur Komplizin ihres Vaters machen und wäre irgendwie mitschuldig an seinem furchtbaren Geheimnis. Wieder klopfte es an der Tür, und laute Kinderstimmen ertönten.

»Mistress Swinbrooke! Mistress Swinbrooke!«

Kathryn blickte durch das Guckloch in der Tür und sah die schmutzverkrusteten Gesichter von Edith und Eadwig, den Zwillingstöchtern von Fulke, dem Gerber, der ein paar Häuser weiter in der Ottemelle Lane wohnte. Kathryn war versucht, den beiden nicht zu öffnen, doch nach einem weiteren Blick auf die blassen Gesichter schob sie die Türriegel zurück. Die Zwillinge stürmten ohne Aufforderung herein.

»Mistress Swinbrooke! Mistress Swinbrooke!«

Kathryn ging in die Hocke und hielt die beiden am Arm fest. Mitleid überkam sie, als sie spürte, wie dünn die Kinder waren.

»Was ist los?« fragte sie.

»Vater! Er hat Häute bearbeitet und sich dabei den Arm verbrannt!«

»Wartet hier!« Kathryn stand auf. »Nein, kommt doch lieber mit.«

Sie ging in die Küche zurück, wo Thomasina gerade den Brotkorb hochzog, um die frisch gebackenen Laibe vor naschhaften Mäusen zu schützen. Kathryn setzte die Kinder an den Tisch.

»Behaltet eure Hände bei euch!« befahl Thomasina barsch und funkelte die Zwillinge verärgert an.

Sie befestigte die Kordel des Flaschenzugs an einem Wandhaken und wischte sich die Hände gründlich an der Schürze ab. Dann stellte sie sich hinter die Kinder und zwinkerte Kathryn heimlich zu.

»Ihr habt bestimmt Hunger, was?« rief sie.

Die beiden verwahrlosten Kinder sahen sie mit großen Augen an. Beim Duft des frischgebackenen Brotes lief ihnen das Wasser im Mund zusammen.

»Mit dem Vater ist bestimmt alles in Ordnung«, murmelte Thomasina und ging in die Speisekammer, um für die Kinder zwei Krüge mit Buttermilch zu füllen und einen Teller Marzipan zu richten. Kathryn ließ sie gewähren und ging wieder in ihre Kammer. Sie nahm das *Herbarium* von Apuleius vom Regal, das ihrem Vater gehört hatte, sowie das *Buch für Heilpraktiker* von Bald. Sie mußte die Ketten aufschließen, denn ihr Vater hatte die wertvollen Bücher immer mit einem Vorhängeschloß am Regal befestigt. Sie wußte, wie man Brandwunden behandelte, las aber, um sicherzugehen, immer noch einmal nach. Nachdem Kathryn sich von der richtigen Rezeption überzeugt hatte, gab sie zwei gehäufte Löffel voll Paste auf ein Stück Pergament und holte eine kleine Verbandsrolle aus einem Weidenkörbchen. Sie stellte alles wieder an seinen Platz, rollte die Paste sorgfältig in dem Pergament ein und ging zurück in die Küche, wo Edith und Eadwig sich mit Feuereifer über das Essen hergemacht hatten. Sie setzte sich ihnen gegenüber an den Tisch.

»Edith.«

Das kleine Mädchen blickte auf.

Kathryn schob das Päckchen mit der Salbe über den Tisch. »Sag deinem Vater, er soll die Brandwunde trocken halten, bis eine Blase entsteht. Wenn die Blase aufbricht, muß der Verband angelegt werden. Dann soll er die Salbe auftragen, und die Wunde wird heilen.«

»Was ist da drin?« fragte Edith mit einem piepsigen Stimmchen.

»Ein wenig zerstoßenes Moos, etwas Wein, Salz und Essig.«

»Und wie heilt es die Wunde?« forschte Eadwig nach.

»Das wissen wir nicht«, antwortete Kathryn. »Wir wissen nur, daß es heilt. Wenn die Wunde sauber und trocken gehalten wird, gibt es eine hübsche Narbe.«

Edith zog ein langes Gesicht.

»Nun kommt, Kinder«, drängte Thomasina. »Ihr müßt jetzt gehen!«

Kathryn ging in die Vorratskammer, um sich dort im Bleibecken die Hände zu waschen, während Thomasina die Kinder hinausscheuchte und der jungen Magd Anweisungen erteilte. Kathryn nahm ihren Umhang und die verzierte Brosche, auf der aus Rubinen und Saphiren die Worte geformt waren: »Hier weile ich bei einem geliebten Freund.« Kathryn hatte sie einst von ihrem Mann geschenkt bekommen. In Gedanken versunken steckte sie ihren Umhang damit fest. Thomasina beobachtete sie; unter ihrer rauhen Schale machte sie sich Sorgen um ihre Herrin. Kathryns Mann war in den Krieg gezogen und wie vom Erdboden verschwunden. Ob er weggelaufen war? fragte sich Thomasina. Oder war er getötet worden und lag jetzt irgendwo in einem Massengrab? Alexander war ein gutaussehender junger Mann gewesen, ein guter Apotheker, der eine ehrenhafte Verbindung mit der Tochter eines Arztes eingegangen war. Er war mit Kathryn nur sieben Monate verheiratet gewesen, als er fortging, um sich Fauntes Truppen in London anzuschließen.

Bis jetzt hatte Thomasina ihre Meinung für sich behalten, doch sie hatte sich gefragt, ob Alexander Wyville nicht zwei Seelen in sich vereinte: die des ehrenwerten Händlers und die des Betrunkenen, der seine Frau schlug. Thomasina hatte ihre Herrin oft schreien und weinen hören.

Einmal hatte sie sogar gesehen, wie Alexander bleich und mit wildem Blick durch den Korridor schlich. Der alte Arzt hatte es auch gewußt, war aber schon zu schwach, um sich einzumischen, so daß ihm nichts anderes übrigblieb, als sich zu grämen. Drei Monate, nachdem Alexander fortgegangen war, starb der alte Arzt. Thomasina hatte gehofft, die Lage würde sich bessern, aber ihre Herrin schien bedrückt, als hüte sie ein schreckliches Geheimnis.

Bei den Titten einer Fee! dachte sie. Warum kann sie sich nicht einfach zur Witwe erklären und wieder heiraten? Ich war dreimal verheiratet. Thomasina lächelte vor sich hin. Hätte einer ihrer Männer auch nur einen Finger gegen sie erhoben, sie hätte ihn versohlt.

»Thomasina, was gibt es zu lachen?«

»Ach, nichts, Herrin. Laßt uns gehen.«

Thomasina wandte sich um und rief Agnes Anordnungen zu. Dann ging sie den Korridor entlang und trat durch die Haustür in die Ottemelle Lane. Es war ein schöner Tag, und die Sonne brannte bereits auf den aufgetürmten Unrat; wegen der Unruhe in der Stadt waren die Mistsammler noch nicht unterwegs gewesen, so daß die Gossen und das Kopfsteinpflaster mit fauligen Abfällen und stinkendem Kot übersät waren. An der nächsten Straßenecke stand Rawnose, der Hausierer, mit einem Bauchladen, den er an einem roten Band um den Hals trug. Er rief sie zu sich. Seufzend ging Kathryn zu ihm hinüber. Sie mochte den Hausierer. Er war einmal bei ihrem Vater aufgetaucht und hatte ihn um Hilfe gebeten, weil seine Ohren genäht werden mußten, von denen man ihm ein Stückchen abgeschnitten hatte, nachdem er zum dritten Mal beim Stehlen erwischt worden war. Dessen ungeachtet, war Rawnose immer noch so geschwätzig wie eine Elster.

»Geht es Euch gut, Mistress? Wißt Ihr schon das Neueste?«

Kathryn schüttelte den Kopf. Rawnose war besser informiert als jede Flugschrift.

»Vor zwei Tagen wurde ein Arzt in der Kneipe ›Zum Schachbrett‹ tot aufgefunden, vergiftet. Der Bürgermeister Nicholas Faunte hält sich immer noch versteckt. Er ist vom König, der inzwischen in London ist, zum Verräter erklärt worden. Ach, und habt Ihr von der Hexe bei Rochester gehört?«

Kathryn lächelte.

»Starb und ließ ihre Leiche in die Haut eines Hirsches einnähen. Man legte sie in einen Steinsarg, stellte ihn in die Kirche und ließ fünfzig Psalmen darüber singen, aber der Teufel hat sie trotzdem geholt. Er hat den Sarg mit seinem Pferdefuß aufgebrochen, die Leiche der alten Hexe herausgerissen und sie mit Haken an seinem pechschwarzen Pferd befestigt.«

»Du sollst nicht alles glauben, was man dir erzählt«, unterbrach ihn Thomasina.

Rawnose starrte dreist auf Thomasinas pralle Brüste und ihre breiten Hüften, wobei er sich genüßlich die Lippen leckte.

»Kann ich dich auf ein Glas einladen, Thomasina?«

»Eher würde ich mit dem Teufel tanzen!«

Thomasina hakte sich bei Kathryn unter und führte sie durch eine enge Gasse, vorbei an den elenden Hütten der Armen. Kathryn stieg der Geruch von gekochtem Kohl in die Nase, und durch die offenen Türen konnte sie die Frauen in ihren groben Kleidern sehen, wie sie Wolle kardätschten und sponnen. Ein paar Ziegel in der Mitte der festgestampften Lehmfußböden markierten die Feuerstelle. Ein Haufen Lumpen in einer Ecke diente als gemeinsame Schlafstatt, der einzige Schmuck bestand aus einem grob behauenen Kruzifix. Kinder hockten zwischen Hundekot auf dem Boden und kauten auf schwarzem Brot herum, das mit Zwiebelsaft getränkt war. Kathryn wandte sich ab und sandte ein Stoßgebet zum Himmel. Krankheit und Seuchen würden kommen, und sie gab ihrem Vater, einem Schüler von John Gaddesden, recht, der immer behauptet hatte, daß Epidemien, Fieber und Krankheiten in diesem Dreck und Filz und bei der schlechten Nahrung einen guten Nährboden fanden. Sie bogen in die Hethenman Lane ein, die auf beiden Seiten von Verkaufsbuden gesäumt war. Hier stolzierten die einflußreichen Bürger einher: Männer in volantbesetzten Jacken und engen, bunten Kniehosen, Frauen, die ihre seidenen Unterkleider rafften, um sie nicht mit dem Unrat zu ihren Füßen zu beschmutzen. Witwe Gumple in strengem schwarzem Taft und weißer Haube rauschte erregt an ihnen vorüber. Als sie Kathryn erblickte, rümpfte sie verächtlich die Nase und zog die Mundwinkel herab. Kathryn lächelte sie freundlich an.

»Sie sieht aus«, zischte Thomasina, »als säße ihr ein Furz quer.«

Kathryn kicherte. »Thomasina, ein bißchen mehr Nächstenliebe, bitte.«

»Sie ist eine triefnasige Hexe«, wiederholte Thomasina, »der es nicht in den Kram paßt, daß Ihr als Heilkundige tätig seid und Euch nicht ihrem erlauchten Kreis von Heuchlern in der Sakristei von Saint Mildred anschließt.«

Thomasina blieb stehen und funkelte die Witwe Gumple an, die sich eilig entfernte.

»Sie ist eine Heuchlerin«, wiederholte sie. »Ich habe gehört, daß sie einem jungen Studenten schöne Augen macht, der mit Leichtigkeit bis über ihre Strumpfbänder vordringt.«

»Sch! Sch!« erwiderte Kathryn.

Sie gingen weiter und wären um ein Haar mit dem Rothaarigen zusammengeprallt, der zwischen den Buden hervorschlüpfte. Kathryn stöhnte leise und hoffte nur, daß der Marktlärm die meisten von Thomasinas deftigen Flüchen verschluckt hatte. Vor ihnen stand Goldere, der Schreiber, das aufgedunsene, pockennarbige Gesicht zu einer häßlichen Grimasse verzogen, die vermutlich ein Lächeln sein sollte. Mit seinen knochendürren, weißlichen Fingern strich er sich die dünnen roten Haare aus dem Gesicht. Mit seinen trüben Augen, der platten Nase und den verkniffenen Lippen erinnerte er Kathryn stets an ein verwahrlostes Kind. Sie fragte sich, ob mit seinen Körpersäften etwas nicht stimmte, denn es war rührend, wie er immer wieder versuchte, sich einen Bart und einen Schnäuzer wachsen zu lassen, und wie ihm stets nur ein weicher, flaumiger Milchbart wuchs, den eine Katze hätte abschlecken können, wie Thomasina immer behauptete.

»Mistress Kathryn«, sagte Goldere und lächelte sie einfältig an. »Ich freue mich so, Euch zu sehen. Seid Ihr wohlauf?«

»Wir haben' eilig«, sagte Thomasina laut.

»Guten Morgen, Master Goldere«, fügte Kathryn hinzu und versuchte, an ihm vorbeizukommen.

Der Schreiber ließ sich jedoch nicht so leicht abschütteln. Er heftete sich wie ein Schatten an jedermanns Fersen, und Kathryn bemühte sich, trotz des säuerlichen Geruchs, der von ihm ausging, nicht die Nase zu rümpfen.

»Ich möchte Euch aufsuchen, Mistress. Ich habe gewisse Beschwerden.«

»Es gibt andere Heiler, Master Goldere«, erwiderte Kathryn. »Ich bin Wundärztin und Apothekerin, nicht Euer Leibarzt.«

»Dann leistet Ihr mir vielleicht auf eine Suppe oder einen Happen zu essen Gesellschaft?«

»Master Goldere, ich bin eine verheiratete Frau!«

»Ach, und wie geht es Eurem Gemahl? Irgendwelche Nachrichten?«

Kathryn wandte sich ab. Ist Goldere der Absender der Botschaften? fragte sie sich.

»Es gibt da Gerüchte«, fuhr Goldere hinterhältig fort. »Warum tragt Ihr nicht den Namen Eures Mannes?«

Kathryn blieb stehen und funkelte ihn wütend an. Goldere trat nervös zurück.

»Master Schreiber«, flüsterte Kathryn heiser. »Ihr kennt die Gesetze. Mein Gemahl, Gott sei ihm gnädig, ist wahrscheinlich tot. Als seine Witwe kann ich auch unter meinem Mädchennamen sein Vermögen erben. Und nun, Sir, wünsche ich Euch noch einen schönen Tag!«

Sie rauschte davon, doch Thomasina trat an Goldere heran.

»Master Schreiber«, flüsterte sie.

»Ja«, schnarrte er. Vor dieser kleinen, aber gefährlichen Frau mit den stechenden braunen Augen in dem weißlichen, zu allem entschlossenen Gesicht hatte er Angst.

»Master Goldere. Seid Ihr sicher, daß Eure Gedärme in Ordnung sind?«

Der Schreiber wirbelte herum und fuhr sich mit der Hand an die Hose, die sich über sein Hinterteil spannte.

»Ich dachte nur«, fügte Thomasina hinzu. Mit einem strahlenden Lächeln folgte sie ihrer Herrin.

Sie folgten der Crimelende Street zum Krankenhaus für arme Priester, einem großen, zweistöckigen Gebäude. Pater Cuthbert, der Wächter, wartete in seiner kleinen, eichenholz-getäfelten Kammer auf sie. Er erhob sich und ergriff voll Wärme Kathryns Hand.

»Ihr seid früher da als erwartet, Mistress Swinbrooke.«

»Ich habe noch etwas anderes zu erledigen, Pater.«

»Dann kommt geschwind mit!«

Pater Cuthbert ging ihnen voran in das obere Stockwerk und betrat einen langen Saal mit poliertem Holzfußboden. An jeder Wand standen unter hohen Maßwerk-Fenstern, die mit buntem Glas gefüllt waren, aus Holz geschnitzte

Bettgestelle im rechten Winkel zur Wand. Die Wände unter dem hohen Ziegeldach waren gekalkt, was den Eindruck von Geräumigkeit und Kühle noch verstärkte. Kathryn war immer wieder erstaunt über die Sauberkeit, die hier herrschte. Die Strohmatratzen hingen an Stricken, die an den vier Bettpfosten befestigt waren, damit die Luft zirkulieren konnte und der Raum seinen Wohlgeruch behielt; die kranken, alten Priester lagen auf federgefüllten Unterlagen zwischen sauberen Laken und waren zugedeckt mit schweren grauen Steppdecken.

Kathryn nahm das Tuch von dem Korb, den Thomasina trug, und überreichte Pater Cuthbert ein kleines Glas.

»Das hier ist Saxifraga und Petersilie in Ale gekocht. Es wird Pater Dunstan mit seinem Blasenstein helfen. Und was ist mit Benedikt, leidet er noch immer an Durchfall?«

Der Priester nickte und mußte über den geschäftsmäßigen Ton Kathryns lächeln.

»Er soll weiterhin guten Haferschleim bekommen«, fuhr Kathryn fort, »und hiermit gefüttert werden.« Sie gab ihm ein zweites Glas.

»Was ist das?«

»Honig und Weizenmehl, gekocht in gesalzenem Fett mit etwas Bienenwachs. Das wird seinen Magen beruhigen.«

»Wieviel sind wir Euch schuldig?« murmelte Pater Cuthbert.

»Das Übliche. Ende des Monats wird Thomasina Euch wie immer die Rechnung bringen.« Kathryn lächelte. »Ich verspreche Euch, es wird nicht so viel sein. Ist sonst alles in Ordnung hier, Pater?«

Der Priester zuckte die Achseln und warf einen flüchtigen Blick auf Thomasina, die sich auffallend zurückhielt.

»Mistress Kathryn, der Tod ist unvermeidlich. Wir können nur die letzten Stunden etwas erleichtern.« Seine traurigen alten Augen betrachteten Kathryn. »Euch geht es gut, Mistress Swinbrooke?«

Kathryn sah den freundlichen Priester lange an. In seinem bescheidenen grauen Gewand erinnerte Cuthbert mit dem lustigen Gesicht und den sorgenvollen Augen immer an ein Mäuschen, das zwar die Freuden des Frühlings genießt, aber dennoch auf der Hut ist. Ob ich es ihm sagen soll? fragte sich Kathryn. Würde er mich von meiner Sünde lossprechen? Aber wie hätte sie beichten sollen? Wie hätte sie über einen Mord sprechen können, den sie nicht beweisen konnte? Und wie würden sie trotz des Beichtgeheimnisses nachher zueinander stehen? Sie biß sich auf die Lippen. Und was war mit ihrem Vater, den dieser Priester verehrt hatte? Pater Cuthbert war an das Sterbebett ihres Vaters gekommen und hatte seine Augen, seine Brauen, seinen Mund, die Hände und Füße mit heiligem Öl gesalbt. Cuthbert hatte ihm die Absolution erteilt und die heiligen Sakramente für diese letzte große Reise gegeben. Kathryns Augenlider zuckten, und sie wandte den Blick ab. Wußte der Priester Bescheid?

Auch Pater Cuthbert betrachtete Kathryn. Er spürte, wie traurig sie war, und wünschte sich, ihr helfen zu können. Aber wie? Er hatte sich zu ihrem Vater hinabgebeugt und seine letzten Worte gehört. Er hatte das Entsetzen in den Augen des Mannes gesehen und ihm Worte der Erlösung gewährt, ihn an die unendliche Gnade Gottes erinnert. Pater Cuthbert dachte daran, daß er den Arzt Swinbrooke jeden Morgen in der Messe gesehen hatte, und überlegte, wie er Mistress Kathryn das Geheimnis des Toten mitteilen konnte. Dazu hätte er das Beichtgeheimnis lüften müssen.

Der alte Priester kannte Kathryn von Kindesbeinen an, doch nun standen sie sich in diesem sonnendurchfluteten

Saal wie Fremde gegenüber. Sogar Thomasina, die der Priester einst geliebt hatte, schien distanzierter und zurückhaltender denn je.

»Ich muß gehen«, murmelte Kathryn abrupt. Der Priester geleitete sie hinaus.

Zwei

Als sie mit Thomasina das Krankenhaus verließ, bemerkte Kathryn, daß ihre alte Amme so still war wie immer, wenn sie bei Pater Cuthbert gewesen waren. Sie warf einen flüchtigen Blick zur Seite; Thomasina war scheu wie ein junges Ding und gab sich irgendwelchen Träumereien hin. Hatte Thomasina den Priester einmal geliebt? Liebte sie ihn noch?

Kathryn drückte Thomasinas Hand. »Eines Tages solltest du es ihm sagen«, murmelte sie.

»Was, Mistress?«

»Die Wahrheit!«

»Das habe ich schon einmal getan. Ich habe ihm gesagt, daß er wundervoll ist.« Thomasina räusperte sich, aber ihre Worte gingen im Lärm der Menge unter, als sie in die High Street einbogen, die von der mächtigen Kathedrale von Canterbury überragt wurde. Das Gedränge war hier noch dichter; Verkaufsstände säumten beide Seiten dieser Hauptdurchgangsstraße, die mit Karren, Pferden und natürlich mit ganzen Heerscharen von Pilgern vollgestopft war. Ein paar von ihnen waren allein unterwegs, andere in organisierten Gruppen. Einige trugen Alltagskleidung, andere das typische Pilgerhabit: einen flachen Hut mit Rand, einen grauen Umhang, Pilgertasche und in der Hand einen Stecken. Die meisten kamen aus den Städten und Dörfern in der Umgebung. Nur wenige waren professionelle Pilger, wie man an den Pilgermuscheln von St. Jacobus di Compostella, die sie an Hüten und Gewändern trugen, unschwer erkennen konnte, oder an der eingravierten Palme, die bedeutete, daß sie sogar schon in Jerusalem gewesen waren. Der Anblick von Menschen, die in Scharen auf das Gelände der Kathedrale strömten, um Beckets Grab zu besuchen, war nichts Ungewöhnliches. Was aber Kathryns Aufmerksamkeit erregte, waren die Bürger, die sich in ängstlichen Gruppen auf den Rathausstufen scharten.

»Wo die der Schuh drückt, muß man wohl nicht erst fragen«, murmelte Thomasina.

Kathryn nickte. »Jetzt merken die Ratsherren der Stadt, was es heißt, einen Krieg verloren zu haben«, erwiderte sie.

Sie deutete auf die Gruppen von Soldaten, von denen die meisten staubbedeckt waren, die Gesichter gezeichnet von Müdigkeit und Erschöpfung. Die Krieger Edwards von York, geradewegs von ihrer siegreichen Schlacht im Westen des Landes zurückgekehrt, konnten es kaum erwarten, diese mittlerweile in Ungnade gefallene Stadt die Autorität ihres Königs spüren zu lassen. Überall tauchte die Uniform der Yorkisten auf – Krieger, die die Weiße Rose oder den Roten Eber von Gloucester, dem Bruder des Königs, trugen. Viele Bürger der Stadt hatten zum Beweis ihrer Ergebenheit eilends in ihren Gärten weiße Rosen gepflückt und an ihre Filzhüte gesteckt. Ein paar Frauen aus der früheren Bürgerschaft trugen sie sogar im Haar. Als Kathryn und Thomasina die Stufen zum Rathaus emporstiegen, wurden sie von den herausströmenden königlichen Soldaten grob angerempelt. Die Männer trugen Kisten voller Dokumente heraus, während ein königlicher Herold eine Liste jener Bürger, die der König des Verrats beschuldigte, an die Rathaustür nagelte.

Kathryn und Thomasina traten in das muffige Dunkel des Gebäudes. Sofort wurden sie von einem königlichen Sergeanten angerufen, der unter dem rechten Auge einen häßlichen blauen Fleck und an der linken Hand eine eitrige Schnittwunde hatte.

»Was wollt Ihr hier?« fuhr er sie unfreundlich an.

Ein paar Soldaten vernahmen den Unterton in seiner Stimme und kamen näher, um sich den Spaß anzusehen.

»Ich bin Apothekerin«, antwortete Kathryn. »Ratsherr Newington hat mich herbeordert.« Sie schluckte, um ihre Nervosität zu verbergen. »Ihr seht müde aus«, fuhr sie fort, ergriff die Hand des Soldaten und drehte sie vorsichtig um, damit sie die Wunde prüfen konnte. Der Soldat war so verblüfft, daß er wie ein Kind antwortete.

»Es tut weh«, murmelte er.

»Es wird schlimmer werden«, entgegnete Kathryn. »Wenn sich die Wunde infiziert, werdet Ihr die Hand verlieren.«

»Was soll ich denn machen?«

»Reinigt die Wunde mit heißem Wasser. Gebt etwas Salz und einen Schuß Wein mit Essig hinzu. Das wird zwar furchtbar brennen, aber am Ende Eure Hand retten. Bedeckt die Wunde mit einem Verband, und wiederholt die Prozedur zweimal täglich.«

»Ist das Euer Ernst?« fragte er und riß Kathryn den Brief aus der Hand. Er hielt ihn falsch herum und tat so, als lese er ihn.

»Ich heiße Swinbrooke«, fuhr Kathryn fort, »und wohne in der Ottemelle Lane. Wenn Eure Hand in drei Tagen noch nicht verheilt ist, kommt zu mir.«

Der Soldat lächelte und entblößte sein lückenhaftes Gebiß. Seine matten Augen erwachten zu neuem Leben.

»Mach' ich doch glatt, Mistress.«

»Behalt' deine dreckigen Gedanken für dich!« unterbrach Thomasina. »Mistress Swinbrooke ist Apothekerin und Ärztin, nicht eine von denen, die hinter eurem Troß herziehen!«

Der Soldat warf Thomasina einen lüsternen Blick zu. »Sowas wie du gefällt mir«, neckte er.»Ich mag fette Weiber. Man kann sich so gut dran festhalten, wenn's hoch hergeht!«

»Ich habe mir schon größere Sachen aus der Nase geholt!« gab Thomasina gehässig zurück.

Der Soldat warf den Kopf zurück und brüllte vor Lachen. »Es gefällt mir, wenn sie frech sind«, erwiderte er.

»Oliver, sei vorsichtig!« rief einer seiner Kameraden. »Der Ire erwartet die beiden.«

Plötzlich ernüchtert, trat der Sergeant einen Schritt zurück. »Ich danke Euch, Mistress. Und jetzt beeilt Euch.«

Am Ende des Korridors, in dem sich aufgescheuchte Schreiber, verängstige Bürger und großmäulige Soldaten drängten, traf Kathryn den für ihr Stadtviertel zuständigen Ratsherrn, John Abchurch.

»Sir«, rief sie. »Könnt Ihr mir helfen?«

Der füllige kleine Mann wandte sich zu ihr um. »Mistress Swinbrooke. Natürlich. Ihr solltet Euch lieber nicht hier aufhalten.« Er zog seinen mit Wollstoff gefütterten Umhang fest um sich und schob sich näher heran. »Wir leben in bösen Zeiten. Daß der verdammte Faunte aber auch die Lancastertreuen unterstützen mußte.«

»Was soll nun werden?«

»Faunte wird entweder den Kopf oder die Eier verlieren. Wahrscheinlich beides, und die Stadt wird eine Geldstrafe zahlen müssen. Wir werden ...« Abchurch leckte sich die Lippen. »Was führt Euch her?«

»Ratsherr Newington hat mich zu sich gebeten.«

»Kommt!«

Eifrig darauf bedacht, dem Gedränge auszuweichen, führte Abchurch sie die Treppe hinauf, einen ruhigen, menschenleeren Korridor entlang und klopfte an eine große, eisenbewehrte Tür.

»Herein!«

Kathryn stieß die Tür auf, und Abchurch hoppelte wie ein Kaninchen davon. Der Raum dahinter war kühl und, da die Fensterläden geöffnet waren, von Sonnenlicht durchflutet, so daß Kathryn nach dem Dunkel im Korridor erst einmal blinzeln mußte. Kathryn erinnerte sich daran, daß sie vor Jahren einmal mit ihrem Vater hier gewesen war. In der Regel war der Raum voll mit geschäftigen Händlern, Ratsherren, Schreibern und anderen Vertretern der städtischen Ratsversammlung, aber heute war es hier seltsam still, und der Tisch im Hintergrund war leer.

»Hierher, Mistress Swinbrooke!« ertönte eine Stimme.

Kathryn sah zu der großen Feuerstelle hinüber. Dort saßen vier Männer. Ganz vorn ein alter, ehrwürdiger Mann; flüchtig nur nahm sie ein purpurnes Gewand mit kostbarem Pelzbesatz wahr. Neben ihm saß ein Schreiber. Auf der anderen Seite der Feuerstelle erkannte sie den Ratsherrn John Newington, grau und dünn wie eine Bohnenstange. Neben ihm saß ein junger Mann; Kathryn nahm langes schwarzes Haar, tiefliegende Augen und einen einfachen, flaschengrünen Umhang wahr, die Jacke und Gamaschen eines Soldaten. Alle vier erhoben sich, als sie sich ihnen zögernd näherte. Newington bedeutete ihr, sich auf einen Faltstuhl zu setzen; für Thomasina stand ein mit Stoff bezogener Hocker daneben.

»Mistress Kathryn, seid gegrüßt.«

Newington wirkte nervös, der kahle Schädel glänzte vor Schweiß, die Augen blickten wachsam, und das Gesicht war von Erschöpfung gezeichnet. Als Kaufmann von nicht geringem Stand war Newington der allgemeinen Säuberungswelle durch die Yorkisten in der Stadt wahrscheinlich entgangen, weil er sich, wie ihr Vater einmal trocken bemerkt hatte, nie entscheiden konnte, woher der Wind wehte, welcher Politik er folgen sollte. Kathryn lächelte ihn an, als er an seinem pelzbesetzten Gewand nestelte. Sie warf noch einen Blick auf den Soldaten neben Newington; er war häßlich, hatte ein längliches Gesicht mit dunklem Teint, das Kinn sprang aggressiv hervor, die Augen lagen tief in den Höhlen, die Nase war zu scharf gezogen und die Lippen ziemlich verkniffen und starr.

Ein verschlossener, schweigsamer Mann. Wäre Kathryn ihm in einer Gasse begegnet, wäre sie auf der Hut gewesen und hätte ihn für einen Gesetzlosen oder Geächteten gehalten.

»Mistress Swinbrooke?«

Kathryn wandte sich dem alten Mann zu und holte tief Luft, denn sie sah plötzlich, daß sein Gewand vollkommen purpurrot war. In der Abtei hatte sie ihn einmal in vollem Ornat gesehen. Kathryn machte schnell einen Knicks, um den Amethystring von Thomas Bouchier, Kardinal und Erzbischof von Canterbury, zu küssen. Sein breites, fleischiges Gesicht war eigentlich häßlich, aber seine Augen strahlten eine Jugendlichkeit aus, als wäre er über die Gesellschaft einer ansehnlichen Dame tatsächlich überglücklich.

»Schön, daß Ihr gekommen seid«, murmelte Bouchier mit tiefer, wohlklingender Stimme. Er zupfte an einem seiner fleischigen Ohrläppchen. »Habt keine Angst. Ich bin nicht wegen einer Exkommunizierung oder einer Befragung hierhergekommen.« Seine mit Altersflecken übersäte und von hervorstehenden Adern gezeichnete Hand war warm und beruhigend, als er Kathryn erneut berührte. »Ich habe Euren Vater gekannt, als ich Mönch war. Er war ein guter Arzt, der Herr möge seiner Seele gnädig sein!« Mit feierlichem Ernst blickte er Thomasina an. »Und du bist sicher die Magd von Mistress Swinbrooke? Und Kathryns Amme? Ich erinnere mich daran, daß er einmal von dir sprach.«

Thomasina lächelte einfältig und hielt ausnahmsweise einmal den Mund.

»Setzt Euch, bitte, setzt Euch«, sagte Newington und deutete nervös auf die Stühle.

Der kleine Mann neben dem Erzbischof kratzte sich mit tintenverschmierten Fingern an der Nase und blickte die beiden Frauen finster an.

»Ja, setzt Euch!« sagte er barsch. »Wollt Ihr eine Erfrischung?«

Kathryn schüttelte den Kopf und lächelte den ungehobelten Kerl an. Seiner verstaubten Robe und den tintenverschmierten Fingern, dem Schreibtablett und dem Tintenfaß aus Horn mit Federkielen, die auf einem kleinen Hocker neben ihm lagen, konnte Kathryn unschwer entnehmen, daß er einer der Schreiber des Erzbischofs war, vielleicht sogar sein Erster Schreiber. Ein unverheirateter Mann, der Frauen wahrscheinlich verabscheute und sich durch ihre Anwesenheit gestört fühlte.

»Schsch, Simon«, sagte der Erzbischof leise. »Nicht so grob. Wir sind auf die Hilfe von Mistress Swinbrooke angewiesen.«

Kathryn fiel ein Stein vom Herzen, als sie hörte, daß sie nicht hierhergekommen war, um Fragen nach ihrem Vater oder dem Verbleib ihres vermißten Mannes zu beantworten. Bouchier lehnte sich in seinem Stuhl zurück und blickte angestrengt zur Balkendecke empor, wobei er leicht mit dem Stuhl wippte und die Hände engelsgleich über seinem breiten Gürtel faltete. Sein Schreiber hingegen beugte sich vor, hatte die Hände ineinander verkrampft und starrte zu Boden, als wolle er Kathryns Anwesenheit schlicht ignorieren. Newington war sichtlich nervös, während sich der Soldat neben ihm halb schlafend auf seinem Sitz rekelte. Kathryn sah, daß er schmutzige Hände und ein verdrecktes Gesicht hatte und seine Stiefel und Gamaschen die Spuren einer langen Reise trugen.

»Master Newington«, sie beugte sich vor. »Ihr batet mich für heute morgen zu Euch?«

Der Ratsherr fummelte an seiner Amtstracht herum. »Mit Seiner Eminenz dem Kardinal und Erzbischof« – er machte eine leichte Verbeugung in Richtung des Prälaten – »muß ich Euch wohl nicht bekannt machen. Simon

Luberon«, hierbei vollführte er eine flüchtige Handbewegung in Richtung des Schreibers, »ist Erster Schreiber des Erzbischofs.« Newington lächelte dünn. »Mich kennt Ihr ja. Und dies hier«, er wandte sich halb dem Soldaten zu, »ist Colum Murtagh, Marschall des königlichen Haushalts. Und jetzt...« Newington schluckte nervös.

»Und jetzt«, fiel Murtagh plötzlich mit leiser Stimme und leicht singendem Akzent ein. »Und jetzt«, wiederholte er, »Verwalter der königlichen Pferde, Stallungen und Weiden in Kingsmead und Sonderbeauftragter für die Stadt.«

Kathryn starrte Murtagh an. Sie kannte Kingsmead, wo die Pferde der königlichen Boten untergebracht waren. Gerüchten zufolge waren sowohl das kleine Landhaus als auch die Stallungen und Wirtschaftsgebäude wegen des Bürgerkrieges ziemlich verfallen. Die Bauern der Umgebung ließen sogar ihr Vieh auf dem königlichen Weidegrund grasen. Murtagh sah ganz so aus, als werde er diesen Mißstand schon sehr bald beenden. Sie hörte, wie Luberon ärgerlich mit der Zunge schnalzte.

»Warum bin ich hier?« fragte sie abrupt. »Warum hat man mich hierher bestellt?«

Newington verschränkte die Hände, befeuchtete seine Lippen und warf dem Erzbischof einen unruhigen Blick zu.

»Mistress Swinbrooke, in dieser Stadt sind Morde geschehen.«

Kathryn stockte der Atem.

»Schreckliche Morde, die Opfer waren allesamt Pilger.«

Kathryn öffnete den Mund, um zu sprechen.

»Habt Ihr davon gehört?« schaltete Luberon der Schreiber sich ein.

»Ich habe Gerüchte über einen Arzt gehört, der in der Schenke ›Zum Schachbrett‹ vergiftet worden sein soll.«

»Das ist der vierte Mord«, unterbrach Bouchier. »Die

Opfer waren allesamt Pilger, und alle sind vergiftet worden.«

Der Erzbischof seufzte. »Zunächst ist es uns gar nicht aufgefallen. Zu viele Menschen starben am Schweißfieber. Doch dann erinnerten wir uns an eine Botschaft, die an die Tür der Kathedrale genagelt worden war.«

Bouchier wandte sich um und nickte Luberon zu, der Kathryn ein Stück Pergament reichte, das verdreckt und abgegriffen war.

»Könnt Ihr lesen?«

Kathryn überhörte die Stichelei. »Natürlich, Master Schreiber.«

Sie las die hingekritzelten Worte. Es war eine verschlüsselte Botschaft:

Beckets Grab, so grau und kraß,
Radix malorum est Cupiditas.

Kathryn machte ein erstauntes Gesicht. »Was soll das heißen: Habgier ist die Wurzel allen Übels?«

»Zuerst«, antwortete Bouchier, »dachten wir, es sei nicht weiter von Bedeutung, nur ein vollgekritzeltes Stück Pergament, das jemand an die große Tür der Kathedrale genagelt hatte. Doch allmählich erkannten wir ein Muster.«

Bouchier lehnte sich in seinen Stuhl zurück. »Es folgten weitere Botschaften. Die nächste lautete:

Ein Weber den Weg nach Canterbury fand,
gen Himmel seine Seel' ich sandt'.

»Und tatsächlich wurde in Burgate ein Weber aus Evesham vergiftet.« Der Erzbischof zuckte mit den Schultern. »Es folgten noch mehr Botschaften und Morde. Ein Zimmermann, ein Kurzwarenhändler, schließlich ein Arzt.« Er blickte Kathryn fest an. »Vor jedem Mord wurde eine Nachricht an die Tür der Kathedrale genagelt, ein Knittelvers in der Art, wie Ihr ihn gerade gelesen habt, in dem der Beruf des nächsten Opfers genannt wurde.«

»Und was habe ich damit zu tun?«

»Gar nichts«, erwiderte Bouchier ruhig. »Aber Ihr müßt verstehen, Mistress Swinbrooke, Beckets Grabmal ist berühmt, es zieht Menschen aus ganz England, ja sogar aus ganz Europa an.«

»Und das bringt Geld in die Kassen«, unterbrach Murtagh.

Bouchier wandte seinen Blick unter schweren Augenlidern dem Soldaten zu.

»Ja«, gab Newington zu. »Es bringt Gewinn. Unsere Läden, unsere Verkaufsstände, Schenken, Bethäuser, ja, die ganze Stadt verdankt ihre Blüte dem Handel mit den Pilgern. Könnt Ihr Euch vorstellen, Mistress Swinbrooke, was passiert, wenn sich diese Dinge herumsprechen?« Newington machte eine vage Geste in Richtung Fenster. »Die Menschen sterben wie die Fliegen in Kriegen oder an Krankheiten, durch Unfälle oder bei Prügeleien in einer Kneipe, aber der Giftmord an Pilgern ist etwas anderes. Die Menschen kommen zu Beckets Grab, damit sie geheilt werden. Könnt Ihr Euch vorstellen, was passiert, wenn dieser Skandal an die Öffentlichkeit kommt? Daß ein Giftmörder sich an den Pilgern von Canterbury vergreift?« Er funkelte den Soldaten böse an. »Die Dinge stehen schlimm genug wegen der Zwietracht unter den Bürgern, obwohl der Sieg des Königs im Westen die Dinge sicher wieder ins Lot bringen wird«, beeilte er sich hinzuzufügen. Er beugte sich vor. »Mistress Swinbrooke, dieser Giftmörder muß dingfest gemacht werden, bevor noch weitere Morde begangen werden.«

»Es gibt noch mehr Ärzte und Apotheker in dieser Stadt.«

»Es gibt etliche Ärzte in Canterbury und drei Apotheker«, antwortete Newington. »Obwohl einer der letzteren ernsthaft erkrankt ist.«

»Versteht Ihr denn nicht«, unterbrach Luberon, »warum wir auf Euch gekommen sind? Eine Frau!« Das letzte Wort spuckte er förmlich aus.

»Master Luberon, mein Vater hat an der Saint-Cosmos-Schule für Medizin in Paris studiert. Ärztinnen sind von der Zunft in London anerkannt. Die Ärztin der Königin Philippa von Hainault war Cecilia von Oxford.« Kathryn leierte die üblichen Argumente herunter, die sie vom Vater übernommen hatte. Bekümmert schüttelte sie den Kopf. »Ich erhebe keinen Anspruch auf Vollkommenheit«, wandte sie sich an den Erzbischof. »Ich bin Apothekerin, mal Baderin, mal Ärztin.«

»Ihr hättet als Mann zur Welt kommen sollen«, spottete Luberon.

»Wenn dem so ist, Master Schreiber, haben wir eines gemeinsam!«

Thomasina hinter ihr kicherte. Der Soldat lächelte, was seinem Gesicht einen jugendlichen, beinahe anziehenden Charakter verlieh. Newington war irritiert, aber der alte Erzbischof legte den Kopf in den Nacken und brüllte vor Lachen, als er sah, wie Luberon sich wand.

»Mistress Swinbrooke«, bat Newington, bevor der rot angelaufene Schreiber zurückschießen konnte. »Seht Ihr nicht, wo unser Problem liegt? Unser Giftmischer kann Latein. Er ist ein gebildeter Mann.«

»Woher wißt Ihr, daß es ein Mann ist?«

»Es soll genügen, wenn wir sagen, daß wir es wissen. Er kennt sich in der Medizin aus. Er muß Zugang zu Arzneien und Mixturen haben. Die Menschen, die Ihr genannt habt, diese ...«, er hustete, »einer dieser Ärzte oder Apotheker könnte unser Mörder sein.«

»Ich auch!«

Der Erzbischof beugte sich in seinem Stuhl vor. »Das glaube ich nicht.« Er schnippte mit den Fingern nach Luberon. »Hast du die Dokumente?«

»Ja, Euer Gnaden.« Der Schreiber reichte Kathryn eine kleine Rolle, um die ein rotes Seidenband gewickelt war. »Diese Papiere enthalten alle Einzelheiten, die wir kennen.« Luberon richtete sich auf. »Einer meiner Schreiber hat sie zusammengestellt.«

Erzbischof Bouchier stand plötzlich auf und deutete mit heftigen Gesten auf den Soldaten. »Meister Murtagh hier ist Ire. Er hat dem Vater Edwards von York als Page gedient und ist Marschall des königlichen Haushalts und Hauptmann der königlichen Boten geworden. Jetzt ist er für die königlichen Stallungen in Kingsmead verantwortlich. Außerdem ist er als Friedensrichter in Canterbury eingesetzt. Ich bat den König um Murtaghs Hilfe bei der Suche nach dem Mörder. Ich habe beschlossen, daß Ihr ihm dabei helfen sollt.«

Kathryn sah den Iren an, der ihren Blick jetzt offen erwiderte. Es lag etwas darin, das ihr mißfiel, etwas Kaltes, Abschätzendes, als sei sie eine Mähre auf dem Pferdemarkt.

»Ihr untersteht dieser Stadtbehörde und mir«, fuhr Bouchier fort. »Dafür und für alle anderen Dienste, erhaltet Ihr sechzig Pfund im Jahr, fünfzehn Pfund im Vierteljahr.«

Kathryn war so überrascht, daß sie nach Luft rang, während Thomasina hinter ihr aufgeregt hin und her rutschte. Sie brauchte das Geld, um Vorräte für den Laden zu kaufen, die notwendigen Reparaturen am Haus durchführen zu können, den Grabstein ihres Vaters richtig gravieren zu lassen und einen Priester für die Seelenmessen zu bezahlen.

»Seid Ihr einverstanden?« fragte der Erzbischof ungeduldig.

Kathryn nickte.

»Gut!« Bouchier klatschte in die Hände. »Die notwendigen Briefe lasse ich Euch bringen. Wir wollen die Sache vertraulich behandeln.«

»Und wenn es mir nicht gelingt, sie zu finden?«

Bouchier lächelte dünn. »Alle Mörder werden gefaßt«, sagte er leise. »Da bildet dieser hier keine Ausnahme. Er ist arrogant genug, sich zu überschätzen.«

Er ergriff Kathryns Hand und zog sie in die Höhe. Schnell warf er abschätzende Blicke nach links und rechts, und Kathryn wußte, daß dieser schlaue alte Priester seinen Mitstreitern nicht über den Weg traute. Der Mörder konnte tatsächlich jeder sein; Newington war Gelehrter, ein gebildeter Mann, Luberon ebenso. Der Erzbischof warnte sie auf dieses Weise, vorsichtig zu sein. Kathryn beugte ihr Haupt und küßte seinen Ring.

»Ich werde mein Bestes tun«, sagte sie. »Meine Herren, ich verabschiede mich.«

Sie ging quer durch den großen Saal zur Tür, Thomasina hinter ihr her. Nachdem sie die Tür hinter sich geschlossen hatten, lehnten sich beide dagegen. Kathryns Augen weiteten sich.

»Angestellt von der Stadt!« flüsterte sie gespielt prahlerisch. »Vom Erzbischof persönlich begrüßt zu werden. Vater wäre stolz auf mich.«

»Auf das Geld wäre er stolz«, antwortete Thomasina.

»Aber er wäre klüger vorgegangen als Ihr.«

»Wie meinst du das?«

Thomasina nahm ihre Herrin beiseite und ging mit ihr zur Treppe zurück.

»Es heißt, Bouchier sei ein schlauer Fuchs, und zu Recht. Er ist vielleicht ein Erzbischof, aber ich würde keinen Handel mit ihm abschließen. Luberon ist ein gemeines Stück Vieh, und Newington sieht mir so aus, als hätte er Angst vor seinen eigenen Fürzen.«

»Was ist mit dem Iren?«

Noch bevor Thomasina antworten konnte, hörte Kathryn, wie jemand ihren Namen rief. Sie wandte sich um. Murtagh stand jetzt vor dem Saal, die Arme verschränkt.

»Mistress Swinbrooke, auf ein Wort.«

»Es können auch zwei sein«, antwortete Thomasina, »wenn Ihr versprecht, nicht frech zu werden.«

Murtagh kam auf sie zu. Er trug seinen Kopf hoch, bewegte sich wie eine Katze, und Kathryn schauderte. Sie war auf der Hut vor diesem Mann mit seinem dunklen Gesicht und seiner seltsamen Art. Sein forsches Auftreten und die Art und Weise, wie er Messer und Schwert, die bei jedem Schritt gegen seine Beine schlugen, in die Ringe an seinem breiten Gürtel gesteckt hatte, dokumentierte, daß er ein Soldat war, ein Mörder, eine Katze unter Tauben. Ja, dachte Kathryn, und sie mußte an jene Katze denken, die sich an einen Vogel im Garten angeschlichen hatte, genauso langsam und vorsichtig. Murtagh kam auf sie zu und Kathryn stieg der Geruch von abgestandenem Schweiß, vermischt mit Leder, in die Nase. Sie bemerkte auch die dunklen Ringe unter seinen Augen.

»Ihr solltet schlafen, Ire. Kommt Ihr von weit her?«

»Aus Tewkesbury. Ich habe drei Tage gebraucht bis hierher. Der König bestand darauf.«

Kathryn wandte sich um und ging die Treppe hinunter. Der Ire folgte ihr.

»Habt Ihr das hier gelesen?« sagte sie und hielt die Pergamentrolle hoch.

»Ich bin Soldat, kein Schreiber.«

»Könnt Ihr überhaupt lesen?« spottete Thomasina.

Murtagh grinste und ergriff blitzschnell die Hand der Magd.

»Und wie ist es mit dir? Du kannst es bestimmt. Man trifft nicht oft eine Frau wie dich, Thomasina, die schön ist und auch noch Köpfchen hat.«

Thomasina entzog ihm ihre Hand.

»Woher wißt Ihr meinen Namen?« fauchte sie ihn an.

»Newington hat ihn mir gesagt.«

»Sind alle Iren Lügner?«

»Vielleicht, aber wenn ich dich eine fette alte Sau nennen würde«, witzelte er, »wäre das wahr oder gelogen?«

»Ihr seid ein elender Sumpfnomade«, keifte Thomasina, »und habt den Arsch aus der Hose hängen. Schon mein alter Vater hat gesagt, traue keinem Iren; sie raufen, saufen und huren gern!«

»Aber Thomasina!« schaltete sich Kathryn ein. »Master Murtagh, was wißt Ihr von diesen Morden?«

Bevor Thomasina es verhindern konnte, schlüpfte Murtagh geschwind an Kathryns Seite und führte sie aus dem Rathaus ins Freie und die Treppe hinab. Die Sonne brannte, und das Getöse vom Markt in der High Street war ohrenbetäubend.

»Ich weiß nur sehr wenig«, antwortete er. »Aber hier ist weder die rechte Zeit noch der rechte Ort.« Er beugte sich zu ihr, und Kathryn funkelte ihn an.

»Und wo soll das sein?« fragte sie mißtrauisch.

»Ach du Heiliger!« Der Ire spürte ihre Abneigung und wandte sich ab. »Mistress Kathryn, ich wollte Euch nicht zu nahe treten, aber ich habe nicht viel übrig für Wirtshäuser oder Suppenküchen, und das Haus in Kingsmead ist heruntergekommen.« Er spielte mit dem Heft seines Dolches. »Seht, wenn Ihr mich zum Abendessen einladet, werde ich auch für das Essen bezahlen.«

Kathryn wurde rot. »Ich wollte Euch nicht kränken«, stammelte sie. »Natürlich könnt Ihr kommen. Es ist der Apothekerladen in der Ottemelle Lane. Eine Stunde vor Sonnenuntergang, wenn die Glocken zur Vesper läuten.«

Der Ire nickte, drehte sich auf dem Absatz um und schlenderte davon.

»Das ist mir ja ein schöner Schuft«, flüsterte Thomasina. »Aber ich wette, im Bett ist er gut.«

»Thomasina, woher willst du das wissen?«

»Das sieht man an seinen Beinen«, erwiderte die alte Amme. »Sie sind kräftig und stark. So wie die von meinem dritten. Das war das erste, was mir an ihm auffiel. Er war einer von denen, die den Sarg meines zweiten Mannes in die Kirche trugen. Ich ging hinterher und dachte so bei mir, was für schöne Beine, wie Baumstämme waren sie, und ich hatte recht!«

Kathryn mußte lächeln. Sie wandte sich dem Markt zu, spürte aber plötzlich, wie wenig sie gegessen hatte und wie müde sie war, und wie erleichtert darüber, daß kein Wort über ihren Mann gefallen war. Sie war froh, den Iren zum Essen eingeladen zu haben; ob sie ihn mochte oder nicht, sie war mit Murtagh durch die gemeinsame Jagd nach einem Mörder verbunden, der jeder von den Menschen sein konnte, die sich auf dem Markt dort unten drängten.

Drei

»Sir Thopas«, wie der Mörder sich gern nannte, stand in der Zunfttracht eines Kaufmanns, einem mit Wollstoff gefütterten Kapuzenmantel, am Rande des Buttermarktes und beobachtete die Pilger, die durch Newgate über den Friedhof für Laienbrüder der Kathedrale von Canterbury strömten, um Beckets Grabmal zu besuchen. Er griff nach der kleinen Phiole in seiner Reisetasche, während er auf die Kaufleute wartete, die an der Kirche von St. Alpheges in der Turnagain Lane vorbei durch die Palace Street kommen mußten, um dann in die Sun Street einzubiegen. Er hatte zugehört, als sie sich am Abend zuvor in der Taverne an der Burgate Lane unterhielten; kurz nach zwölf, so hatte einer von ihnen berichtet, sollten sie das Grabmal von Thomas Becket besuchen, denn sie hatten sich eine Sonderführung durch einen Subprior der Christuskirche erkauft, was ein beachtliches Privileg war.

Der Meuchelmörder lehnte sich gegen die grauen Steine einer Hauswand und schaute in die Burgate Street. Ihm war unbehaglich zumute – nicht nur wegen des warmen Wetters und des Gestanks, sondern weil so viele Soldaten in den Farben Edwards von York herumliefen. Unwillkürlich mußte er schmunzeln. Ganz Canterbury war ein einziges Chaos. Der Bürgermeister war ein Verräter und die Stadtversammlung ihres Amtes enthoben; in diesem Durcheinander konnte er seine Taten nahezu unbemerkt ausführen, und er hatte sich noch viel vorgenommen. Auf der anderen Straßenseite sah er zwei Bettler, die dort im Schatten der Mauer rund um die Domfreiheit die mageren Beine ausstreckten und mit ihren Kupfertellern klapperten, um von den Pilgern ein paar Pennies zu bekommen.

Eine Gruppe Gelehrter rauschte vorüber und empörte sich über einen Metzger, der versuchte, einen Bullen an den Hetzpfahl zu binden, wo er gequält und bis aufs Blut gereizt werden sollte, bevor er geschlachtet wurde, denn die Kunden mochten es, wenn das Fleisch vor Blut nur so troff. Thopas grinste; ihm ging es ganz ähnlich. Er war sehr gewissenhaft in der Wahl seiner Opfer, pickte sie heraus, merkte sie sich, heckte einen geschickten Plan aus, stellte eine Falle, brachte ihnen den Tod und weidete sich an ihrem gräßlichen Sterben. Leise summte er zwei Zeilen seines Gedichtes vor sich hin, verstummte jedoch abrupt, als ein vorbeigehender Mönch ihn neugierig betrachtete.

Thopas vernahm laute Stimmen und Gelächter und blickte über die Schulter in die Sun Street. Die Kaufleute, die er am Abend zuvor ausspioniert hatte, näherten sich. Trotz der Hitze trugen sie Filzhüte. Silberne Ketten zierten ihre Brust, Schnallen die staubigen Stiefel, billiger Tand glitzerte an Stulpen und Halskrausen. Bei Newgate, dem Eingang zur Abtei, blieben sie stehen. Einer von ihnen zog einen Weinschlauch hervor, den er herumgehen ließ, was von den anderen mit lautstarken Scherzen begrüßt wurde. Thopas beobachtete sie mit zynischem Lächeln.

»Sie sehen eher aus wie eine Gruppe randalierender Jugendlicher«, murmelte er vor sich hin, »nicht wie Pilger kurz vor dem Gebet.« Er kniff die Augen zusammen.

Warum auch nicht? dachte er. Niemand konnte ernsthaft einen Haufen dreckiger Knochen und verfilzter Stoffreste anbeten. Er warf einen prüfenden Blick auf die Kaufleute und suchte sein Opfer. Aha, da war er: Brust und Bauch wölbten sich vor wie bei einer aufgeplusterten Taube. Den Kahlschädel und das rosige Gesicht hatte er sorgfältig eingeölt, die fleischige Nase überragte wulstige Lippen, und die Augen, so hart wie Feuerstein, schienen ständig in Bewegung.

»Was hülfe es dir, Kaufmann«, murmelte Thopas,

»wenn du die ganze Welt gewönnest und nähmest doch Schaden an deiner Seele?«

Der Mörder liebte diese Zitate. Er lehnte sich gegen die Hauswand und blickte zum Himmel hinauf. »Du Narr«, flüsterte er, erneut aus der Heiligen Schrift zitierend, »diese Nacht wird man deine Seele von dir fordern!« Wieder blickte er zu seinem auserkorenen Opfer hinüber, dessen dicke Lippen sich gerade um den Weinschlauch schlossen.

»Lasset uns essen und trinken«, murmelte er, »denn morgen sind wir tot. Du hättest besser im Himmel Reichtümer ansammeln sollen.«

Noch einmal schaute er verstohlen nach allen Seiten und vergewisserte sich, daß ihn niemand beobachtete. Als die Kaufmannsgruppe plötzlich still wurde und einer von ihnen durch das Tor der Kathedrale auf einen Mönch deutete, kam Leben in Thopas. Gemächlich schlenderte er über die Straße, stellte sich hinter die Kaufleute und mischte sich so vorsichtig unter die Gruppe, daß niemand ihn bemerkte. Er hatte diese Gruppe ausgewählt, weil sie sich aus Wollhändlern von überall her zusammensetzte, aus London, Rochester und Canterbury. Sie waren einander fremd und so selig über ihren Ausflug, daß sie einen Fremden mehr kaum wahrnehmen konnten. Sie würden ihn ebenfalls für einen privaten Besucher halten. Die Tore der Kathedrale öffneten sich, ein Mönch trat auf sie zu und sprach mit dem Leiter der Gruppe, wobei er flink die kleine, klingende Börse einsteckte, die man ihm reichte. Er verzog das Gesicht, das einem Totenschädel glich, zu einem Lächeln und offenbarte mehrere Zahnlücken. Er verbeugte sich, murmelte eine Begrüßung und bedeutete ihnen, ihm zu folgen. Als der Subprior sie über den Friedhof für die Laienbrüder führte, wies er sie auf zwei der großen Türme der Kathedrale hin. Am Weihwasserbecken in der Mitte des Friedhofes hielten sie kurz an und betraten anschließend durch das südliche Portal die Kathedrale.

Der Subprior deutete auf die Statuen der drei Ritter über dem Eingang.

»Das sind die drei, die den schrecklichen Mord an Becket verübt haben«, verkündete er.

»Warum stehen sie hier so exponiert?« wollte einer der Kaufleute wissen.

Wieder das lückenhafte Gebiß des Mönches. »Damit nie wieder ein König oder Höfling es wagt, seine Hand gegen einen Bischof oder die Reichtümer der Heiligen Mutter Kirche zu erheben«, verkündete er mit schriller Stimme.

Er funkelte die pilgernden Kaufleute so zornig an, als verdächtigte er sie eines solchen verräterischen Vorhabens. Dann führte er die Gruppe ins Hauptschiff. Der Mörder ging auf leisen Sohlen hinter ihnen her. Man hatte andere Pilger wegen dieser Sonderführung zurückgehalten, so daß das hoch aufragende Mittelschiff leer vor ihnen lag. Der Mönch führte die Besucher schnell an verschiedenen anderen Grabmalen vorbei, die er nachlässig mit flüchtigen Gesten erwähnte, als wolle er damit zum Ausdruck bringen, daß die Größe aller, die dort begraben waren, vor der Bedeutung von Thomas Becket verblaßte. Auf dem Weg den Mittelgang und die breiten Steinstufen hinauf in den Chor bestaunte Thopas die Höhe des Gebäudes. Bevor sie das Querschiff betraten, wo sich das Grabmal des Märtyrers befand, zeigte der Mönch ihnen noch andere Wunderwerke, wie die Statue Unserer Lieben Frau, vor der Becket angeblich an jenem Abend gebetet hatte, als er ermordet wurde. Daneben lag auf einem kleinen Altar auch das Schwert, mit dem die Mörder den Erzbischof enthauptet hatten.

»Ihr dürft es küssen«, verkündete der Mönch.

Die Kaufleute folgten seiner Aufforderung, doch Thopas war darauf bedacht, daß seine Lippen auf keinen Fall das rostige Stück berührten.

Danach wurden sie in die Krypta geführt. Der Mörder

folgte seinem Opfer, nahm den Geruch und das großtuerische Gebaren des Mannes wahr, seine rosige Gesichtsfarbe und die Selbstgefälligkeit, die er ausstrahlte. Schon bald, dachte Thopas, wirst du nicht mehr sein, und all das hier kann dich nicht retten. Denn, wie schon der große Chaucer sagte: »Ich kann dir sagen, während du wandelst an diesem Ort, deine Seel' schon in der Hölle schmort.«

Thopas sah sich in der höhlenartigen Krypta um. Alles Unsinn. Es hatte eine Zeit gegeben, da er an die Wunderwirkung des Grabmals geglaubt hatte. Deshalb war er mit seiner von Krankheit gezeichneten Mutter hierhergekommen. Wie ein Hund war sie die Pilgerstufen hinaufgekrochen, um vor dem Grabmal zu beten und die Heilung des in ihr wachsenden Tumors zu erflehen: Eine Zeitlang war er zum Stillstand gekommen, dann aber ganz plötzlich wieder gewachsen.

»Ist Euch nicht gut?«

Thopas zuckte zusammen und mußte feststellen, daß die anderen schon weiter in die Krypta hineingegangen waren. Er spürte Panik in sich aufsteigen, denn stets hatte er seine Umtriebe so geplant, daß ihn niemand bemerkte und er auf keinen Fall auffiel. Er versuchte, in der Dunkelheit etwas zu erkennen, und atmete erleichtert auf. Der Kaufmann, der ihn angesprochen hatte, war sein Opfer.

»Nein, nein, es ist nichts«, entgegnete Thopas. »Mich hat nur die Großartigkeit dieses Ortes überwältigt.«

Sie schlossen sich der Gruppe wieder an, der gerade weitere Reliquien gezeigt wurden. Da war zunächst der gespaltene Schädel des Märtyrers zu bestaunen, dessen Stirn man freigelassen hatte, damit die Pilger sie küssen konnten. Der Rest war mit einer dicken Silberschicht überzogen. Anschließend führte man ihnen die Haare und Hemden des Erzbischofs vor, seine Schärpen und die Lederriemen, mit denen Becket sich gegeißelt hatte. Die Führung ging weiter zurück zum Choreingang, wo auf der

Nordseite ein Sarg nach dem anderen geöffnet wurde. Sie alle enthielten die Überreste von Heiligen. Die mit Silber ausgeschlagenen Kisten waren voll mit Schädeln, Kieferknochen, Zähnen, Händen, Fingern und ganzen Armen, die die Pilger küssen sollten. Die meisten folgten dieser Anweisung, doch einige wandten sich angeekelt ab, als der Mönch den Überrest eines Armes hochhielt, an dem noch Fleischreste hingen.

Der Mörder seufzte erleichtert auf, als sie zum Altar gingen, um die Schätze der Kathedrale zu besichtigen: wertvolle Gefäße und Kirchengeräte. Sie durchquerten das Mittelschiff hinüber zur Kapelle des Heiligen Andrew, die vollgestopft war mit kostbaren Gewändern und Kerzenständern aus Gold sowie einem Altartuch aus Seide und einem schmuddeligen Mundtuch mit echten Blutflecken.

»Damit war der Körper des toten Erzbischofs zugedeckt«, erklärte der Mönch. »Und jetzt kommen wir zum Höhepunkt unserer Besichtigung«, fuhr er triumphierend fort. Er geleitete sie eine weitere Treppenflucht hinauf, die zu Beckets Grab in der Kapelle der Heiligen Dreieinigkeit führte. Es wurde von der vergoldeten und mit vielen Edelsteinen besetzten Statue des Heiligen überragt. Die Kaufleute blieben ehrfürchtig stehen; ungeachtet ihres Wohlstands und ihrer Kisten voller Gold, bestaunten sie halb neidisch, halb bwundernd die Schönheit dieser Figur.

Der Subprior stieg auf eine Leiter und hob mit Hilfe eines Flaschenzugs einen Holzkasten in die Höhe, der den Schrein vor den Blicken gewöhnlicher Leute verbarg. Sogar Thopas, der an nichts glaubte und die Schätze schon oft gesehen hatte, hielt die Luft an. Der gesamte Schrein war mit Gold überzogen und sehr großen, seltenen Edelsteinen besetzt, die im Licht funkelten. Edelsteine, größer als Gänseeier, der kostbarste unter ihnen war der Stern von Frankreich, der wie loderndes Feuer leuchtete. Die

Kaufleute konnten in ehrfürchtigem Schweigen diese Zurschaustellung von Prunk und Reichtum bestaunen, bis die Abdeckung wieder herabgelassen wurde und man sie nach nebenan in eine Sakristei brachte. Hier knieten sie andächtig nieder. Ein mit schwarzem Leder bezogener Kasten wurde gezeigt, der ein paar Fetzen schmutzigen Leinens offenbarte.

»Damit«, erklärte der Mönch, »hat sich der Märtyrer den Schweiß von der Stirn gewischt und die Nase geputzt.«

Den Kaufleuten verschlug es die Sprache. Einige wandten sich leicht angeekelt ab. Die Schachtel wurde wieder geschlossen, und ein Laienbruder erschien, der ein Tablett mit Weingläsern und einem Teller voller Oblaten hereintrug.

Nun schob sich Thopas vor die Gruppe, die kleine Phiole in der Linken, während die Kaufleute aufgeregt durcheinander schnatterten und tief in ihre Börsen langten, um Münzen für den Kollektenteller hervorzuholen. Thopas nutzte die Dunkelheit des Raumes und verteilte den Wein. Er gab acht, daß er sein Opfer zuletzt bediente, und als er den Becher überreichte, machte er sich das allgemeine Durcheinander der Unterhaltung zunutze und kippte das Giftpulver in den Wein. Er schwenkte den Becher ein wenig, damit es sich auflöste. Eine Weile blieb er stehen und beobachtete, wie sein Opfer den Tod trank. Dann trat er zurück in den Schutz der Dunkelheit und verschwand wie ein flüchtiger Geist aus der Kathedrale.

Kathryn Swinbrooke saß in der kleinen Schreibkammer in ihrem Haus in der Ottemelle Lane. Sie tat so, als würde sie arbeiten, derweil die rotgesichtige, verschwitzte Thomasina in der Küche mit den Vorbereitungen für eine Mahlzeit beschäftigt war. Leise verfluchte Thomasina alle Männer, besonders aber alle Sumpf-Iren, die, so zischelte sie Agnes laut und vernehmlich zu, einem die Haare vom

Kopf fressen, um einen anschließend im eigenen Bett zu schänden.

»Wäre vielleicht nicht einmal das Schlechteste«, murmelte Kathryn mit einem Anflug von Lächeln. Sie lauschte Thomasinas düsteren Schilderungen, bei denen Agnes hörbar nach Luft schnappte, Beschreibungen dessen, was irische Söldnertruppen alles anrichteten, wenn ihnen ein unglückliches Mädchen in die brutalen, rauhen Hände fiel.

»Jawohl«, rief Thomasina mit Absicht so laut, daß ihre Worte auch an die Ohren ihrer Herrin in der Schreibkammer dringen mußten. »Was ich alles über die Soldaten des Edward von York gehört habe!« Sie senkte ihre Stimme zu einem Flüstern, das, so dachte Kathryn, bestimmt noch im Rathaus zu hören war. »Und weißt du was? Sie ergreifen ein Mädchen, ziehen es ganz langsam aus und binden die Hände über dem Kopf an einen Bettpfosten. Sie stehen herum und saufen und tun dann die schrecklichsten Dinge.«

»Zum Beispiel?« quietschte Agnes hoffnungsvoll.

Jetzt flüsterte Thomasina wirklich, als sie dem Mädchen die köstlichsten Leckerbissen sexueller Klatschgeschichten auftischte, die sie in ihrem langen, wechselvollen Leben gehört hatte. Kathryn schmunzelte und blickte vor sich auf den Tisch. Jemand hatte einmal behauptet, Thomasinas Mundwerk sei so groß wie die Gosse und ebenso dreckig, aber Kathryn wußte, das sie ein Herz aus Gold hatte. Doch die Bemerkungen ihrer Amme über Iren brachten ihr die Ereignisse dieses Morgens wieder in Erinnerung. Die geheimnisvollen Vorgänge, die Grund für das Treffen waren; die Aussicht auf ein höheres Einkommen, der schmierige, bedrohliche Eindruck, den das verlassene Rathaus auf sie gemacht hatte, in dem es jetzt von Soldaten nur so wimmelte. Bouchiers schlaue Augen in dem roten, von Adern durchzogenen Gesicht; Luberon, gemein wie eine Wespe; Newington, so ängstlich, daß er jeden Moment einer Ohnmacht nahe war. Und dann dieser schweigsame, stolze Soldat mit den seltsamen Augen und dem spöttischen, bedrohlichen Gebaren.

Kathryn spielte mit der Klappe ihres Tintenfasses. Hatte sie Angst vor Murtagh? »Nein, nein«, flüsterte sie ins Dunkel hinein. Sie überlegte. Doch, sie hatte Angst, und in der Kälte ihres Herzens verfluchte sie ihren Mann. Sie mußte sich der Wahrheit stellen, die Thomasina ihr immer wieder vorhielt. Sie fürchtete sich vor Männern, und wer wollte ihr daraus einen Vorwurf machen? Alexander Wyville, der so liebenswürdig, so zuvorkommend, so aufmerksam gewesen war, als er sie umwarb. Sie dachte an ihre Hochzeitsnacht, an die Süße und Leidenschaft dieser ersten Zeit. Dann die Wahrheit. Alexander betrunken, sein Gesicht zu einer Maske des Hasses verzerrt, wenn er die Ungerechtigkeiten, die er von einem grausamen Stiefvater hatte erdulden müssen, aus seiner dunklen Seele hervorzerrte. Sein Groll wegen der fehlenden Ausbildung. Sein Versagen bei dem Versuch, ein wohlhabender Kaufmann zu werden. Er stand dann in ihrem Schlafgemach, spritzte sich Wein aus einem Schlauch in den Mund und betete ein ums andere Mal seine Haßtiraden herunter.

Zunächst hatte Kathryn geglaubt, es sei eine vorübergehende Laune. Sie hatte ihren Vater betrunken und sentimental erlebt, aber er hatte sich immer wieder beruhigt und lustige Geschichten über einen gewissen Mönch erzählt. Bei Alexander war es anders. Wenn er betrunken war, lebte er in seinem eigenen dunklen Kerker. Kathryns Versuch einzulenken hatte den wahren Alptraum erst beginnen lassen, denn Alexander betrachtete sie von nun an als Personifizierung all dessen, was ihm seiner Meinung nach zustand und was er verloren hatte. Er wurde gewalttätig: Er schlug sie mit der Faust ins Gesicht, in den Leib; manchmal trat und peitschte er sie wie ein Schläger aus der Gosse. Am nächsten Morgen, wieder nüchtern, war er stets reumütig, doch Kathryn erkannte sehr bald, daß sie nicht einen, sondern zwei Männer geheiratet hatte.

Sie schloß die Augen und versuchte, sich auf die köstlichen, spitzen Entzückungsschreie zu konzentrieren, die Agnes von sich gab. Sie durfte nicht an Alexander denken. Denn dann sah sie wieder das Gesicht ihres Vaters vor sich. Sie atmete tief ein, lehnte sich in dem hohen Stuhl zurück und versuchte, an andere Dinge zu denken. Sollte sie sich umziehen, bevor der Ire kam? Sie spürte ein aufgeregtes Kribbeln im Bauch. Immerhin war er der Beauftragte des Königs, ein Mitglied des königlichen Haushalts: ein Junker, dem man vertraute, dem sogar der Erzbischof Respekt entgegenbrachte. Kathryn stieg der erste, würzige Geruch des Fleisches in die Nase, das Thomasina röstete, und sie schüttelte den Kopf. Nein, sie würde dem Iren ein gutes Mahl bereiten, und damit hatte es sich.

Kathryns Blick fiel auf die kleine Rolle Pergamentpapier. Sie nahm sie in die Hand und löste vorsichtig das Seidenband, mit dem sie zugebunden war. Zunächst fiel es ihr schwer, den verschnörkelten Schriftzügen einer Beamtenhand zu folgen, denn sie war abgelenkt von Thomasina, die sich immer noch lautstark über die lüsternen Absichten der irischen Sumpfbewohner verbreitete.

»Oh, sei doch still, Thomasina«, flüsterte sie vor sich hin. Sie fing noch einmal von vorn an zu lesen, und trotz des offiziellen, bürokratischen Tons des Schreibers wurde ihr allmählich das wahre Ausmaß der Bedrohung bewußt, der sie sich stellte.

Eine wahrhafte und lückenlose Darstellung der schrecklichen Morde, begangen in Canterbury an Pilgern, die das Grabmal des Heiligen Märtyrers besuchten. Das erste Verbrechen dieser Art wurde am 5. April begangen. Aylward aus Evesham, ein Weber, besuchte gemeinsam mit anderen Bürgern seiner Heimatstadt den Schrein, um am Grab des Märtyrers zu beten.

Aylward war ein braver Mann, ein Pächter, sorgfältig und sauber in seinen Geschäften. Bürgermeister und Geschworene seiner Stadt haben unter Eid ausgesagt, daß Aylward ein treuer Bürger und ergebener Untertan des Königs war. Er war beliebt und geachtet. Er hatte keine Feinde oder geschäftliche Rivalen. Die Pilger aus Evesham kamen am Dienstag in Canterbury an und besuchten den Schrein am späten Mittwochmorgen. Sie schlossen sich den anderen Pilgern an, und es wurde nichts Ungewöhnliches bemerkt. Nur Gervase, ein Mitreisender des besagten Aylward, behauptete, daß ihnen ein Wasserverkäufer entgegenkam, als sie das Gelände der Kathedrale verließen. Es sei ein alter Mann gewesen, der sich die Kapuze tief ins Gesicht gezogen hatte. Er hatte den Bürgern aus Evesham Weihwasser angeboten, frisch geschöpft aus einem Brunnen in der Nähe. Der Wasserverkäufer habe erklärt, er handle aus Nächstenliebe. Die Pilger, hocherfreut ob solcher Großzügigkeit, bekamen allesamt einen Becher Wasser aus dem Faß des Verkäufers. Er habe Aylward geneckt und ihm gesagt, er sehe wie der Leiter der Gruppe aus und, wie es im Psalm heiße, »der erste soll der letzte und der letzte soll der erste sein.« Also habe Aylward als letzter sein Wasser bekommen. Der Wasserverkäufer sei verschwunden, und die Pilger seien zurück zu ihrer Herberge in Westgate gegangen, als Aylward ohnmächtig zu Boden gesunken sei und kurz darauf sein Leben ausgehaucht habe. Ein ortsansässiger Arzt, John Talbot, wurde vom Ratsherrn des Stadtviertels gerufen. Er erklärte Aylward für tot, Gott sei seiner Seele gnädig, und sagte, der Tod sei durch ein starkes Gift eingetreten. Die Pilger aus Evesham schworen, daß auf kein Mitglied ihrer Gruppe ein Verdacht fallen könne. Die Stadt ordnete eine Suche nach dem mysteriösen Wasserverkäufer an, aber man fand keine Spur von ihm.

Der zweite Mord ereignete sich zwei Wochen später. Hierüber wissen wir sehr wenig, außer der Tatsache, daß das Opfer, Osbert Obidiah, ein Zimmermann aus einem Dorf in der Nähe von Maidstone, in einer Nebengasse der Burgate Street tot aufgefunden wurde. Die Schwärze von Mund und Zunge war ein deutlicher Hinweis darauf, daß er nicht aufgrund eines plötzlichen Anfalls gestorben war, sondern ebenfalls auf schreckliche Weise vergiftet wurde.

Der dritte Todesfall folgte schon kurz danach. Ranulf Floriack, ein Kurzwarenhändler und Pilger aus Acton Burnley, aß gemeinsam mit anderen Pilgern in der Schenke »Zum geflügelten Pferd« in der Pissboil Alley zu Abend. Die Pilger besaßen nicht viel Geld und hatten Becher mit gewässertem Wein und Schüsseln mit Zwiebelsuppe bestellt, die in dieser Schenke besonders gut sein soll. Kurz nachdem er seine Schüssel leergegessen hatte, wurde Ranulf von heftigen Bauchkrämpfen befallen, und auch der Trost und Beistand seiner Freunde halfen ihm wenig – im Hof hinter der Schenke mußte er sein Leben lassen. Auch hier war eine Verdächtigung der Mitreisenden ausgeschlossen, so daß der Wirt befragt wurde. Offensichtlich war Ranulf mit Arsen vergiftet worden, dem selben Gift, das auch bei Osbert benutzt worden war. Die Schenke wurde durchsucht; keinerlei Gift oder Mixturen wurden dort gefunden. Aber der Wirt gab zu, daß nicht alles in Ordnung gewesen sei. »Seht«, erklärte er. »Ich beschäftige in der Pilgerzeit einige Schankgehilfen und Dreckweiber. Ich habe viele, oft hungrige Gäste, so daß es in meinen Küchen schlimmer zugeht als in einem Bienenstock. Eine der Schlampen hat in den paar Minuten, in denen die Pilger aus Acton Burnley bedient wurden, einen Diener in der Wirtschaft bemerkt, den sie noch nie dort gesehen hatte. Er hatte langes, verfilztes Haar, trug eine schmutzige Schürze, und sie war sich sicher, daß er die Gruppe der Pilger bedient hat.«

Das fragliche Mädchen wurde ebenfalls verhört, aber alles, was sie mitteilen konnte, war, daß die flüchtig einen ziemlich großen Diener gesehen habe, der sich zu den Pilgern vordrängte. Sie habe ihn vorher noch nie gesehen und danach auch nicht mehr.

Der vierte Mord geschah vor kurzem, erst vor wenigen Tagen; gleich danach erreichte uns die Nachricht vom Sieg des Königs bei Tewkesbury. Robert Clerkenwell, ein Arzt aus London, war in der Schenke »Zum Schachbrett« in der Nähe der Lagerhäuser in Burgate vergiftet worden. Er hatte Rheinwein getrunken, als er plötzlich wie in einem Anfall umkippte. Sein Tod trat fast sofort ein. Geoffrey Cotterell, ein Arzt ...

Kathryn blickte auf und verzog das Gesicht. Cotterell, ein geschäftiger, übler Bursche, der den Reichen diente und sich sonst um niemanden auch nur einen Deut scherte. Ihr Vater hatte immer behauptet, er sei ein Scharlatan, und sich heimlich über Cotterells hochnäsige Art und seine auffällige Kleidung lustig gemacht. Kathryn wandte sich wieder dem Schriftstück zu.

Cotterell fuhr der Schreiber fort, *war in der Nachbarschaft gewesen.* Kathryn nahm einen Federkiel zur Hand und unterstrich das Wort »Nachbarschaft«. *Er untersuchte den toten Arzt und stellte fest, daß die Haut so kalt und feucht war, daß man ihm eine ordentliche Portion eines heimtückischen Giftes, wie zum Beispiel Fingerhut, eingeflößt haben mußte, welches unmittelbar zu Herzstillstand und Tod führte. Wieder wurden die Pilger befragt. Eine Durchsuchung ihrer Habseligkeiten verlief erfolglos. Keiner konnte für die Tat verantwortlich gemacht werden. Eine oberflächliche Durchsuchung der Schenke »Zum Schachbrett« wurde ebenfalls durchgeführt und, Rätsel über Rätsel, ein ähnlicher Aufwäscher wie der, der im »Geflügelten Pferd« gesehen wurde, hatte den toten Arzt und seine Tischnachbarn bedient.*

Hier brach das Schriftstück ganz plötzlich ab. Kathryn las es noch einmal, wobei sie die Worte nachsprach. Dann stand sie auf und ging in die Küche, verblüfft über die Ruhe, die dort eingekehrt war. Thomasina und Agnes waren in den Garten gegangen, um Kräuter zu sammeln. Jetzt war Agnes gerade dabei, die Blätter von den Stengeln zu lösen, während Thomasina die Kräuter mit einem kleinen Holzstößel in einem hölzernen Mörser zerrieb. Kathryn lehnte sich an den Türbalken und sah ihnen zu. Agnes konnte sich kaum auf ihre Arbeit konzentrieren, sondern starrte mit großen, runden Augen Thomasina an, die auf der niedrigen Gartenmauer saß und das junge Mädchen noch immer mit den sexuellen Gepflogenheiten irischer Söldner erfreute. Kathryn streckte sich und beschloß, einen besseren Stuhl zu kaufen, vielleicht einen mit Polster und Bezug. Sie nahm einen Zinnbecher und schenkte sich aus einem Krug Wasser ein, stand da und sog genüßlich die Düfte des über dem Feuer brutzelnden Fleisches ein. Gedankenverloren ging sie wieder in ihre Kammer und nahm kleine Schlucke aus dem Becher. Der Ire würde mit Sicherheit Fragen stellen, aber was konnte sie ihm schon sagen? Die ganze Sache beschäftigte sie und wühlte Erinnerungen auf … an etwas, was sie gelesen hatte – oder hatte ihr Vater es ihr erzählt? An der Tür zu ihrer Schreibkammer blieb sie stehen. Wie ging der Knittelvers noch?

Beckets Grab, so grau und kraß
Radix malorum est Cupiditas.

Dieser Vers erinnerte sie an etwas. Und warum suchte der Meuchelmörder seine Opfer nach dem Beruf aus? Sie erinnerte sich an den anderen Reim.

Ein Weber seinen Weg nach Canterbury fand,
gen Himmel seine Seel' ich sandt'.

Kathryn schüttelte den Kopf und setzte sich an den Tisch. Wie hätte Vater das Problem angepackt? Hier, in seiner Schreibkammer, spürte sie seine Nähe ganz deutlich, als würde er neben ihrem Stuhl stehen und sich über sie beugen.

»Kathryn«, pflegte er zu sagen, »bedenke stets, daß wir Ärzte nichts wissen. Wenn du einen rauhen Hals hast, gebe ich dir eine Mischung aus Honig und Kräutern. Ich weiß, es wird dir helfen, aber ich kann nicht sagen, warum. Wenn du dir den Arm brichst, kann ich ihn schienen; in der Regel verheilt er, aber ich kann nicht erklären, warum. Ein guter Arzt kann nur beobachten, untersuchen und Schlüsse ziehen. Schau auf das, was offenkundig ist. Die Augen eines Mannes, der Zustand seiner Fingernägel und seiner Haare, die Art und Weise, wie er sitzt, wie er atmet.«

Kathryn blickte wieder hinunter auf das Memorandum des Schreibers. Vielleicht sollte sie dieselben Regeln auch hier anwenden. Sie nahm ein Stück Pergament zur Hand und glättete es. Was konnte sie bisher feststellen?

Vier Männer waren umgebracht worden, vergiftet alle vier. Mindestens zwei Gifte waren verwendet worden: Fingerhut und Arsen. Es gab kein erkennbares Motiv, keinen Hinweis auf eine mögliche Verbindung zwischen Mörder und Opfer. Alle waren als Pilger nach Canterbury gekommen; folglich haßte der Verfasser der anonymen Knittelverse offensichtlich den Schrein, hielt ihn für einen Mummenschanz und war entschlossen, sich auf eine vertrackte Art und Weise an ihm und der ganzen Idee des Pilgerwesens zu rächen. Schließlich wählte er seine Opfer nach ihrem Beruf aus. Warum?

Kathryn verfiel in einen Tagtraum. Mit halbem Ohr vernahm sie, wie Thomasina und Agnes wieder ins Haus kamen. Die Düfte aus der Küche wurden immer verlockender, während Kathryn auf ihre Notizen niederblickte. Sie nahm die Feder, tauchte sie in die grüne Tinte und schrieb vorsichtig:

»Der Mörder – ein Mann? Jemand, der sich als niedriger Diener verkleiden und unbemerkt in der Menge aufhalten kann. Dennoch muß er intelligent sein, gebildet und einigermaßen wohlhabend. Er kann Knittelverse verfassen, weiß eine Menge über Gifte und hat Zugang zu reichhaltigen Vorräten.« Kathryn hielt inne und unterstrich die letzten Worte. Träge drehte sie das edelsteinbesetzte Armband herum, als es im Licht aufblitzte. Es konnte nur eine Schlußfolgerung geben: Der Giftmörder mußte entweder Apotheker oder Arzt sein.

Kathryn ging in den Aufzeichnungen zurück und untersuchte die Einzelheiten des letzten Todesfalles, des Arztes Robert Clerkenwell, in der Schenke »Zum Schachbrett«. Er hatte Rheinwein getrunken, der hell und klar war. Sein herbes Bukett würde den Geschmack des Fingerhutes überlagern, und da dieses Gift in zerstoßenem weißem Pulver erhältlich war, würde es sich in wenigen Sekunden auflösen. Als Apothekerin wußte Kathryn genau, daß Fingerhut in winzigen Dosen dazu verwendet werden konnte, ein krankes Herz zu stärken, in größeren Mengen jedoch zu Ohnmacht und Tod führte. Nur ein ausgebildeter Arzt oder Apotheker konnte wissen, daß man Fingerhut ein paar Sekunden lang auflösen mußte, bevor er getrunken werden konnte. Sie legte die Feder zur Seite. Der Giftmörder, überlegte sie, mußte jemand sein, der in Canterbury selbst oder in der Nähe wohnte, jemand, der sich in den Straßen und Gassen auskannte, der verschwinden, sich verbergen und in einer anderen Verkleidung wieder auftauchen konnte. Aber warum? Wozu die Reime? Warum haßte er den Schrein? Aufgeschreckt durch ein Klopfen an der Tür und die barsche Stimme von Colum Murtagh, der Einlaß begehrte, sprang Kathryn auf.

Vier

Colum trat ein und blieb gleich hinter der Türschwelle stehen. Thomasina stand mit einer Schöpfkelle in der Hand neben ihm, und Agnes lugte hinter ihr hervor, als sei der Ire gekommen, um zu plündern und zu rauben.

»Master Murtagh, seid willkommen.«

Der Ire blickte Kathryn an, die plötzlich verlegen wurde. Murtagh hatte sich bei der Vorbereitung auf seinen Besuch alle Mühe gegeben. Sein Haar war geschnitten, er hatte sich gewaschen und rasiert, und sein sonnengebräuntes Gesicht sah jetzt sauber, offen und blankpoliert aus. Auch seine Kleidung hatte er gewechselt: Er trug ein steifes Leinenhemd unter dunkler Samtjoppe mit silbernen Knöpfen an den Rockumschlägen und eine frische braune Tuchhose, die in blanken schwarzen Reiterstiefeln steckte. Seinen breiten ledernen Kriegsgürtel trug er noch immer, und an einem Messingring hingen Schwert und Dolch in ihren Scheiden. Auf ihnen ruhten seine Finger, als wollte er sich versichern, daß alles in Ordnung war. Kathryn bat ihn an den Tisch, der inzwischen gedeckt war.

»Master Murtagh«, wiederholte sie, »seid herzlich willkommen.«

Er hüstelte und trat auf sie zu. Mit der einen Hand faßte er in sein Wams. Er zog ein langes Stück blauer Seide daraus hervor und überreichte es Kathryn mit hastiger Geste.

»Das ist für Euch, Mistress.«

Seine Hand fuhr wieder an den Dolch, als rechnete er damit, daß Kathryn das Geschenk zurückschleudern würde. Kathryn ließ den seidigen Stoff langsam durch die Finger gleiten. Er gefiel ihr.

»Es ist ein Schal«, verkündete Colum schroff, während er seinen Blick durch die Küche wandern ließ. »Es ist lange her, Mistress, seit mich jemand zum Essen eingeladen hat.«

»Wen wundert's«, flüsterte Thomasina.

Kathryn faltete die Seide sorgfältig zusammen und achtete nicht auf Agnes' bewundernde Ausrufe.

»Der gehört doch einer anderen«, brummelte Thomasina.

Kathryn funkelte ihre Magd zornig an und strich sanft über die Seide. »Er ist sehr schön.« Sie wollte gerade »Master Murtagh« hinzufügen, als der Ire leicht ihren Handrücken berührte.

»Colum, ich heiße Colum.«

»Und sie ist Mistress Swinbrooke«, unterbrach Thomasina kratzbürstig.

Kathryn schmunzelte und bat Agnes, das Geschenk in ihre Kammer zu bringen. Colum entspannte sich und war auf einmal nicht mehr Soldat, sondern ein ziemlich verlegener Mann. Er kramte wieder in seiner Jacke und zog einen zarten silbernen Armreif hervor, der an beiden Enden kleine Kugeln hatte. Ehe Thomasina es verhindern konnte, ging Colum behende zu ihr herüber und streifte ihn vorsichtig über ihr pummeliges Handgelenk.

»Und das ist für dich«, murmelte er.

Thomasina fehlten ausnahmsweise einmal die Worte. Sie öffnete den Mund, um zu protestieren, fing aber Kathryns warnenden Blick auf und stapfte unter lautem Gemurmel über das Essen, das anbrennen würde, wieder zur Feuerstelle.

Es wurde eine merkwürdige Mahlzeit. Thomasina war eine ausgezeichnete Köchin, aber Kathryn hatte schon lange keinen Gast mehr gehabt. Natürlich hatten Thomasina und Agnes auch für sich selbst gedeckt, fest entschlossen, den Iren im Auge zu behalten und jede seiner Bewegungen mit kritischem Blick zu verfolgen. Anfangs ging es um belanglose Dinge; das Wetter, die Getreidepreise. Colum warf hin und wieder eine Frage ein, über die Stadt Canterbury, ihre Gebäude, Bewohner und Bräuche. Er sah Kathryn kaum an, sondern richtete die meisten Fragen an Thomasina oder Agnes. Kathryn ließ der Unterhaltung ihren Gang, während sie den Iren verstohlen musterte. Auch wenn er mit sichtlichem Appetit aß, so fand er doch Zeit, Thomasina Komplimente für ihre Kochkunst zu machen, aß mit Messer und Gabel und benutzte sein Mundtuch wie ein Höfling. Kathryn biß sich auf die Lippe und beschloß, keine voreiligen Urteile zu fällen. Der Ire war Marschall des Königs, und er war mit Sonderaufgaben betraut, so daß er sich in der höfischen Etikette zweifellos ebensogut auskannte wie in den Gesetzen des Krieges.

Schließlich war das Mahl beendet. Agnes, die recht tief ins Glas geschaut hatte, fielen vor Müdigkeit die Augen zu. Kathryn schickte sie zu Bett und überließ es Thomasina, den Tisch abzudecken. Während diese die Teller, Tranchierbretter, Schüsseln und Platten abräumte und in die Spülküche trug, rückte der Ire seinen Stuhl ein Stück zurück und nippte genüßlich von seinem Wein. Seine dunklen, tiefliegenden Augen fingen Kathryns Blick auf und hielten ihn fest.

»Gefällt Euch die Seide, Miss Swinbrooke?«

»Ich heiße übrigens Kathryn. Ja, sie gefällt mir. Es war sehr freundlich von Euch.«

Der Ire lächelte, als wäre es nicht weiter von Bedeutung. Kathryn hätte ihn zu gern direkt gefragt, ob er die Geschenke gekauft hatte oder ob es nur Beutestücke aus einem geplünderten Haus oder aus den Zelten des Feindes waren.

»Ich habe beides in London gekauft«, sagte er ruhig, als habe er ihre Gedanken erraten. »Ich bin kein Dieb, Kathryn, und in Irland ist ein Geschenk ein Unterpfand der

Freundschaft. Was ich habe, halte ich fest.« Seine Stimme wurde hart. »Und was ich festhalte, gehört mir.«

Kathryn wich seinem Blick aus. Hoffentlich würde Murtagh nicht sehen, wie sie vor Verlegenheit an Hals und Wangen rote Flecken bekam.

»Wie ist man ausgerechnet auf mich gekommen?« fragte sie schroff.

Colum verzog das Gesicht. »Warum nicht? Man hat mir gesagt, Ihr hättet einen guten Ruf als Ärztin. Noch dazu als eine, die sich sehr gut auf Kräuter und die Zubereitung von Mixturen versteht. Die meisten Ärzte, die ich bisher kennengelernt habe, sind Quacksalber oder Scharlatane.«

»Es wäre vielleicht einfacher gewesen, wenn man einen Mann gewählt hätte.«

Colum stellte den Weinbecher wieder auf den Tisch und beugte sich vor.

»Newington hat Euch empfohlen. Ich habe Nachforschungen angestellt, und obwohl dieser Hagestolz von Luberon ein hochnäsiger kleiner Pedant ist und Bouchier ein Priester, so haben sie doch beide die Aussagen des Ratsherrn bestätigt. Und bevor Ihr fragt, Kathryn: Mir macht es keine Schwierigkeiten, mit einer Frau zusammenzuarbeiten, die sich mit Heilkunde beschäftigt. In Irland sind alle Heilkundigen weise Frauen.« Er sah zur Seite, hob dann wieder den Blick und grinste. »Aber sie sind nicht so anmutig wie Ihr.«

Kathryn erwiderte sein Lächeln.

»Und wie lange seid Ihr schon von Irland weg, Colum?«

Murtagh reagierte defensiv. »Fünfzehn Jahre.«

»Ihr wart die ganze Zeit seither königlicher Marschall und Bote?«

Colum atmete tief ein. »Ich war Mitglied des königlichen Haushalts bei dem Vater des jetzigen Königs.« Er zuckte mit den Schultern. »Ihr wißt, wie es so geht. Ich konnte gut mit Pferden umgehen.«

Er schob den Weinbecher auf dem Tisch hin und her. Kathryn fiel auf, wie stark seine braunen, gedrungenen Finger waren. Sie sah, wie sich seine Muskeln anspannten, und wußte, daß der Ire den Schleier über seiner Vergangenheit nicht lüften wollte.

»Und jetzt seid Ihr Hüter der königlichen Stallungen in Kingsmead?«

Colum lachte freudlos. »Stallungen!« rief er. »Das Herrenhaus ist verwaist, die Ställe halb zerfallen und verdreckt. Die Weiden stehen zu hoch, die Zäune sind entzwei. Das Ganze sieht eher wie Ödland aus!«

»Und was ist mit der Aufgabe, den Mörder zu finden?«

Colum lehnte sich in seinem Stuhl zurück. »Davon wißt Ihr so viel wie ich. Seht«, fuhr er rasch fort, »die Haltung seiner Majestät des Königs gegenüber Canterbury ist die eines Vaters, der sein Lieblingskind züchtigen will oder zumindest seinen Bürgermeister, Nicholas Faunte, der sich für die Lancastertreuen entschieden hatte. Faunte muß um jeden Preis verfolgt werden, und wenn man ihn fängt, wird er hängen. Die Stadt muß bestraft werden, doch Beckets Grab ist ein Juwel der Krone. Der König, der Erzbischof, die Mönche der Kathedrale wollen es schützen und können keinem dahergelaufenen Meuchelmörder gestatten, nach Belieben zuzuschlagen wie ein Todesengel.«

»Warum glaubt Ihr, daß es ein Mann ist?« unterbrach Kathryn ihn. »Es könnte ebensogut eine Frau sein.« Sie beugte sich vor und stützte sich mit den Unterarmen auf den Tisch. »Ihr habt keinen Beweis, daß ich es nicht bin.«

Colum schnippte einen Brotkrümel vom Tischtuch.

»Wir haben darüber gesprochen. Ihr seid keine Mörderin, Mistress. Außerdem reden die Zeugen, die wir haben, alle von einem Mann. Seid Ihr denn mit uns der Meinung, daß der Mörder ein Arzt sein muß?«

Kathryn nickte. »Nur ein Arzt oder ein versierter Kräutersammler weiß, wie man Arsen oder Fingerhut dosiert«, entgegnete sie. »Diese Gifte sind kostbar, also ist unser Mörder ein wohlhabender Mann und hat einen reichhaltigen Giftvorrat. Außerdem kennt er sich so gut in Canterbury aus, daß er durch Seitenwege und enge Gassen schlüpfen kann, wann immer er will. Er kann sein Aussehen verändern, und die Knittelverse zeigen, daß er Bildung genossen hat. Daher gebe ich Euch recht, Colum, unser Mörder ist wahrscheinlich ein Arzt. Aber wer er ist und warum er tötet, ist ein Rätsel.«

Colum trommelte mit den Fingern gegen sein Kinn. »Ja«, sagte er leise. Er hielt inne und blickte sich um. »Wo ist denn die immer wachsame Thomasina?«

»In der Spülküche, Ire!« ertönte laut die Stimme der Magd. »Und glaubt mir, ich verstehe jedes Wort!«

Kathryn hatte Mühe, nicht laut zu lachen. Colum grinste in Richtung Spülküche. Dann nahm er, ohne zu fragen, den Weinkrug aus Zinn und füllte sowohl Kathryns als auch seinen Becher bis an den Rand.

»In vino veritas«, murmelte er. »Im Wein liegt Wahrheit, Mistress Swinbrooke. Sagt mir, was veranlaßt einen Mann, den Schrein so sehr zu hassen, daß er einen Mord nach dem anderen begeht, blind vor Rache?« Mit schmalen Augen blickte er Kathryn an. »Menschen töten aus zweierlei Gründen.« Er nahm den Weinbecher in die Hand und betrachtete ihn. »Sie töten, weil sie dafür bezahlt werden; vielleicht gehöre ich zu denen. Wild um sich schlagende Soldaten im Krieg, die für eine Sache kämpfen, an die sie nicht einmal recht glauben, nur daß es ihnen Gewinn bringt, ihre Börsen mit Silbermünzen und ihre Bäuche mit Nahrung füllt und sie ein Dach über dem Kopf haben. In Tewkesbury hingegen kämpften die Großen aus anderen Gründen, nicht nur um Macht und Wohlstand, sondern aus Haß gegeneinander.« Er blickte Kathryn scharf an. »Ich war dort, als die Adligen der Lancastertreuen sich in der Abtei ergaben. Habt Ihr davon gehört?«

Kathryn schüttelte den Kopf.

»Sie haben sie herausgezerrt«, fuhr Colum fort. »Das waren keine großen Adligen mehr, sondern geschlagene, zerstörte Männer. Der Bruder des Königs, Richard von Gloucester, saß auf einem großen Stuhl vor der Abtei und sprach sie des Verrats schuldig. Eilig trieb man sie vor sich her auf den Marktplatz, und an diesem Abend schlief ich ein mit dem Geräusch der Henkersaxt in den Ohren, die Köpfe von Körpern trennte.«

Kathryn beobachtete ihn genau. Der Wein hatte seine Zunge gelöst, denn Colum redete, als sei er allein. Ihr fiel auch auf, wie still Thomasina in der Spülküche geworden war.

»Menschen töten, weil es ihnen gefällt«, sagte Colum leise. »Und warum gefällt es ihnen? Weil sie hassen. Und was ist Haß anderes als erkaltete Liebe?« Durch eine heftige Bewegung verschüttete er Wein auf seine Hose, die er ärgerlich abwischte. Er sah Kathryn offen an. »Unser Mörder ist jemand, der den Schrein haßt, weil er von ihm enttäuscht wurde. Ein Arzt, der einmal viel Vertrauen in ihn gesetzt hat, ihm aber jetzt die Schuld für irgendein schreckliches Ereignis gibt. Was meint Ihr, Mistress Swinbrooke?«

»Aus welchem Grund habt Ihr gekämpft?« fragte sie kurz.

Der Ire lächelte, aber seine Augen blieben hart. Kathryn wich seinem Blick aus. Sie mußte sich vorsehen bei diesem Mann. War er wie Alexander? Saß ein Dämon in seiner Seele, der zutage treten würde, wenn ihm der Wein zu Kopf stieg?

»Ich kämpfte, weil ich mußte«, knurrte er mit zusammengebissenen Zähnen. »Weil man mich dafür bezahlte. Ich würde lieber die Unwahrheit sagen, Kathryn, und behaupten, daß ich nur ein Bote war, aber ich habe einmal in einer Schlacht einen Mann getötet, einen feindlichen

Späher, der mich überrumpeln wollte. Er rannte auf mich zu. Ich wendete mein Pferd und senkte mein Schwert gerade so weit, daß ich ihn genau zwischen Schulter und Hals traf.« Er fuhr sich mit der Zunge über die Lippen. »Ich sehe immer noch sein Gesicht vor mir«, murmelte er, »diesen schrecklichen, völlig überraschten Blick.« Colum kniff die Augen zusammen und blickte auf, als sei ihm plötzlich bewußt geworden, daß er zuviel gesagt hatte. »Es hätte jemand sein können, den Ihr kanntet.«

Kathryn spürte die Herausforderung in seiner Frage. »Ihr meint, es hätte auch mein Mann sein können?«

»Alexander Wyville war Anhänger der Lancastertreuen.«

Kathryn nahm die Herausforderung nicht an. »Mein Mann starb lange vor irgendeiner Schlacht«, erwiderte sie halblaut.

»Wißt Ihr genau, daß er tot ist?«

Jetzt war es an Kathryn, in ihren Weinbecher zu starren.

»Ich weiß es nicht. Ich möchte nicht darüber sprechen.«

Sie spürte, wie ihr ein Schauer über den Rücken lief. Was sollte sie sagen?

Colum betrachtete sie eingehend. Während der ganzen Mahlzeit hatte Kathryn ihre Haltung bewahrt, aber er spürte, daß das Verschwinden ihres Mannes eine schwache Stelle im Panzer dieser recht spröden, selbstbeherrschten Frau war. Oh, natürlich hatte sie gelächelt und gelacht, gegessen und getrunken, aber bis zu diesem Augenblick hatte sie nicht einmal andeutungsweise ihre wahren Gefühle gezeigt.

Colum stand auf und streckte sich, klopfte sich leicht auf den Schenkel und lockerte seinen Gürtel.

»Habt Ihr einen Garten, Miss Swinbrooke?«

Kathryn starrte ihn an. Warf er einen Köder aus? Wußte er mehr, als er hatte durchblicken lassen? Der Ire lächelte entschuldigend.

»Es ist warm«, murmelte er. »Ich glaube, die Abendluft wird uns beiden guttun.«

Kathryn erkannte, daß ihr Verhalten unhöflich war, und lächelte. Sie führte Colum hinaus, wo Wärme und Dunkelheit sie wie Samt einhüllten. Die beiden standen auf dem erhöhten Gehweg, der gleich an den Vorbau anschloß. Kathryn war froh, daß es dunkel war. Im silbrigen Licht des Mondes konnte sie die Kräuterbeete ausmachen, die weißen Blumen, die das Licht aufsogen. Dahinter aber lag der kleine, dunkle Obstgarten, die Ursache ihres heimlichen Alptraums. Colum wies auf die Kräuter.

»Ihr züchtet Eure Kräuter selbst?«

»Nicht alle«, antwortete Kathryn. »Einige kaufe ich auch, aber sie sind teuer, und die Soldaten auf der Straße treiben die Preise noch mehr in die Höhe.«

Colum lächelte wie ein Wolf und blickte Kathryn wieder an. »Ich bin froh, daß der Krieg vorbei ist«, sagte er. »Und daß ich vom Lagerleben und vom Dienst bei Hofe befreit bin.«

»Also glaubt Ihr, daß es vorüber ist?«

»Edward IV, der Herr segne ihn, wird behalten, was ihm gehört. Habt Ihr die neuesten Meldungen gehört?«

Kathryn schüttelte den Kopf.

»Die Lancastrianer sind erledigt. Margarete von Anjou wurde gefangengenommen und ihr Sohn bei Tewkesbury getötet.«

»Und der alte König?«

»Ach so, das sind die Neuigkeiten. Er starb im Tower.«

Kathryn blickte zum Himmel auf und versuchte, ihre Furcht zu verbergen. Der Ire hatte damit angedeutet, daß man den König des Hauses Lancaster ermordet hatte. Der Herrscher von Gottes Gnaden, Heinrich VI, war in diesem finsternen Kerker hinterrücks ermordet worden, wahrscheinlich von Männern wie dem hier neben ihr.

»Glaubt Ihr, daß der Mörder einen Kräutergarten hat?«

»Ja, unbedingt«, antwortete sie. »Aber da ist noch etwas.«

Colum wandte sich um und sah sie an. »Was meint Ihr?«

»Ich glaube auch, daß dieser schemenhafte Mörder ein Arzt ist, ein Mann, der sich sowohl in Canterbury als auch in der Kräuterkunst auskennt, der einen tiefen Groll gegen den Schrein in sich hegt. Doch diese Knittelverse erinnern mich an etwas anderes. Und warum sucht er seine Opfer nach ihrem Beruf aus? Warum tötet er nicht wahllos? Könnt Ihr mir das sagen, Master Murtagh?«

Colum wollte gerade antworten, als Thomasina hastig aus der Tür trat.

»Mistress! Mistress! Kommt schnell!«

Kathryn folgte ihr zurück in die Küche. Der Tisch war inzwischen gesäubert, das Feuer heruntergebrannt. Thomasina hatte sogar schon Kathryns Schneidebrett für Kräuter mit dem scharfen Messer für den nächsten Morgen bereitgelegt.

»Was ist, Thomasina?«

Die Magd reichte ihr ein kleines, viereckiges Stück Pergament. Kathryn nahm es und ging an den Tisch. Schon beim Entfalten schlug ihr Herz ein wenig schneller. Die Botschaft war dieselbe: »Wo ist Alexander Wyville? Wo ist Euer Mann? Mord ist ein Verbrechen und Verbrecher werden gehängt.« Neben den wie üblich hingekritzelten Worten war ein Galgen mit dem Spottbild einer Frau zu sehen, die am Seil baumelte. Kathryn spürte, wie Wut in ihr aufstieg. Sie zerknüllte das Pergament und warf es zornig in die Glut.

»Mistress, was ist los?«

»Nichts, Thomasina. Laß mich bitte allein.«

Kathryn sah mitgenommen aus. Ihr Gesicht war weiß wie eine Wand, die Augen schreckgeweitet. Genauso hatte sie an den Vormittagen ausgesehen, die den nächtlichen Streitereien mit ihrem Mann folgten, dachte Thomasina.

Kathryns Augenlider zuckten, doch sie zwang sich zu einem Lächeln.

»Es tut mir leid, Thomasina, aber geh jetzt bitte zu Bett. Ich komme schon zurecht.«

»Nicht, solange er hier ist!« Thomasina deutete mit ausgestrecktem Arm auf Colum, der Kathryn neugierig beobachtete.

»Deine Herrin hat von mir nichts zu befürchten« schnurrte er. »Was ich von dir nicht behaupten kann! Geh jetzt, Frau!«

Thomasina funkelte Kathryn wütend an, als diese nickte. Das Gesicht hochrot vor Wut, ging die Magd rückwärts aus dem Raum und warf noch einen letzten besorgten Blick auf ihre Herrin. Kathryn hörte, wie sie den Flur entlangging und langsam die Holztreppe zu ihrer Schlafkammer hinaufstieg; sie selbst stand da und starrte in die Flammen, die diese verhaßte Nachricht zu Asche verwandelten. Wer mochte es sein, der diese bösartigen Botschaften verschickte? Und war das letzte Geständnis ihres Vaters wahr? Sollte sie doch mit Pater Cuthbert reden? Ja, vielleicht war es nun an der Zeit. Colum nahm ihre Hand.

»Kathryn, was ist passiert? Mistress, Eure Hand ist kalt. Eiskalt.«

Kathryn funkelte ihn an. »Laßt meine Hand los, Ire!«

Colum drückte sie.

»Ire, laßt meine Hand los! Glaubt mir, Soldat, es gibt noch andere Wege, einen Mann zu töten, als mit Dolch, Schwert oder Speer! Mattglas in Wein verwandelt den Magen auch des härtesten Mannes in einen blutigen Klumpen!«

Colum ließ ihre Hand los und trat zurück. Kathryn funkelte ihn immer noch wütend an. Was, um Himmels willen, hatte er hier zu suchen mit seinem Waffengürtel, seinem Dolch und seinem Schwert? Sie war müde und verwirrt und ging zu dem hohen Lehnstuhl ihres Vaters, der vor dem Kamin stand. Sie setzte sich und blickte starr ins Feuer. Was war schiefgegangen? Das Leben hatte einst so rosig ausgesehen. Sie spürte, wie sich neben ihr etwas regte.

»Es ist besser, wenn Ihr jetzt geht«, sagte sie, ohne den Blick zu heben. »Glaubt mir, es ist am besten so.«

Kathryn hörte, wie der Ire fortging, und wartete, bis die Tür sich öffnete und wieder ins Schloß fiel. Sie schloß die Augen und schluckte die Tränen hinunter. Sie war zu grob zu Thomasina gewesen, hatte sie nicht einmal gefragt, wie die Botschaft gekommen war, und der Ire hatte es nur gut gemeint. Sie hörte, wie Murtagh zurückkam und blickte auf. Er hatte seinen Umhang übergezogen, hielt aber zwei Weinbecher in den Händen. Den einen reichte er ihr.

»Trinkt, gute Frau. Um Himmels willen, trinkt. Daß Ihr Angst habt, sieht doch ein Blinder.«

Er ging neben ihr in die Hocke und starrte in die Glut, als hoffte er, die Botschaft herausholen und lesen zu können, was diese geheimnisvolle Frau so erregt hatte.

»Ich habe es nur gut gemeint«, sagte er. »Der Herr stehe Euch bei, Mistress, ich führe nichts Böses im Schilde. Aber was Euch betrifft, betrifft nun auch mich. Ging es in dem Brief um die Morde?«

»Nein.«

»Was hat Euch dann so erschreckt?«

»Das ist meine Sache.«

»Kann ich Euch helfen?«

Kathryn nahm einen Schluck von dem Wein und blickte ihn an. Er sieht jetzt aus wie ein Junge, dachte sie, mit offenem Gesicht und klaren Augen. Vielleicht könnte er ihr sogar helfen? Dann fiel ihr ein, daß auch Alexander sie auf diese Weise angesehen hatte, am Morgen, nachdem er sich rasiert, gewaschen und den Mund ausgespült hatte, wie um sich von den Dämonen der vergangenen Nacht reinzuwaschen. Sie wandte ihren Blick ab und wappnete sich. Am liebsten hätte sie Colum angeschrien, endlich zu gehen und sie allein zu lassen. Sie dachte an den Galgen im Brief, die bedrohlichen Worte und erkannte, daß sie eines Tages, wenn nicht die Freundschaft dieses Mannes, so doch zumindest seine Hilfe brauchen würde. Aber nicht jetzt! Einem Fremden gegenüber konnte sie ihr Herz nicht wie ein schwatzhaftes Kind ausschütten.

»Ihr habt furchtbare Angst, Mistress«, wiederholte er.

Kathryn seufzte tief. »Ja, Colum. Versteht Ihr, was das Wort ›Angst‹ bedeutet?«

Der Ire atmete hörbar ein.

»Als ich ein kleiner Junge war«, begann er leise, »so zehn oder elf Lenze, war ich Page, eigentlich ein Lakai, im Herrenhaus von Gowran, einem großen weitläufigen Gut auf dem Lande in der Nähe von Dublin. Wart Ihr einmal in Irland?«

Kathryn schüttelte den Kopf.

»Es ist eine grüne Wildnis«, fuhr Colum fort. »Ein rauhes Land, mit Mooren, Sümpfen, Wäldern, aber auch ein herrliches Weideland, reich und ergiebig; mit murmelnden Bächen und Weiden voller Blumen. Der Herr auf Gowran besaß solches Land, und ich wurde in seinem Haushalt angelernt. Nun gab es dort einen Priester, einen weltlichen Mann. Die Jagd war seine große Leidenschaft. Er liebte seine Hunde und Pferde mehr als seine Pfarrkinder. Er las die kürzeste Messe, die die Christenheit je gehört hat, und machte sich um sein Seelenheil offenbar keine großen Sorgen, trank und hurte und scherte sich keinen Deut um Gott und die Menschen. Er war klein, hatte einen dicken Bauch, ein rotes Gesicht und die kältesten Augen, die ich je gesehen habe. Wegen seiner Jagdhunde nannte man ihn den Hundepriester.« Colum machte eine Pause und zog seinen Umhang fester um sich. »Ich haßte diesen Mann, allein seine Berührung verursachte mir eine Gänsehaut. Eines Tages erlitt er auf der Jagd einen

Anfall und fiel auf der Stelle tot um.« Colum starrte in die kleiner werdenden Flammen der Feuerstelle. »Der Himmel weiß, warum, aber der Herr von Gowran weigerte sich, ihn in der Kirche beisetzen zu lassen. Statt dessen wurde er am Abhang eines Hügels unter einem Steinhaufen begraben.« Colum schwieg eine Weile und lauschte auf die nächtlichen Geräusche, die von der Straße hereindrangen.

»Redet weiter, Colum.«

»Der Priester wurde in der Nacht beigesetzt. Ich erinnere mich noch genau an die von Fackeln erleuchtete Prozession, an seinen Sarg, der auf einem hochrädrigen Karren stand und um den sich Männer aus dem Herrenhaus mit ihren Fackeln scharten. Wir erklommen einen Hügel. Ein scharfer Wind peitschte in unsere Gesichter, und wir hatten große Mühe, die Fackeln nicht ausgehen zu lassen. Wir versuchten, das ›De Profundis‹ zu singen, aber die Worte erstarben uns auf den Lippen. Der Himmel bezog sich. Das einzige Geräusch war das markerschütternde Geheul eines Hundes, der den Mond anbellte.« Colum hielt inne, wie um die Schrecken seiner Kindheit zu verscheuchen, die immer noch auf seiner Seele lasteten. »Wir kamen oben an«, fuhr er dann fort. »Der Sarg wurde ins Grab hinabgelassen und mit Erde bedeckt; dann rollten die Bauern große Felsbrocken darauf. Der Gutsherr versuchte, ein paar Worte zu sagen.« Murtagh sah Kathryn an. »Kein Priester war zugegen. Die Wolken ballten sich immer dichter zusammen, der Wind pfiff und tobte. Es fing an zu regnen, und die ganze Zeit hörten wir das schreckliche Geheul; schließlich bekreuzigten wir uns. Dann verließen wir jenen schrecklichen Hügel.« Colum ergriff Kathryns Handgelenk. »Als wir hinabgingen, hörte der Regen auf, der Sturm legte sich urplötzlich, und der Herr ließ die Fackeln wieder anzünden. Ich saß neben dem Kutscher auf einem Karren, und plötzlich sahen wir, daß vor uns jemand den vom Mond erleuchteten Feldweg entlangging. Ich dachte, es sei jemand, der das Begräbnis schon vor uns verlassen hatte. Der Kutscher fuhr neben ihn. Ich rief ›Guten Abend, Fremder‹.« Colums Griff um Kathryns zartes Handgelenk wurde fester. »Glaubt mir, Mistress. Als dieses Wesen im Kapuzenmantel sich umdrehte, grinste mich das weiße, häßliche Antlitz des Hundepriesters an, des Mannes, den wir gerade begraben hatten.«

Murtagh warf einen Blick in die Glut, dann sah er Kathryn wieder an. »Ach, Mistress Swinbrooke«, murmelte er. »Ich schrie und fiel in Ohnmacht. Als ich erwachte, war ich wieder im Herrenhaus, und die Frau des Gutsherrn beugte sich über mich und flößte mir Wein ein. Sie fragte mich, was geschehen sei, und da ich noch ein Kind war, erzählte ich es ihr. Sie machte ein besorgtes Gesicht, schüttelte aber den Kopf, sagte, das hätte ich mir nur eingebildet, und warnte mich, es nur ja niemandem zu erzählen.«

»Und, habt Ihr es jemandem erzählt?« fragte Kathryn.

»Nein. Ich behielt meine Gedanken für mich, aber ich wußte, daß auch andere ihn gesehen hatten. Furchtbare Dinge geschahen auf einmal in der Gegend. Der Herr von Gowran ließ neue Mauern errichten und stärkere Türen einsetzen, die nachts verriegelt wurden.« Murtagh hielt inne und atmete tief ein. »Oh, ich habe die alten Frauen über die Deargdul reden hören. Wißt Ihr, was das ist?«

Kathryn schüttelte den Kopf, und Colum merkte, wie angespannt und wachsam sie jetzt war.

»Das ist ein gälischer Ausdruck«, sagte Colum. »Grob übersetzt, bedeutet es ›Blutsauger‹.« Colum sah, wie Kathryn schauderte. »Zwei Jahre später«, fuhr er fort, »verließ ich Gowran, um als Junker im Bezirk Dublin zu dienen, aber ich wollte mich vorher meiner Angst stellen. Also ging ich an einem Nachmittag wieder auf diesen einsamen Hügel zum Grab des Hundepriesters.«

»Was habt Ihr vorgefunden?«

»Die Steine waren weggerollt worden«, flüsterte Colum. »Später entdeckte ich, daß dies unmittelbar nach dem Begräbnis des Hundepriesters geschehen war.«

»Und das Grab?«

»Eine leere Grube.«

Kathryn lächelte und warf einen flüchtigen Blick auf Murtagh.

»Ein alter irischer Trick«, sagte sie, »die eine Angst mit der anderen zu vertreiben.« Sie verschränkte die Arme und schauderte. »Eine unheimliche Geschichte.«

Colum dachte an die Hunde von Ulster und ihre lebenslange Blutrache gegen ihn. »Ich glaube, ich habe in Gleichnissen gesprochen«, erwiderte er. »Meine Ängste entspringen meiner Vergangenheit. Ich vermute, dasselbe gilt auch für Euch, Mistress Swinbrooke.« Er berührte ihr Handgelenk, und diesmal zuckte sie nicht zurück. »Aber nun muß ich gehen.« Er nickte zur Decke hinauf. »Ich wette, Thomasina liegt dort oben auf dem Boden und hat ein Ohr fest auf die Dielenbretter gepreßt.«

»Nein, habe ich nicht, Ire!« ertönte die Stimme der Magd hinten aus dem Flur. »Ich kenne Männer wie dich. Ich stehe hier mit dem größten Besen, den ich habe!«

Kathryn und Colum lachten. Der Ire deutete eine Verbeugung an und ging zur Küchentür.

»Oh«, er blieb stehen und drehte sich noch einmal um. »Ich habe auch noch Nachrichten von Euren Freunden, dem Ratsherrn Newington und Master Luberon. Sie sind die Namen aller Ärzte und Apotheker in Canterbury durchgegangen und haben eine Liste von Verdächtigen aufgestellt. Wir sollen sie morgen um elf Uhr im Rathaus treffen. Gute Nacht, Mistress Swinbrooke. Habt Dank für Eure Gastfreundschaft.«

Kathryn lächelte ihn über die Schulter hinweg an. »Auch Euch eine gute Nacht, Master Murtagh, und mögen die Engel Euch zu Eurer Schlafstatt geleiten.«

Kathryns Scherz war nicht einmal so abwegig, denn ein sehr dicker »Engel«, Thomasina höchstpersönlich, die in ihrem langen, bis zum Hals zugeknöpften Nachtgewand noch ehrfurchtgebietender aussah, geleitete ihn zur Tür und ließ sie laut und kräftig hinter ihm ins Schloß fallen, wobei sie hörbar schniefte. Colum grinste und ging vorsichtig über das Kopfsteinpflaster zu einer kleinen Schenke an der nächsten Ecke, dem »Schwarzen Matrosen«, wo er sein Pferd untergestellt hatte. Ein verschlafener Stallknecht ließ es heraustraben, und Colum tätschelte dem Tier den Hals, sprach leise zu ihm und führte es auf die Straße hinaus. Er dachte noch an die Geschichte, die er Mistress Swinbrooke erzählt hatte. Ideen und Gedanken schossen ihm wie Irrlichter durch den Kopf, Bilder aus der Vergangenheit: seine rothaarige, blasse Mutter, die sich über ihn beugte; eine alte Harfenspielerin, die ihn mit den Taten von Cu Chulainn erschreckte; ein dunkler Korridor in irgendeinem kalten, düsteren Turm in Irland; dunkelgrüne Schluchten im heftigen, schneidenden Wind; merkwürdige Kreuze mit Inschriften in einer längst vergessenen Sprache; das Donnern von Pferdehufen, blutiges Kriegsgetümmel und das Gefühl der Verlorenheit, des Verlustes der Familie. Colum wollte gerade auf sein Pferd steigen, als eine leise Stimme ihn aus der Dunkelheit auf Gälisch anredete.

»Colum Ma fiach! Colum, mein Sohn! Dreh dich nicht um. Ich bringe dir Botschaft von deinen Brüdern in Irland.«

Es war eine freundliche Stimme. Colum nahm an, daß es ein alter Mann war, und spürte, daß er nicht in Gefahr war. Die »Hunde« hätten sofort zugeschlagen.

»Sie haben dir folgende Botschaft geschickt, Colum Ma

fiach: Sage Colum, wir haben ihn nicht vergessen, aber, wie es in der Bibel heißt: ›Ein jegliches hat seine Zeit, und alles Vornehmen unter dem Himmel hat seine Stunde. Streit und Friede hat seine Zeit.‹ Bedenke das!«

Colum, der eine Hand auf dem Sattelknauf liegen hatte, wartete eine Weile, bevor er sich umwandte, doch als er versuchte, in der Finsternis etwas zu erkennen, war niemand da. Er spürte, wie sich ihm die Haare im Nacken sträubten, als hätte eine eiskalte Hand ihn sanft gestreichelt. Die Stimme erinnerte Colum an das weiße Gesicht des Hundepriesters. Irgendwo hinter ihm heulte plötzlich ein Hund den Mond an. Colum stieg auf sein Pferd und verfluchte stumm die Dämonen, die ihm immer noch auf den Fersen waren.

Fünf

Am nächsten Morgen stand Kathryn früh auf. Thomasina hantierte bereits in der Küche. Sie hatte das Feuer wieder angefacht, die Metallbecher und scharfen Messer gespült und, nach Anweisungen, die ihr Kathryns Vater vor langer Zeit einmal erteilt hatte, diese Utensilien über dem Feuer erhitzt. Kathryn, in einem langen, lohfarbenen Kleid, beobachtete sie. Sie hatte vergessen, warum ihr Vater auf diesem Verfahren bestanden hatte; er hatte es immer empfohlen, nachdem er einmal in Oxford gewesen war, um die Aufzeichnungen in einer kostbaren Handschrift in der Bibliothek des Herzogs Humphrey zu studieren. Agnes ging durch die Küche wie eine Schlafwandlerin. Thomasina schimpfte mit ihr und knuffte sie sogar leicht in den Arm, bevor sie endgültig die Geduld verlor und ihr sagte, sie solle hinaus in den Garten gehen und sich an der Tonne mit kaltem Wasser Hände und Gesicht zu waschen.

Das Frühstück bestand aus Brot und mit Wasser verdünntem Ale. Zu Kathryn, die ihren eigenen Gedanken nachhing, drangen die übellaunigen, brummigen Bemerkungen Thomasinas über die Bewirtung von Soldatenärschen nicht durch. Als Thomasina merkte, daß ihre Taktik nicht wirkte, stellte sie Kathryn schließlich zur Rede, die in ihrer Schreibkammer stand, um Kräutertöpfe aus einem Regal an der Wand zu holen.

»Na, was haltet Ihr davon?« fragte Thomasina knapp.

»Wovon?«

»Kathryn, spielt nicht die Ahnungslose. Was für ein Mann ist dieser Murtagh?«

Kathryn lächelte. »Ein menschlicher«, gab sie knapp zurück.

»Und der Brief?« fügte Thomasina vorwurfsvoll hinzu.

»Ach, nur die Bosheit irgendeines Dummkopfs.«

»Was steht in diesen Mitteilungen? Es war schließlich nicht die erste!«

Kathryn schloß die Augen. Sie hatte sich geschworen, nicht über die Drohbriefe nachzudenken. Bestimmt entstammten sie der Feder eines Kranken. Vielleicht würden sie aufhören, wenn sie nicht reagierte.

»Und«, forschte Thomasina hartnäckig nach, »was ist mit dem Iren?«

»Nichts weiter. Ich mache mir kaum Gedanken über ihn.«

Thomasina stieß einen lauten Seufzer aus und stürmte hinaus.

»Und wie finde ich ihn wirklich?« murmelte Kathryn vor sich hin. Sie starrte auf den kleinen irdenen Topf, der mit einem Stück Pergament bedeckt und mit Zwirnsfaden umwickelt war. »Eigenartig«, beantwortete sie ihre Frage. »Ich finde ihn eigenartig und gefährlich.« Es klopfte an der Tür. Der erste Patient heute morgen.

Sie zog ihr Haar straff nach hinten und band es fest, brachte ihre Haube wieder in Ordnung und schlüpfte in Holzschuhe mit Lederriemen. Ihre erste Patientin war Beatrice, die Tochter Henrys, des Sackmachers. Ihr Fall ließ ahnen, wie schwierig der Tag werden würde. Henry war in kleiner Mann mit hervortretenden Augen und einem mit einzelnen, flaumigen Haarbüscheln bedeckten Kahlkopf. Mit seinen dicken Wangen und wulstigen Lippen erinnerte er Kathryn immer an einen zu groß geratenen Karpfen. Seine Tochter Beatrice, hager, bleichgesichtig, mit trübem Blick und hängendem Unterkiefer, erholte sich gerade von einem Anfall, den sie am Abend zuvor erlitten hatte.

»Was soll ich nur machen?« jammerte der kleine Mann, während er seine arme Tochter in der Küche auf einen Hocker drückte.

Kathryn setzte sich ihr gegenüber und hielt die Hand des Mädchens.

»Ihr hättet sie nicht herbringen sollen«, murmelte sie und blickte Henry flehentlich an. »Ich kann auch nicht viel tun.«

Henry trat von einem Fuß auf den anderen. »Venta, die Weise Frau, hat gesagt, man solle ihr ein Loch in den Schädel machen, um die schlechten Säfte herauszulassen«, erwiderte er.

Kathryn biß die Zähne aufeinander. Venta war eine grauhaarige, stinkende, alte Vettel. Sie lebte in den nördlichen Randbezirken der Stadt und machte ein Vermögen, indem sie gefärbtes Wasser verhökerte oder irrwitzige Behauptungen aufstellte. Kathryn schaute prüfend in Beatrices Augen und stellte fest, daß die Iris auf beiden Seiten vergrößert war. Sie nahm ein Stück Wolle zur Hand und tupfte den Speichel ab, der dem Mädchen aus den Mundwinkeln lief.

»Wenn Ihr Ventas Rat Folge leistet«, flüsterte sie sanft, »wird das Mädchen sterben. Ich habe so etwas schon einmal gesehen.«

Henry deutete auf die Schalen für den Aderlaß und ein paar scharfe Messer, die auf dem Tisch aufgereiht lagen.

»Warum kein Aderlaß?«

Kathryn warf einen Blick auf Beatrices teilnahmsloses Gesicht. »Wenn ich das mache, töte ich sie.«

Sie ging nach hinten in ihre kleine Medizinkammer, nahm zwei Stücke Pergament und schabte jeweils eine kleine Portion Pulver darauf. Dann kehrte sie in die Küche zurück.

»Mischt diese beiden mit verdünntem Wein.«

»Was ist das?« fragte Henry.

»Eine Mischung aus Passionsblume und Mohnsamen«, antwortete Kathryn und drückte die beiden Päckchen in die zögernde Hand des Sackmachers. »Tut mir leid, daß ich nicht mehr tun kann«, fügte sie hinzu. »Wie gesagt, ich kann Euch nur raten, wenn Eure Tochter so einen Anfall hat, gebt acht, daß sie flach liegt und ihre Zunge im Mund frei ist. Wenn sie sich wieder erholt, gebt ihr eine starke Brühe und einen Becher kräftigen Wein und abends diese Medizin in verdünntem Wein aufgelöst.«

Henrys Unterlippe schob sich noch weiter vor. Kathryn hatte den Eindruck, er wolle sich weigern.

»Ich bin nicht der Herrgott«, murmelte sie.

Thomasina tauchte hinter ihnen auf. »Ihr könntet auch beten«, sagte die Magd freundlich.

»Wo denn?« fragte Henry aufbrausend. »An dem Schrein etwa? Wir haben schon davon gehört; da läuft doch ein Mörder rum!«

Der Sackmacher warf seine Münzen auf den Tisch und stapfte mit schweren Schritten hinaus, die Medizin fest in der einen Hand, mit der anderen schob er seine Tochter Beatrice vor sich her.

Es kamen noch mehr Patienten. Torquil, der Zimmermann, der sich in die Hand geschnitten und die Wunde nicht hatte auswaschen wollen. Jetzt war sie voll grüngelben Eiters. Kathryn säuberte sie mit Essig und Wein. Torquil schrie auf. Thomasina wies ihn zurück, er solle sich nicht anstellen wie ein Kleinkind, und trug dann eine Mischung aus Trockenmilch und Pulver aus zerstoßenem Moos auf. Der nächste war Mollyns, der Müller, der einen Elsterschnabel um den Hals hängen hatte. Er hielt sich den rechten Unterkiefer und stöhnte ununterbrochen. Seine kreidebleiche Frau Alice, die hinter ihm herkam, schilderte seine grimmigen Zahnschmerzen mit blumigen Worten.

»Er kann nachts nicht schlafen«, jammerte sie. »Und ich auch nicht. Er ist wie ein Hund mit drei Beinen. Das Korn ist nicht gemahlen. Er schnauzt seine Kunden an und behandelt seine Gesellen wie Lehrjungen.«

»Wozu soll der Elsterschnabel gut sein?« fragte Kathryn, drückte Mollyns auf den Stuhl und bat Thomasina, die Kerze etwas näher zu halten.

»Ich habe gehört, daß man damit Zahnschmerzen heilen kann«, brummelte Mollyns.

Kathryn rümpfte die Nase. »Es stinkt. Öffnet den Mund, guter Mollyns.«

Der Müller gehorchte. Kathryn hielt die Kerze näher und gab acht, daß die Flamme nicht Mollyns' üppigen Bart und Schnurrbart versengte. Sie warf einen Blick in die Mundhöhle und versuchte, sich ihren Ekel über den säuerlichen Atem nicht anmerken zu lassen. Überraschenderweise waren Mollyns Zähne jedoch ziemlich weiß und sauber, außer einem Backenzahn, der schwarz und häßlich aus dem roten, entzündeten Zahnfleisch hervorschaute. Kathryn gab Thomasina die Kerze zurück.

»Womit haltet Ihr Eure Zähne so weiß und sauber?« fragte sie.

»Ich bin nicht wegen der verdammten gesunden Zähne hergekommen!« schnauzte der Müller und funkelte Kathryn aus seinen kleinen Schweinsäuglein wütend an. »Euer Vater hätte so eine dumme Frage nie gestellt!«

»Halt' den Mund, Mollyns!« stichelte Thomasina. »Ich kenne dich schon seit deiner Kindheit. Du hast immer schon ein großes Maul gehabt und konntest deine Hände nicht bei dir behalten. Die Zahnschmerzen sind Gottes Strafe dafür, daß du falsche Gewichte benutzt und dein Mehl mit Staub gemischt hast!«

»Nein, das tut er nicht!« schrie die Müllersfrau zurück. »Und über dich weiß ich schon lange Bescheid, Thomasina!«

»Ist gut«, unterbrach Kathryn. »Also kennen wir uns alle ganz genau. Ich habe Eurem Mann eine einfache Frage gestellt. Reinigt Ihr Eure Zähne mit Salz und Wein?«

»Das Zeugs rühre ich nicht an.«

»Er ißt gerne Äpfel«, sagte Alice und kam näher. »In einem fort ißt er sie. Wir haben einen kleinen Obstgarten. Er ißt mehr als das Schwein.«

Kathryn lächelte die Frau dankbar an und beschloß, es sich zu merken. Sie hatte dieselbe Beobachtung schon zuvor bei Falloton, dem Obsthändler, und Horkle, dem Krämer, gemacht. Sollte ihr Vater recht gehabt haben? Immer und immer wieder hatte er behauptet, daß die Mönche der Christuskirche an Zähnen und Gaumen gesund waren, weil sie mehr Früchte als Fleisch aßen. Mollyns stöhnte plötzlich auf, und Kathryn blickte auf sein vor Wut rot angelaufenes, schweißbedecktes Gesicht.

»Mollyns«, sagte sie, »da kann ich nichts machen. Der Zahn muß gezogen werden, und Ihr müßt damit zu einem Bader. Aber seht her.« Kathryn öffnete einen Kasten mit Salbe, den Thomasina stets auf den Tisch stellte. Sie nahm ein Stück gewaschener Wolle, rollte es zu einem kleinen Bällchen zusammen und tunkte es in Nelkenöl. Sie bat Mollyns, den Mund zu öffnen, und preßte es auf den schmerzenden Zahn. Der Müller schrie auf. Dann reichte sie der Müllersfrau eine Phiole Öl.

»Bis er zu einem Bader geht und sich den Zahn ziehen läßt, wiederholt den Vorgang mittags und vor dem Zubettgehen.«

Kathryn rümpfte plötzlich die Nase. Schuldbewußt sah Alice sie an.

»Was ist, Mistress?«

Kathryn trat näher an Alice heran und sah Thomasinas angeekelten Blick.

»Alice, geht es Euch gut?«

»Warum?«

»Woher kommt dieser gräßliche Geruch?«

Alice warf einen flüchtigen Blick auf ihren Mann, der sich aber auf seine Schmerzen konzentrierte, nachdem das

Öl jetzt eingedrungen war und die Fäulnis in seinem Zahn beruhigte. Alice berührte ihren Kopf.

»Er tut mir weh«, flüsterte sie.

Kurz entschlossen zog Kathryn Alice die Kapuze vom Kopf und sah, daß das graue Haar der Frau mit einem dicken, schmalzigen Belag bedeckt war.

»Was habt Ihr denn da aufgetragen?« rief Kathryn aus.

»Die Schmerzen fingen an«, stöhnte Alice, »als sein Zahn anfing, weh zu tun. Da hab ich ...«

Kathryn kam näher und roch an ihren Haaren. »Oh nein, Alice, nicht das!«

Zerknirscht wandte die Müllersfrau den Blick ab.

»Ziegenkäse!« rief Kathryn. »Ihr habt Euch den Kopf mit Ziegenkäse eingerieben!« Sie verbarg ein Lächeln. »Alice, kommt her.«

Die Müllersfrau, die jetzt ein wenig Angst hatte, kam näher.

»Habe ich etwas falsch gemacht?« jammerte sie.

»Allerdings«, sagte Thomasina und entfernte sich eilig.

»Was passiert jetzt?«

»Komm mal her« sagte Kathryn freundlich. Und während der Müller stöhnend auf einem Hocker saß, drehte Kathryn die Frau mit dem Rücken zu sich und fuhr ihr behutsam mit den Händen über Nacken und Schultern. Die Muskeln waren verspannt und hart. Kathryn streichelte sie sanft, und Alice stieß einen Seufzer der Erleichterung aus.

»Oh, Mistress, das tut gut.«

»Die Körpersäfte in Eurem Nacken sind nicht in Ordnung«, erklärte Kathryn. »Habt Ihr Kinder?«

Alice drehte den Kopf nach hinten und lächelte.

»Vier Jungen und drei Mädchen«, sagte sie stolz.

»Und wenn sie hinfallen, was macht Ihr dann?« wollte Kathryn wissen.

»Ich reibe ihnen die Knie.«

»Da machen wir beide das gleiche«, murmelte Kathryn.

»Reibt Euren Nacken fest mit der Hand. Wascht diese schmierige Masse aus den Haaren. Trinkt einen großen Becher Rotwein, bevor Ihr zu Bett geht. Achtet darauf, daß Euer Kopf richtig auf dem Kopfpolster liegt, und die Schmerzen werden verschwinden.«

Alice nickte und lächelte, aber das Lächeln verging ihr sofort, als ihr Blick auf ihren Mann fiel. Sie zerrte ihn an der Schulter.

»So, mein lieber Mann, und du läßt dir jetzt den Zahn ziehen, bevor du uns alle verrückt machst!« Ärgerlich schob Alice ihren stöhnenden Mann vor sich her aus dem Haus.

In der nächsten Stunde mußten sich Kathryn und Thomasina mit einer Reihe kleinerer Leiden befassen – Schnittwunden, Prellungen und andere Beschwerden. Verzweifelt blickte Kathryn auf die Stundenkerze auf ihrem Eisendorn neben der Spülküche. Sie hatte mehr zu tun als erwartet und würde es nicht mehr schaffen, Pater Cuthbert im Krankenhaus für arme Priester zu besuchen. Colum Murtagh kam ihr wieder in den Sinn, und sie spürte einen Anflug von Beklommenheit in der Magengegend. Colum hatte sich den ganzen Morgen wie ein Schatten durch ihre Gedanken bewegt, und sie war zu dem Schluß gekommen, daß er eine sehr wechselvolle Natur hatte – ein Mann der Gewalt, der versuchte, in Frieden zu leben. Er hatte noch andere Gefahren mit sich gebracht. Einer ihrer Patienten hatte bereits die Morde von Canterbury erwähnt – also waren die Neuigkeiten bereits im Umlauf.

»Was ist mit Euch, Mistress?« unterbrach Thomasina ihre Gedanken.

Kathryn schüttelte sich, wachte aus ihren Tagträumen auf und merkte, daß sie mit einem Glas Salbe in der Hand dastand und Löcher in die Luft starrte.

»Thomasina, der Ire macht mir keinen Kummer, aber die Sache im Rathaus.«

»Ach die, das sind nur ein paar fette Männer«, spottete ihre Magd. »Nehmen wir den Erzbischof, er ist verschlagen wie ein Fuchs. Luberon ist ein alter Wichtigtuer. Und laßt Euch nicht von Newington beeindrucken, er ist sanft und mild wie ein Muttersöhnchen. Ich stimme dem Urteil Eures Vaters über ihn nicht zu, der gesagt hat, Newington sei eine Viper im Gras, mit spitzer Zunge und einem Verstand, vor dem man sich in acht nehmen müsse.«

»Nein«, Kathryn schüttelte den Kopf. »Das ist es nicht, Thomasina, es ist der Mörder.« Sie setzte sich auf einen Hocker. »Du hast gehört, was Henry der Sackmacher heute morgen gesagt hat. Die Todesfälle sind bereits stadtbekannt.«

»Na und?«

»Verstehst du nicht, Thomasina, über kurz oder lang wird der Mörder auch von mir erfahren. Wird er eine Ärztin und einen irischen Soldaten auf seine Liste unglücklicher Opfer setzen?«

Thomasina lachte und zuckte die Schultern, aber Kathryn wußte, daß auch sie die Gefahr erkannt hatte.

»Wir müssen gehen«, murmelte Kathryn. »Wir sollten um elf Uhr im Rathaus sein.«

Sie zog die Holzschuhe aus und eine Hose und ein Paar Stiefel unter ihr Kleid, denn die Straßen würden mit Unrat übersät sein. Sie holte ihren alten Wollumhang und die Notizen, die sie sich am Tag zuvor gemacht hatte. Gerade wollte sie das Haus verlassen, als jemand heftig an die Haustür klopfte. Thomasina eilte fluchend den Korridor entlang und kam mit einer jungen, gut gekleideten Frau zurück. Unter einem Umhang aus feinster Wolle, den sie um die Schultern gelegt hatte, trug sie ein lohfarbenes Kleid, das um den Halsausschnitt mit feiner

Brokatstickerei verziert war. Ihr Haar hatte sie mit einer weißen Haube aus reinem Batist bedeckt, die ein scharf geschnittenes, aber sehr hübsches Gesicht noch hervorhob, klare graue Augen, eine kleine Nase und volle rote Lippen. Kathryn schätzte sie auf höchstens siebzehn oder achtzehn Jahre.

»Ihr seid Kathryn Swinbrooke?«

Die Frage war knapp und bündig, aber Kathryn sah, daß die junge Frau nervös war, daher lächelte sie und nickte. Die Frau zog langsam ihre Lederhandschuhe aus, wobei sie einen silbernen Ehering am Ringfinger ihrer linken Hand entblößte.

»Ich ... muß mit Euch reden«, stammelte er. »Ich heiße Mathilda und bin die Frau von Sir John Buckler.«

»Ja, aber wir sind gerade im Begriff zu gehen«, schaltete Thomasina sich ein.

Das Mädchen sah Kathryn hilfesuchend an. Ihre klaren Augen schwammen jetzt in Tränen. »Ich muß zu Euch«, wiederholte sie. »Ich brauche Eure Hilfe.«

Kathryn trat zu Mathilda und nahm ihre Hand, die warm und weich wie ein Hauch von Seide in der ihren lag. Sie wäre gern geblieben, denn die Bucklers waren eine einflußreiche Familie in Canterbury, und Kathryn wußte instinktiv, daß die Sache zutiefst intim war. Hatte das Mädchen eine Dummheit begangen und war von einem anderen Mann schwanger? Spannte sich daher der Umhang so über ihrem Leib? Oder war es etwas anderes?

»Mistress Buckler, ich kann Euch jetzt nicht empfangen.«

Das Mädchen schaute verzweifelt.

»Aber wenn Ihr wiederkommen wollt«, – Kathryn hielt inne und überlegte kurz, wie die Zeiteinteilung in einem großen Haushalt wohl aussehen mochte – »vielleicht heute abend irgendwann? Sagen wir, kurz bevor die Glocken zur Vesper läuten? Dann kann ich Euch zuhören.«

Die junge Frau blickte zur Seite. »Ich kann …« Sie nickte. »Ja, ja, dann komme ich bestimmt.« Sie wandte sich um, und Thomasina geleitete sie hinaus.

Kathryn zuckte mit den Schultern und sandte ein Stoßgebet zum Himmel. Besuche wie diese, heimlich und verstohlen, mochte sie nicht. Sie war Ärztin und Kräuterkundige, und keine Hexe der Nacht, die jederzeit heiße Nadeln und Mixturen bereithielt, um den Leib einer Frau zu säubern.

»Das riecht nach Ärger«, verkündete Thomasina, als sie zurückkam.

»Warten wir's ab«, sagte Kathryn leise.

Sie machten sich auf den Weg zum Rathaus. Kathryn übersah Thomasinas offensichtliche Enttäuschung, als sie nicht zum Krankenhaus für arme Priester gingen, und führte sie durch enge, gewundene Gassen zur Hethenman Lane. Sie wollte niemanden treffen und von niemandem angehalten werden. Deshalb schlüpfte sie rasch in eine Seitenstraße, als sie Goldere wie einen eingebildeten Gänserich auf sich zu stolzieren sah. Erleichtert atmete sie auf, als sie sich umdrehte und feststellte, daß er ihr nicht folgte. Die Gasse mündete auf einen kleinen Platz, der mit windschiefen Marktbuden überfüllt war. Hausierer, Straßenverkäufer und alle möglichen Marktschreier drängten sich hier, die in Scharen nach Canterbury kamen, um die Pilger zu schröpfen. Man hatte eine kleine Bühne aufgestellt, auf der ein junger Mann, irgendein armer Studiosus, versuchte, einen Penny oder eine Brotkruste zu verdienen, indem er lauthals Gedichte proklamierte, die aber nicht beachtet wurden. Er sah so blaß und verwaist aus, daß er Kathryn leid tat. Sie blieb stehen, um ihm zuzuhören, und ließ dann einen Penny in seine schmutzverkrustete Hand fallen. Der Student hielt inne und grinste.

»Habt Dank, Mistress. Nicht alle mögen den armen Chaucer und seine Erzählungen.«

Kathryn lächelte, ging ein Stück weiter und blieb plötzlich wie angewurzelt stehen.

»Oh, grundgütiger Gott!« murmelte sie.

»Mistress?« wandte sich Thomasina ungehalten an Kathryn. »Mistress, stimmt was nicht?«

»Der Mörder«, flüsterte Kathryn. »Ich weiß, wie ...«

»Was denn, Mistress?«

Kathryn sah zu den Kirchtürmen der Kathedrale empor. Natürlich, dachte sie, Chaucer und seine Erzählungen, oder genauer, der Prolog zu seinem großen Werk. Ihr Vater hatte es so geliebt, daß er es ihr beigebracht hatte. Natürlich, Chaucer hatte über Pilger geschrieben, und der Mörder vergriff sich an Pilgern; Chaucer hatte ihre Berufe aufgeführt, und der Mörder suchte seine Opfer nach ihrem Beruf aus. Die Knittelverse waren eine Parodie auf Chaucer und das Zitat »Radix malorum ...«, stammte es nicht aus einer von Chaucers Erzählungen?

»Mistress!«

»Es ist nichts«, murmelte Kathryn, ging weiter und überließ es der verblüfften Thomasina, ihr zu folgen.

Kathryn hatte Mühe, ihre Aufregung zu verbergen, als sie die High Street entlangging, wo Menschentrauben sich um Stände und Buden drängten. Endlich wußte sie, wie der Mörder seine Opfer wählte, und sie spürte eine Art Triumph in sich aufsteigen. Plötzlich ertönten Schreckensschreie, und Thomasina zupfte sie am Ärmel. Der Tumult auf der High Street hatte sich gelegt, und die Menschen machten einem riesigen Karren Platz, der von zwei großen schwarzen Pferden mit schäbigen, scharlachroten Federbüscheln zwischen den Ohren gezogen wurde. Der Kutscher trug eine Kapuze und war maskiert, die schwarze Haube lag eng an seinem Kopf an, die rote Maske hatte grobe Schlitze für Mund und Augen. Um den Hals trug der Kutscher an einer Kordel aufgereihte Tierknochen. Ein kleiner Junge neben ihm, ähnlich gekleidet, schlug den Todesmarsch auf einer kleinen Trommel.

»Herr Jesus, stehe uns bei!« sagte Thomasina erschrocken. Der Henkerskarren bahnte sich einen Weg bis nach Westgate hinunter. Als der Karren an Kathryn vorbeifuhr, glitt die schmutzige Plane zur Seite und Kathryn spürte, wie ihr übel wurde beim Anblick der abgeschlagenen, bluttriefenden Köpfe und der in Pökelsalz eingelegten menschlichen Körperteile, die dort lagen.

»Barmherziger Gott, sei ihrer Seele gnädig!« rief sie aus.

»Sie bringen sie zu den Stadttoren«, murmelte jemand neben ihr.

»Wer war es denn?« fragte Thomasina.

»Rebellen«, erwiderte Kathryn. »Männer, die im letzten Krieg Lancaster unterstützt haben. Sheriffs, Adlige, Beamte.«

»Nicholas Faunte haben sie noch nicht gefangen!« rief ein Standbesitzer.

»Was macht das schon?« schnauzte Thomasina ihn an. »Der Krieg ist vorbei, die Sieger bitten wie immer zum Aderlaß, und dann geht das Leben wieder seinen gewohnten Gang.«

Nach der Durchfahrt des Henkers waren die Fröhlichkeit der Menge und das warme Sommerwetter wie weggeblasen. Auch die Wohlhabenden in ihren kostbaren Gewändern mit großen, dicken Börsen an reichverzierten Gürteln senkten die Köpfe und sprachen nur noch gedämpft miteinander. Kathryn drängte sich an ihnen vorbei zur Rathaustreppe. Soldaten in der Uniform der Yorkisten standen dort. Sie sah, daß Colum auf sie wartete und ernst mit einem Sergeanten in den Farben des Königs sprach, einem kleinen, untersetzten, kahlköpfigen Mann, jeder Zoll ein Soldat. Colum wandte sich um, erblickte Kathryn und winkte sie zu sich.

»Alles in Ordnung, Mistress Swinbrooke?«

»Ja, bei dem schönen Wetter«, erwiderte Kathryn. Sie blickte über die Schulter zurück. »Dieser Karren und sein Kutscher! Es war, als wäre der Tod persönlich an mir vorbeigefahren!«

»Sie sind gestern hingerichtet worden«, sagte der Soldat. »Auf dem Marktplatz in Maidstone. Aber wenn Faunte erst gefangen ist – und wir wissen, daß er sich in der Gegend von Kent versteckt hält …«, der Kerl wandte sich um und spuckte aus, »… dann haben wir Soldaten unsere Pflicht getan. Außer den Lieblingen des Königs, wie unser Ire hier.«

Colum grinste, seine ernste Miene entspannte sich. »Mistress Swinbrooke, darf ich Euch Master Holbech vorstellen: Sergeant in der Ausbildung, geboren in Yorkshire, Eltern unbekannt.«

Die harten blauen Augen des Soldaten fingen Kathryns Blick auf, und er nickte leicht. »Mistress, jederzeit zu Diensten.«

Kathryn deutete ein Lächeln an, während Thomasina hinter ihr hustete und laut maulte: »Noch so ein Henkersknecht!«

Holbech verlagerte sein Gewicht auf ein Bein, blinzelte Thomasina an und fuhr sich genüßlich mit der Zunge über die Lippen.

»Bleib, wo du bist«, sagte Thomasina mit drohendem Unterton.

»Master Holbech«, fuhr Colum eilig fort, »steht nicht mehr im Dienste des Königs. Ich habe ihn angestellt, damit er mit in Kingsmead hilft. Er und ein paar andere Gauner, deren Tage in der Armee vorüber sind. Kingsmead ist nur noch ein baufälliges Haus. Wir brauchen Zimmerleute, Hufschmiede, Schmiede und Handwerker, und Holbech ist so geschickt, daß er eine Rose bei der Königin pflückt, ohne daß sie es merkt.«

Bei diesem Lob scharrte Holbech mit seinen großen

Stiefeln, als plötzlich eine Frau mit wehendem rotem Haar von der St.-Helens-Kirche her über die Straße kam und Holbech am Arm packte. Bernsteingelbe, katzenhafte Augen starrten die Gruppe aus einem spitzen weißen Gesicht an. Die Frau lächelte Colum zu und musterte Kathryn, ohne eine Miene zu verziehen. Auch Kathryn verhielt sich kühl. Die braune Schürze der Frau saß schlecht, betonte aber hinlänglich die ausladenden Kurven von Hüfte und Brust, während das üppige rote Haar wie ein Feuerschein ihr weißes Gesicht umrahmte.

»Das ist Megan, Holbechs Frau«, sagte Colum ohne Begeisterung. Er drückte die Hand des Sergeanten. »Nun, Holbech, du hast deine Befehle, ich habe meine.« Er klopfte auf den dicken, schweren Schnappsack, der am Schwertgürtel des Soldaten hing. »Silber und Vollmachten hast du zur Genüge. Kaufe, was gekauft werden muß, stelle ein, wen du brauchst. Die Arbeit muß in einem Monat erledigt sein. Der König wird seine Armee bald entlassen, und die Pferde kommen in den Süden.«

Holbech nickte Kathryn zu und ging davon. Megan hing immer noch an seinem Arm und schwatzte wie ein Kind auf ihn ein, während sie Colum über die Schulter hinweg einen provozierenden Blick zuwarf.

Der Ire sah ihnen nach.

»Ein guter Mann«, murmelte er. »Wenn auch ein kleiner Bastard.« Er ignorierte das scharfe, mißbilligende Zischen von Thomasina. »Aber sie macht Ärger.« Er wandte sich um und ging so schnell die Treppe zum Rathaus hinauf, daß Kathryn kaum mitkam.

»Woher wollt Ihr das wissen?« fragte Thomasina boshaft.

Colum blieb stehen und drehte sich um. »Was denn?«

»Daß Megan Ärger macht?«

»Holbech und ich haben das Königreich an allen Enden verteidigt. Megan ist eine Marketenderin, eine gute Frau, sie paßt auf ihren Mann auf. Das Problem ist nur, daß sie von einem zum anderen fliegt wie ein Schmetterling von Blüte zu Blüte. Sie zieht den Ärger förmlich an. Holbech wird es schon merken.«

Colum schlenderte ins Rathaus. Kathryn schnitt Thomasina hinter seinem Rücken eine Grimasse und folgte ihm auf dem Fuße. Im Eingang wimmelte es von königlichen Boten und Beamten des Hofes und der Stadt. Die Atmosphäre war eine Mischung aus Angst und Aufregung, weil diese Soldaten und Beamten, zu denen auch Colum zählte, Dokumente durchsuchten, Verräter jagten und die Stadt Canterbury wieder unter die Herrschaft des Königs stellten. Ein Amtsdiener trat unterwürfig auf sie zu. Als Colum Newington und Luberon erwähnte, führte er sie dienstbeflissen durch einen Korridor, vorbei an Zimmern, durch deren halb geöffnete Türen man Schreiber sah, die auf hohen Hockern Briefe oder Dokumente kopierten.

Newington und Luberon erwarteten sie im großen Rathaussaal. Sie saßen hinter einem Tisch. Vor ihnen, auf Hockern, saßen fünf Gestalten mit dem Rücken zur Tür. Sobald er Kathryn und Colum erblickte, erhob sich Newington und verzog sein mageres, bleiches Gesicht zu einem falschen Lächeln. Er wirkte ruhiger und gefaßter als am Tag zuvor. Die Haare waren frisiert, der dünne Bart säuberlich gestutzt, und er trug ein scharlachrotes, mit Grauwerk besetztes Gewand. Er hatte die goldene Amtskette angelegt. Luberon, wie gewöhnlich eingebildet und tintenverschmiert, kam immerhin auf sie zugetrippelt, wobei er wie ein Blatt in einem Wasserfaß auf und ab hüpfte.

»Master Murtagh, Mistress Swinbrooke, seid gegrüßt.«

Er führte sie zu einem Pult, während die anderen aufstanden und sich umdrehten, um sie zu begrüßen. Kathryn hielt die Augen gesenkt, als Luberon Stühle für sie und Colum herbeiholte.

Sie wurden einander vorgestellt. Kathryn als Mistress Swinbrooke, Ärztin. Sie vernahm ein verächtliches Schnauben und blickte auf, einen Anflug von Ärger unterdrückend. Sie erkannte keinen der fünf Männer, nur Geoffrey Cotterell. Letzterer stand da, die öligen Haarsträhnen sorgfältig über den kahlen Schädel gekämmt. Seine hervorstehenden Fischaugen und sabbernden Lippen zeigten unverhohlen seine Verachtung für sie; die Daumen hatte er in den breiten Gürtel um seinen faßähnlichen Leib gesteckt. Er zupfte sich ein paar Fusseln vom pelzverbrämten Gewand und grinste Kathryn boshaft an. Cotterell hatte Kathryns Vater gehaßt, und für dessen Tochter mit ihrem affektierten Gehabe galt dasselbe.

Kathryn übersah seinen Hohn und setzte sich. Colum machte es sich neben ihr bequem, streckte die Beine aus und schlug die Füße übereinander. Er bedachte Cotterell mit einem warnenden Blick und verscheuchte damit den Hohn aus dem Gesicht des Arztes. Newington fuhr mit der Vorstellung fort. Kathryn hatte die anderen Männer noch nie gesehen, kannte jedoch ihre Namen und wußte, daß sie in Canterbury den Ruf bedeutender Ärzte genossen. James Brantam, jung und nervös, mit rötlichem Haar und vorstehenden Schneidezähnen, verkroch sich wie ein ängstliches Häschen, befeuchtete seine Lippen und blickte auf Cotterell, der neben ihm saß. Kathryn wußte, daß Brantam einen Laden und eine Praxis in der Nähe von Westgate besaß. Matthew Darryl, dunkelhäutig mit tiefliegenden Augen, war ein glattrasierter junger Mann von angenehmem Äußeren. Newington hustete, als er ihn als seinen Schwiegersohn vorstellte. Neben ihm stand Edmund Straunge, groß und vierschrötig, mit scharfen Gesichtszügen, ziemlich dünnem Schnurrbart und einer Adlernase. Schließlich war da noch Roger Chaddedon. Auch er groß, dunkel und von angenehmer Erscheinung, mit zarter, olivfarbener Haut und klaren Augen. Er trug sein kostbares Arztgewand über cremefarbenem Batisthemd mit einer Anmut und Grazie, die den anderen fehlte. Chaddedon erhaschte Kathryns Blick und lächelte ihr zu. Verwirrt wich sie ihm aus. Chaddedon sah gut aus, und ihr fiel ein, daß er den Ruf eines guten Heilkundigen genoß, der angemessene Bezahlung verlangte und die Armen sogar kostenlos behandelte. Kathryns Vater hatte ihn oft gelobt, und sie war plötzlich traurig darüber, daß sie ihn nicht persönlich kennengelernt hatte, als ihr Vater noch lebte. Er hätte Chaddedon gemocht. Seine ruhige Art und sein freundliches Auftreten erinnerten Kathryn sogar an ihren Vater.

Dennoch schienen alle Ärzte ein wenig beunruhigt darüber, daß man sie vorgeladen hatte, und als Newington Colum als den Sonderbeauftragten des Königs vorstellte, geriet sogar Chaddedons kühles Auftreten ins Wanken.

»So, und warum sind wir heute hier?« fragte Cotterell barsch.

»Ihr seid alle Ärzte und befaßt Euch mit der Heilkunde«, hub Luberon an.

»Aha«, sagte Straunge bissig. »Das ist kein Verbrechen!«

»Ihr alle besitzt Häuser und Läden in Canterbury«, fuhr Luberon eifrig fort, »und habt Zugang zu Mixturen und Giften, an die andere nicht herankommen.«

Die vorgeladenen Ärzte merkten jetzt, worauf er hinaus wollte, und rutschten unruhig auf ihren Hockern hin und her.

Luberon wies mit tintenverschmiertem Finger auf Cotterell und Brantam.

»Ihr zwei praktiziert unabhängig voneinander. Cotterell am Buttermarkt und Brantam in Westgate. Aber Ihr drei« – dabei fuchtelte er mit einer Hand hochmütig in die

Richtung von Darryl, Straunge und Chaddedon – »habt eine Art Gemeinschaft eingerichtet.«

Straunge unterbrach ihn leise. »Ein Kollegium.«

»Ach, ja«, Luberon setzte ein falsches Lächeln auf. »Ein Kollegium an der Stadtmauer in der Nähe von Queningate.«

»Auch das ist kein Verbrechen«, murmelte Darryl, die dunklen Augen wachsam auf Luberon gerichtet. »Was wollt Ihr damit sagen? In London ist es gang und gäbe, daß Heilkundige ihr Wissen teilen und ihr Geld in einen Topf werfen.«

Er lachte nervös auf und deutete auf Newington, seinen Schwiegervater. »Auch unser guter Ratsherr hat Teil an unseren Gewinnen.«

Chaddedon beugte sich vor. »Master Luberon, Ratsherr Newington und« – hier warf er einen stechenden Blick auf Colum und Kathryn – »Eure Gefährten.«

Thomasina wurde nicht beachtet. Sie saß ganz hinten in dem großen Raum in einer Fensternische und blickte scheinbar unbeteiligt durch die bleiverglasten Fenster. Kathryn wußte, daß ihr kein Wort entging.

»Master Luberon«, fuhr Chaddedon fort. »Ihr habt die Art unserer Tätigkeit beschrieben, die kein Verbrechen ist. Im Gegensatz zu vielen anderen in der Stadt oder in der Stadtverwaltung haben wir uns im letzten Krieg nicht der Sache des Hauses Lancaster angeschlossen. Warum also sind wir hier?«

Plötzlich stand Colum auf, trat an den Tisch und schlug heftig mit der Faust darauf.

Zum ersten Mal erblickte Kathryn die merkwürdigen keltischen Ringe an seinen Fingern. Sie war sicher, daß er sie am Abend zuvor nicht getragen hatte. Der Ire schlug erneut auf den Tisch.

»Ihr alle seid hier«, verkündete er, »um verhört zu werden.«

»In welcher Angelegenheit?« fragten die Ärzte im Chor.

Colum schlug wieder auf den Tisch. »Über Mord und Kirchenschändung, Verbrechen also, die ebenso scheußlich sind wie Verrat!«

Sechs

Colum mußte etliche Male auf den Tisch schlagen, um den Tumult zu beenden, der nach diesen Worten ausbrach. Darryl und Straunge waren aufgesprungen und beschimpften Luberon und Newington mit lauten Worten. Cotterell blieb vor Verblüffung und Staunen der Mund offenstehen. Allein Brantam wirkte eher erleichtert, und Kathryn erhaschte mit einem raschen Seitenblick die Andeutung eines Lächelns auf seinem Gesicht. Dessen ungeachtet galt ihre volle Aufmerksamkeit dem Iren: Er war jetzt ein völlig anderer Mann als der, den sie am Abend zuvor zu Gast gehabt hatte; unfreundlich und übellaunig, als hätte er eine Abneigung gegen diese weichlichen, wohlhabenden Männer und wäre froh, sie zur Rechenschaft ziehen zu können. Brantam stand auf und war im Begriff, seinen Umhang anzulegen.

»Bleibt!« herrschte Colum ihn an. »Wenn Ihr durch diese Tür hinausgeht, Sir, werde ich Euch wegen Verrats festnehmen lassen! So, und nun« – er hob die Stimme – »werdet Ihr Euch alle hinsetzen!«

Colum hieb so lange auf die Tischplatte, bis alle Ärzte ihren Platz wieder eingenommen hatten. Das laute Gepolter erschreckte Kathryn. Colum sah zunächst sie, dann den rot angelaufenen Luberon an. Newington hingegen saß nur da und starrte ins Leere; der Spektakel schien ihn zu verwirren.

»Vier Morde sind begangen worden«, fing Colum an.

»Fünf«, unterbrach ihn Luberon.

»Davon habt Ihr mir nichts gesagt!« entgegnete Colum vorwurfsvoll.

»Ich hatte noch keine Gelegenheit dazu!« gab der

Schreiber bissig zurück. »Gestern nachmittag wurde der Kaufmann Philip Spurrier in der Kathedrale vergiftet.« Der Schreiber stützte die Ellenbogen auf den Tisch, legte die Fingerspitzen aneinander und genoß die Verblüffung, die seine Worte hervorgerufen hatten. »Master Murtagh, der Beauftragte des Königs«, fuhr er mit gedämpfter Stimme fort, »weiß nun, daß fünf, ich wiederhole, fünf Pilger vergiftet wurden, während sie den Schrein des Heiligen Thomas Becket besuchten.« Er brachte die erstaunten Ausrufe mit einer Handbewegung zum Schweigen.

»Laßt uns nicht die Unwissenden spielen«, spottete er.

»Ihr habt die Gerüchte sehr wohl gehört, und jetzt sollt Ihr alles erfahren. Dieser Mörder, dieser verlängerte Arm des Teufels, kennt sich gut in Canterbury aus. Er hat einen reichlichen Vorrat an Mixturen und Giften und gibt obendrein noch bekannt, wer sein nächstes Opfer sein wird, indem er Knittelverse an die Tore der Kathedrale hängt.« Luberon zählte schnell die Namen und Berufe der ersten vier Ermordeten auf.

»Und der fünfte?« unterbrach Colum ihn.

»Gestern, am frühen Nachmittag«, antwortete Luberon.

»Ein Laienbruder hat uns dies hier gebracht.« Er holte ein verdrecktes Stück Pergament hervor und zitierte:

»Ein Kaufmann ging zu Beckets Schrein,
Ich lud seine Seele zur Hölle ein.

Kaufmann Spurrier gehörte einer Gruppe an, die gestern den heiligen Schrein besuchte. Danach führte man sie in die Sakristei, wo ihnen Erfrischungen angeboten wurden. Spurrier leerte seinen Becher und fiel wenige Minuten später tot vor die Füße seiner Begleiter.«

»Und der Mörder entkam unerkannt?« Kathryns ruhige Stimme brachte den erneuten Tumult zum Schweigen.

Alle blickten sie überrascht an.

»Natürlich!« rief Luberon. »Niemand hat etwas Ungewöhnliches gesehen. Ach, ja, die Kaufleute bemerkten einen Fremden mit Kapuzenmantel, der sich ihrer Gruppe anschloß, aber sie hatten nichts dagegen. Sie dachten, er sei auch ein Besucher, der eine Sonderzahlung geleistet hatte. Sobald Spurrier den ersten Schluck aus seinem Becher genommen hatte, war dieser Mann verschwunden.«

»Und wo liegt die Leiche jetzt?« fragte Kathryn.

»Im Totenhaus von St. Augustine. Der Sanitäter behauptet, Spurrier sei mit einer ordentlichen Portion Schierling vergiftet worden.«

»Ein kostbares Gift«, murmelte Straunge.

»Was ist mit diesen Kaufleuten?« forschte Colum nach.

»Die Kaufleute befinden sich im Wirtshaus ›Zum Schachbrett‹ in der Mercery Street«, erwiderte Newington.

»Aber, Master Luberon, wir sind nicht das Gericht des Coroners; die Leiche geht uns nichts an.«

»Das ist zwar richtig«, ergriff Colum die Initiative, »aber Seine Majestät der König und Seine Lordschaft der Erzbischof haben mich, den Sonderbeauftragten für Canterbury, beauftragt, die Untersuchung durchzuführen, Spuren nachzugehen und den Mörder an den Galgen zu bringen, bevor er einen der berühmtesten Schreine der Christenheit entweiht.«

»So, so, aber was hat das mit uns zu tun?« fragte Straunge.

Colum lächelte. »Es besteht kein Zweifel daran, daß unser Mörder ein gebildeter Mann ist, auch wenn er Knittelverse hinschmiert. Er kennt sich in Canterbury aus und kann wie ein Schatten unauffällig durch die engen Gassen und Straßen huschen. Noch dazu ist er ein Mensch mit tiefsitzendem Groll gegen den Schrein – daher die Morde. Am wichtigsten ist aber, daß er Arzt oder Heilkundiger ist. Nur ein Arzt oder Heilkundiger, jemand, der Gläser voll todbringender Mixturen und giftiger Kräuter hat, war in der Lage, diese Morde zu begehen.«

Brantam beugte sich vor und klopfte auf den Tisch, als wolle er Colum imitieren.

»Master Sonderbeauftragter, Lord von den Inseln oder wie immer Ihr Euch nennt. Wir sind treue Untertanen des Königs, angesehene Bürger in unserer Stadt. Haben wir uns einer Gesetzesübertretung schuldig gemacht? Und wenn ja, warum wird dieser Fall dann nicht vom Sheriff oder vom Coroner oder« – Brantam warf einen vorwurfsvollen Blick auf Newington – »von der Ratsversammlung untersucht?«

»Weil wir weder einen Sheriff noch einen Coroner, noch eine Ratsversammlung haben!« erwiderte Newington. »Dank Faunte und anderen seines Schlages hat unsere Stadt ihre Freiheit eingebüßt. Master Murtagh handelt in diesem Fall im Auftrag des Königs.«

»Kommen wir zur Sache«, warf Luberon taktvoll ein.

Kathryn spürte, wie die Stimmung umschlug. Zunächst war ihr Newington als der zurückhaltend Taktierende erschienen, doch der kleine Schreiber fing an, ihr zu imponieren. Er vermochte ein Ziel meisterhaft anzusteuern, unter Verwendung strenger Verweise.

»Seht, ihr Herren«, sagte Luberon und deutete auf die Liste, die auf dem Tisch lag. »Ich gebe zu, daß es in Canterbury noch mehr Ärzte und Kräutersammler gibt.« Er breitete die Arme aus. »Dennoch mußten wir viele Namen von unserer Liste streichen: die Kranken, die Alten, die Mittellosen, diejenigen, wie unsere gute Mistress Swinbrooke hier, die nicht der Beschreibung des Mannes entsprechen, hinter dem wir her sind. Im übrigen hat das Schweißfieber beachtliche Lücken in Euren Reihen hinterlassen. Daher seid Ihr bis jetzt die einzigen, die wir in unsere Liste der Verdächtigen aufnehmen konnten.«

»Und was ist mit unserer guten Schwester, Mistress Swinbrooke?« platzte Darryl heraus. »Sie ist Heilkundige und Apothekerin.« Er lächelte säuerlich. »Nun, zumindest so lange, bis ihr Gemahl zurückkehrt.«

»Mistress Swinbrooke«, fragte Luberon freundlich. »Wollt Ihr die Frage Eurer Kollegen beantworten?«

»Ich muß das nicht«, erwiderte Kathryn und erhob sich. »Aber ich werde es tun. Master Darryl, mein Vater war Arzt; er ist tot, der Herr schenke ihm Frieden. Mein Gemahl ist in den Krieg gezogen, und Gott weiß, wo er sein Haupt jetzt bettet. Mein Vater hat mich unterrichtet, und ich habe Zulassungsurkunden von der Stadt. Folglich habe ich die Freiheit, zu tun, was ich für richtig halte, und besitze zudem, wie alle Brüder und Schwestern unseres Berufs, einen Schlüssel zu den Nebenpforten unserer Stadt, so daß ich nach Belieben ein- und ausgehen kann, um die Kranken zu pflegen und Patienten jenseits der Stadtmauer zu besuchen. Offen gesagt, Master Darryl, befasse ich mich ebenso mit der Heilkunst wie Ihr, aber ich bin eben eine Frau und stehe daher nicht auf der Liste der Verdächtigen.« Sie stützte sich mit den Ellenbogen auf die hohe Rückenlehne des Stuhls und beugte sich vor. »Die Ratsversammlung, der Beauftragte des Königs und Seine Gnaden der Erzbischof haben mich angestellt, ihnen in dieser Angelegenheit zu helfen. Ich bin ebensowenig erfreut wie Ihr über einen Mörder, der durch die Straßen von Canterbury schleicht und Pilger umbringt.«

Kathryn hielt inne und fuhr sich mit der Zunge über die Lippen. Ihr Zorn überraschte sie. Diese Männer waren so anders als ihr Vater. Er war ein freundlicher Mann gewesen; sie waren arrogant und behandelten sie von oben herab. Sie warf einen kurzen Seitenblick auf Colum. Er biß sich auf die Lippe, um ein Grinsen zu verbergen. Mit dir rechne ich später ab, Ire, dachte sie und fragte sich flüchtig, ob sie den anderen darlegen sollte, wie sie die Methode entdeckt hatte, nach der der Mörder seine Opfer auswählte. Newington und Luberon hörten jedoch nicht mehr zu und begannen, in ihren Papieren zu wühlen.

»Für mich steht fest«, schloß sie und nahm wieder Platz, »daß dieser Mörder ein Bürger von Canterbury und ein Arzt ist. Wer sonst hat Zugang zu Giften, und wer weiß, wie man sie in Wein auflöst? Wenn ein Laie sie kaufte, würde es Verdacht erregen. Und sie sind kostbar, vor allem jetzt, da der Handel durch den gerade überstandenen Krieg ins Stocken geraten ist.«

Erfreut stellte er fest, daß Chaddedon, sogar Straunge und Darryl zu ihren Worten feierlich nickten.

»Die Stadt, Seine Majestät der König«, fügte Luberon schnell hinzu, »haben mit Mistress Swinbrooke einen Vertrag abgeschlossen.« Er lächelte ihr flüchtig zu. »Der ihr später noch übergeben wird.« Er breitete die Arme aus. »So, meine Herren, nun wißt Ihr so gut wie wir, warum Ihr hier seid.«

»Aber jeder, der einen guten Kräutergarten hat, könnte solche Lösungen brauen«, unterbrach Straunge hitzig. »Auch Ihr, Master Luberon. Seid Ihr nicht ein Blumenliebhaber? In der Tat hat sogar der Erzbischof, wenn ich das recht verstanden habe, Euch seinen Rosengarten anvertraut. Ihr seid auch Kräutersammler und bei den Apothekern und Ärzten der Stadt wohlbekannt für Eure Neugier auf diesem Gebiet.«

Luberon klappte den Mund auf und wieder zu, denn die Bemerkung Straunges saß. Colum wurde unruhig, und Kathryn spürte, wie sich ihr vor Furcht die Nackenhaare sträubten. Straunge hatte recht. Der Mörder konnte auch jemand sein, der sich in Kräutern und Heilmitteln auskannte, doch dann dachte sie an den Fingerhut, der dem Wein des verstorbenen Arztes beigemischt war.

»Master Straunge, vielleicht habt Ihr recht«, ergriff sie

das Wort. »Jedes Kind kann schließlich Fingerhut oder giftige Pilze sammeln, aber wem ist bekannt, wie man sie zu Pulver zermahlt, wer kennt das rechte Maß und weiß, wie man das Gift beimischt? Ihr müßt zugeben, das erfordert Wissen und große Geschicklichkeit.«

Die Spannung wich aus Luberons Miene. Straunge zuckte die Schultern und lächelte.

»Concedo«, sagte er. »Master Luberon, ich wollte Euch nicht zu nahe treten. Es war nur so ein Gedanke von mir.«

»Ihr seid, das heißt, wir alle sind vielleicht unschuldig«, ergriff Kathryn rasch wieder das Wort. »Ich bin sicher, daß Euch alle keine Schuld trifft«, log sie. »Dennoch …«

»Dennoch«, unterbrach Colum barsch, »kommt Ihr nicht umhin, ein paar Fragen zu beantworten. Wir wissen sehr wenig über die Mordopfer. Wir kennen nur die Art und Weise, wie sie starben. Master Cotterell, ich glaube, Ihr habt ein Opfer untersucht?«

Der Arzt, der inzwischen seine Arroganz abgelegt hatte, nickte eifrig. »Ich war zufällig in der Nähe«, seine Stimme überschlug sich.

»Wir wollen es zunächst einmal dabei belassen«, fuhr Colum fort. »Aber ich möchte Euch alle fragen, wo Ihr Euch gestern nachmittag aufgehalten habt, als Spurrier in der Kathedrale vergiftet wurde. Ich bin der Beauftragte des Königs, und es ist Eure Pflicht als Untertanen, der Wahrheit entsprechend zu antworten. Mistress Swinbrooke wird mich dabei mit ihrem Wissen über Heilmittel unterstützen.«

Plötzlich stand Brantam nervös auf.

»Setzt Euch!« befahl Colum.

»Ich muß mit Mistress Swinbrooke sprechen«, stotterte Brantam. »Aber unter vier Augen.« Die Angst stand ihm für alle sichtbar ins Gesicht geschrieben, und seine beiden Hände krallten sich in seinen kostbaren, mit gefärbter

Lammwolle verbrämten Mantel. »Ich bitte Euch!« flehte er. »Mistress Swinbrooke?«

Noch bevor Colum etwas unternehmen konnte, stand Kathryn auf.

»Hat das etwas mit dieser Angelegenheit zu tun?« fragte sie.

Brantam nickte.

»Meine Herren, Ihr entschuldigt uns?«

Sie führte Brantam hinaus; Thomasina machte Anstalten aufzustehen, aber Kathryn bedeutete ihr zu bleiben.

Draußen im Korridor ging Brantam auf und ab.

»Was ist, Sir?« fragte Kathryn.

Brantam schüttelte den Kopf, machte den Mund auf und wieder zu. Kathryn beachtete ihn eine Zeitlang nicht, weil sie durch ein Streitgespräch am anderen Ende des Korridors abgelenkt wurde. Eine Gruppe Schwanenwärter in schmutzigen Wämsen, Lederhosen und schlammverkrusteten Stiefeln forderte lautstark von einem Beamten Bezahlung dafür, daß sie die königlichen Schwäne auf dem Stour beaufsichtigt hatten.

»Master Brantam, sollen wir wieder hineingehen?« fragte Kathryn.

Der junge Mann schüttelte den Kopf. »Ich kann beweisen«, begann er, »ich kann beweisen, daß ich zehn Tage lang nicht in der Stadt war und erst vor zwei Tagen zurückgekehrt bin. Ich war verreist in Richtung London.«

»Aber gestern, als Spurrier starb, wart Ihr in Canterbury?«

»Ja, ja, das schon.«

»Aber?«

»Ich war, sozusagen, in Canterbury, aber von gestern mittag bis zum Hornsignal, nun ja … bis das Wächterhorn erklang, das die Marktgeschäfte des Tages beendete.« Brantam feuchtete seine Lippen an – »war ich in Master Cotterells Haus.«

»Und er war auch dort?«

»Nein, ich war bei seiner Frau im Schlafgemach.«

Kathryn preßte die Lippen zusammen, um ein Lächeln zu unterdrücken. Jetzt verstand sie, warum Brantam so nervös gewesen war. Der junge Arzt sah sie flehentlich an.

»Versteht Ihr nun, Mistress? Ich kann beweisen, wo ich war, aber wenn Cotterell das erfährt, bringt er vielleicht uns beide um!«

»Welchen Beweis habt Ihr?«

Brantam errötete vor Scham und wandte den Blick ab.

»Wenn Ihr in Cotterells Haus kommt« – flüchtig sah er Kathryn an – »und ich nehme an, Ihr wollt es nachprüfen: Die Polster im Schlafgemach sind aus roter Seide mit zwei weißen, miteinander verbundenen Turteltauben in einem Kreis aus blauen Canterbury-Glocken. Mistress Cotterell trug rote Strümpfe mit gelbem Muster. Fragt sie! Auf ihrem rechten Oberschenkel hat sie ein Muttermal an ... in der Nähe ihres verborgenen Bereichs.«

Kathryn hatte die Unterlippe jetzt zwischen den Zähnen festgeklemmt. Ihr tat der Mann leid, aber die Situation hatte durchaus auch ihre komischen Seiten, die sie nicht übersehen konnte.

»Ich kann es beschwören. Ich bin immer dort, sobald sich die Gelegenheit ergibt. Ich liebe sie!«

Plötzlich wurde die Tür aufgestoßen, und Colum kam heraus. »Mistress Swinbrooke, was geht hier vor?«

»Geht, Master Brantam«, sagte Kathryn leise.

Colum drängte sich an ihr vorbei. »Sir, das werdet Ihr nicht tun!«

Brantams Augen bettelten Kathryn an.

»Master Brantam«, wiederholte sie. »Ihr geht jetzt nach Hause, und wenn dieser Gentleman hier Euch aufhält, werde ich Euch begleiten. Also geht!«

Brantam drehte sich um und rannte förmlich den Korridor hinunter. Colum ergriff Kathryns Arm. Sein dunkles Gesicht war wutverzerrt. Sie verbarg ihre Angst vor dem bedrohlichen Flackern in seinen Augen. Er knurrte und preßte die Lippen aufeinander. Sie konnte sehen, wie die Muskeln an seinem Oberkiefer arbeiteten.

»Ich bestimme hier«, knirschte er, »wer kommt und wer geht!«

»Ire, laßt meinen Arm los!«

»Ich bestimme!«

»Sir, laßt sofort meinen Arm los, Ihr tut mir weh!« Kathryn machte einen Schritt auf ihn zu. Colum ließ von ihr ab. Kathryn rieb sich die Stelle, an der ihre Muskeln nach seinem Zangengriff schmerzten. »Ich werde einen blauen Fleck bekommen«, sagte sie. »Um Himmels willen, Mann, Brantam ist kein Mörder. Ein Ehebrecher, ja, in Master Cotterells Bett!«

Colums Miene veränderte sich. Seine Wut verflog, er sah müde aus und blinzelte heftig, als wolle er den gerade eben noch verspürten Zorn abschütteln.

»Beim Kreuze Christi!« murmelte er. »Kommt, Kathryn, es tut mir leid!«

Sie gingen wieder zu den anderen zurück. Colum stieg die Schamesröte ins Gesicht, als er ihnen erklärte, Mistress Swinbrooke habe Informationen, die eine weitere Befragung Master Brantams überflüssig machten. Dann stellte er weitere Fragen, die ergaben, daß die anderen Ärzte in Canterbury waren, als der Mord an Spurrier begangen wurde. Schließlich nickte Colum Newington zu, der sich erhob und mit einer Handbewegung um Schweigen bat.

»Diese Angelegenheit bleibt unter uns«, erklärte der Ratsherr. »Wir wollen unparteiisch vorgehen. Niemand bleibt zunächst verschont, auch mein Schwiegersohn, verheiratet mit meiner über alles geliebten Tochter Marisa, steht unter Verdacht. In der Tat sind wir alle verdächtig, denn diese Morde sind eine Bedrohung für den Schrein, für die Pilger und den Handel in einer Stadt, die schon genug unter den Folgen ihrer falschen Verbundenheit mit dem Hause Lancaster zu leiden hat. Der Beauftragte des Königs und Mistress Swinbrooke werden ohne Ausnahme jeden von Euch verhören.« Newington wischte sich die schweißnassen Hände an seinem Gewand ab. »Es ist Euch nicht gestattet, die Stadt zu verlassen. Eure Geschäfte könnt Ihr weiterführen.« Er strahlte in die Runde. »Das heißt nicht nur die Heiltätigkeit, sondern auch alle anderen Angelegenheiten.« Er lächelte Kathryn und Colum über den Tisch hinweg zu. »Mein Schwiegersohn, ja, alle hier Anwesenden gehören der Laienbruderschaft der Messe Jesu an. Wir bereiten uns auf die Aufführung des Stückes ›Corpus Christi‹ in der Heiligkreuzkirche in Westgate vor. Wenn die Proben beendet sind und wir diese Vorfälle hier geklärt haben, müßt Ihr kommen und uns zusehen.«

»Ich werde Euch alle verhören«, wiederholte Colum und überging Newingtons Artigkeiten. »Für heute seid Ihr entlassen.«

Die Ärzte standen auf und beeilten sich hinauszukommen. Nur Chaddedon zögerte noch, lächelte Kathryn zu und inszenierte eine höfische Verbeugung vor ihr.

»Mistress Swinbrooke«, bot er ihr an, »was mich angeht, so seid Ihr in unserem Hause jederzeit herzlich willkommen.«

Kathryn lächelte und beschloß, den wütenden Blick zu ignorieren, den Colum dem hinausgehenden Arzt nachschickte.

Nachdem die Tür hinter ihnen ins Schloß gefallen war, ging Luberon an einen Tisch und goß fünf Becher voll Wein. Er reichte je einen Newington, Kathryn, Colum und zuletzt auch Thomasina. Nach der hitzigen Debatte mußten sie erst einmal bedenken, was sie in Erfahrung gebracht hatten. Luberon erkundigte sich nach Brantam, doch Colum lächelte nur und murmelte, der Arzt habe so seine eigenen Sorgen und Nöte.

»Was machen wir nun?« fragte Kathryn und stand auf, um ihre verkrampften Beinmuskeln ein wenig zu lockern. Sie spürte eine leichte, freudige Erregung. Zum ersten Mal seit dem Tode ihres Vaters trieb sie nicht wie ein Blatt auf einem Strom dahin, sondern konnte das, was um sie herum geschah, entscheidend mit beeinflussen. Luberon lächelte, und Kathryn bemerkte den Humor in den Augen des kleinen Schreibers.

»Das hat Euch wohl gefallen, Mistress Swinbrooke, Eure Kollegen zu verhören?«

Kathryn lächelte schalkhaft, ihre Augen blitzten. »Ich wußte gar nicht, daß Ihr so ein eifriger Gärtner seid, Master Schreiber.«

Luberon hustete. »Ja, aber nur so nebenher, und Straunge hat recht, wenn er sagt, daß ich mich für Kräuter interessiere. Aber ich bin kein Mörder, und gestern habe ich in der Kanzlei des Erzbischofs gearbeitet.« Er schüttelte den Kopf. »Ich war neugierig, ob sie sich auf mich stürzen würden.«

»Oh«, sagte Kathryn schnippisch, »sobald man zwei oder drei Ärzte zusammenbringt, entwickelt sich unweigerlich ein Disput. Aber sagt, Master Murtagh, was soll nun weiter geschehen?«

Colum saß zusammengesunken auf seinem Stuhl und hing seinen Gedanken nach.

»Ich habe die Kaufleute hierher gebeten«, schaltete sich Newington ein und schielte auf die Stundenkerze auf ihrem Zapfen in einer Ecke des Raumes. »Diejenigen, die bei Spurrier waren, als er starb. Sie werden zur zweiten Stunde kommen, aber Master Murtagh, habt Ihr nicht noch andere Dinge zu erledigen?«

Colum trommelte auf die Armlehnen.

»Ich weiß, ich weiß, kleine Streitfälle, die mich nichts angehen.«

»Ihr seid der Beauftragte des Königs«, fuhr Newington aalglatt fort. »Ihr arbeitet am Hofmarschallgericht des königlichen Haushaltes, und unter den obwaltenden Umständen müssen diese Angelegenheiten von Euch entschieden werden.«

Colum machte ein unziemliches Geräusch und warf einen Blick auf Kathryn. Er bemerkte, daß ihre Wangen vor Erregung gerötet waren. Hätte er den Mut besessen, hätte er ihr das Kompliment gemacht, daß sie schön sei. Seltsam, dachte er, Kathryn konnte sich so schnell verändern. Sie war ihm zu Anfang als anmutige, ernste und ziemlich zurückhaltende Frau erschienen, aber die hitzige Debatte mit den Ärzten hatte in ihr einen Funken entfacht und Leidenschaft zum Leben erweckt. Colum blickte schuldbewußt zur Seite, als Kathryn sich erhob.

»Ich habe noch etwas mitzuteilen«, verkündete Kathryn und ging zur Tür, um sicherzustellen, daß sie fest verschlossen war. Sie trat in die Mitte des Raumes. »Ich glaube«, begann sie zögernd, »ich glaube, ich weiß, wie der Mörder seine Opfer aussucht.«

Die anderen starrten sie an.

»Habt Ihr schon einmal von dem Dichter Geoffrey Chaucer gehört?« fuhr Kathryn nun etwas sicherer fort.

Luberon lächelte und nickte. Colum sah sie mißtrauisch von der Seite her an, während Newington nur die Schultern zuckte.

»Chaucer«, fuhr Kathryn fort, »lebte vor etwa hundert Jahren unter der Herrschaft von Richard II. Mein Vater zitierte ihn gern.«

»Ach ja«, sagte Newington. »Den Namen habe ich schon gehört. Er schrieb doch ein bekanntes Gedicht über Canterbury.«

»Die *Canterbury-Erzählungen*«, stimmte Kathryn zu. »Sie

bestehen aus einem Prolog und einer Aufzählung von Personen, darunter ein Ritter, eine Nonne, ein Prior, ein Mönch, ein Gerichtsbote. Beinahe alle nur denkbaren Berufe. Sie verlassen an einem Aprilmorgen das Wirtshaus ›Zum Heroldsrock‹ zu Southwark, um Beckets Schrein aufzusuchen. Auf der Reise erzählt jeder, wie es üblich ist, eine Geschichte.«

Colum hatte noch immer nicht begriffen.

»Seht«, erklärte Kathryn. »Mein Vater hat oft die Verse des Dichters zitiert. Sie sind in gereimten Verspaaren geschrieben, ähnlich denen, die unser Mörder an die Tür der Kathedrale gehängt hat.« Sie seufzte und stemmte die Hände in die Seiten. »Versteht Ihr denn nicht? Unser Mörder ist ein gebildeter Mensch. Er hat Chaucers *Canterbury-Erzählungen* gelesen. Seine Knittelverse sind eine Parodie auf Chaucer, und seine Opfer hatten alle Berufe, die in Chaucers Prolog vorkommen.«

»Das ist zu weit hergeholt«, sagte Newington.

»Nein«, sagte Luberon laut. »Mistress Swinbrooke hat recht. Ein Kehrreim bei Chaucer heißt ›Radix malorum est Cupiditas‹ – Geldgier ist die Wurzel allen Übels. Erinnert Ihr Euch nicht an den Vers des Verbrechers:

›Beckets Grab, so grau und kraß,
Radix malorum est Cupiditas.‹«

Luberon reckte sich stolz. »Ich glaube, es ist ein Zitat aus der ›Erzählung des Ablaßpredigers‹.«

Dann stand er auf und vollführte geradezu einen Tanz; seine kleinen Füße schlurften über den Boden, und sein hochmütiges Gesicht war zu einem Lächeln verzogen. Er klatschte in die Hände wie ein kleines Kind.

»Oh, sehr gut, Mistress Swinbrooke!« frohlockte er. »Wirklich, sehr, sehr gut!«

»Und wozu das Ganze?« fragte Colum mürrisch. »Wie

viele Personen gibt es in diesen Erzählungen von Chaucer?«

Kathryn machte ein langes Gesicht. »Oh, etwa zwanzig bis dreißig.«

»Was sollen wir also tun?« stichelte Newington. »Uns ein Exemplar dieser Erzählungen beschaffen und diese Berufe alle aus Canterbury verbannen? Unmöglich! Wir sind hier, um einen Mörder zu hängen, und nicht, um nach Büchern zu suchen.«

Luberon warf ihm einen wütenden Blick zu. »Nein, nein, in der Bibliothek der Kathedrale ist sicher ein Exemplar. Der Erzbischof muß eins haben.« Er hob seinen Mantel auf und legte ihn wieder über seine Stuhllehne. »Wenn wir hier fertig sind, müssen wir dort hingehen, Mistress Swinbrooke. Wir alle, und uns dieses Buch ansehen.«

Colum entspannte sich und blinzelte Kathryn zu.

»Mistress Swinbrooke, ich darf Euch unser aller Hochachtung aussprechen. Ich möchte nicht ungehobelt erscheinen; Ihr habt gewiß einen roten Faden in unserer traurigen Geschichte gefunden. Also suchen wir nach einem Mörder, der diesen Chaucer gelesen und studiert hat. Vielleicht besitzt er sogar ein Exemplar seines Werkes? Master Luberon, Ihr übernehmt es doch sicher gern, uns dieses Buch zu zeigen?«

»Nein, wir können jetzt noch nicht gehen«, unterbrach Newington. Er deutete auf die Stundenkerze, deren flackernde Flamme den Ring erreicht hatte, der die zweite Stunde anzeigt. »Wir wollen zunächst unsere Angelegenheiten hier erledigen«, brummelte er. »Mistress Kathryn, Ihr müßt nicht hierbleiben, obwohl es nicht lange dauern wird.«

Kaum hatte er seinen Satz beendet, da trat bereits ein Amtsdiener in den Saal. Er hielt einen Stab mit silbernem Knauf in der Hand und beugte sich über den Tisch, um Colum und Luberon etwas zuzuflüstern. Der Ire zuckte die Achseln. Luberon räumte die Papiere vom Tisch und bedeutete Newington, sich zu ihnen zu setzen. Kathryn ging zu Thomasina hinüber, die in der Fensternische saß und so tat, als würde sie dösen.

»So viel Gerede«, murmelte Thomasina. »Wenn Männer in ihren Taten so gut wären wie mit ihren Worten, wäre die Welt besser dran. »Sie lächelte und stieß Kathryn sanft in die Seite. »Ihr habt Euch tapfer geschlagen«, flüsterte sie. »Seht Euch Luberon an! Er fängt an, Euch zu mögen! Der Ire ist immer noch ein Buch mit sieben Siegeln, während Master Chaddedon ...« Thomasina lehnte sich mit spöttischem Lächeln zurück. »Da habt Ihr wohl eine Eroberung gemacht, was, Mistress?«

»Sei ruhig!« zischte Kathryn, die ihre Verwirrung zu verbergen suchte und ihre großmäulige Magd zum Schweigen bringen wollte.

»Ich möchte wetten«, fuhr Thomasina unbeirrt fort, »daß Ihr den Mörder kennengelernt habt.« Sie stieß Kathryn erneut an. »Seht Euch nur den Ratsherrn John Newington an. Er ist ein Griesgram und ein Bastard!«

Kathryn sah hinüber zum Tisch, hinter dem jetzt Luberon und Newington links und rechts von Colum Platz genommen hatten.

»Er ist vom Pech verfolgt«, sagte Thomasina. »Er stammt nicht aus Canterbury, wißt Ihr. Er kam als junger Mann hierher und hat sich eine Existenz als Tuchhändler aufgebaut. Sehr kleine Familie. Seine Frau starb vor Jahren, aber er hat eine verheiratete Tochter.«

Thomasina holte Luft, um mit ihrem Bericht fortzufahren, als die Tür aufgestoßen wurde und der Amtsdiener wieder eintrat. Er klopfte mit seinem Stab geräuschvoll auf den Boden und Thomasina fluchte.

»Ruhe!« rief der Amtsdiener. »Diejenigen, die etwas mit dem Beauftragten des Königs zu besprechen haben, mögen jetzt vortreten und ihre Angelegenheiten vortragen.«

»Oh, halt den Mund, du aufgeblasener Pfau!« zischte Thomasina ziemlich laut.

Der Amtsdiener funkelte sie wütend an, hieb noch einmal geräuschvoll den Stab auf den Boden, und eine Gruppe von Männern betrat den Raum. Kathryn mußte nun eine Stunde lang Murtagh, dem Beauftragten des Königs für Canterbury, dabei zuschauen, wie er geringfügige Zivilstreitigkeiten regelte. Die Zunft der Bogenmacher hatte Vertreter geschickt, die verlangten, daß die Bogen sieben Zentimeter dick, viereckig, zwei Meter lang und aus sauber geschliffenem, astfreiem Holz sein sollten. Sie protestierten lautstark gegen den Verkauf von minderwertigen, billigeren Bogen. Colum ließ sie in aller Ruhe zu Ende reden und beauftragte die Marktbüttel, eine Untersuchung durchzuführen. Ein Streit zwischen der Zunft der Schwarzbrotbäcker und der Zunft der Weißbrotbäcker wurde kurzerhand abgewiesen. Avery Sabine erhielt eine Strafe, weil er seine Schweine auf den Friedhof gelassen hatte; Goodman Trench wurde ebenfalls zu einer Strafe verurteilt, weil er Pfosten in die königliche Landstraße geschlagen hatte; Thomas Court hatte wäßriges Bier in Holzbechern verkauft und wurde bestraft; Potterman, ein Bader aus St. Peter, mußte zwei Pence Strafe zahlen, weil er an einem Sonntag einen Mann rasiert hatte. Es folgten noch weitere Bagatellfälle, die fast alle in wenigen Minuten erledigt waren. Kathryn bewunderte Murtaghs kühle, distanzierte Haltung und die routinierte Art, in der er diese Angelegenheiten regelte.

Er ist ein Schauspieler, dachte Kathryn, ob er auf einem Pferd sitzt, sich einen Fall anhört oder die Stallungen verwaltet. Was er macht, macht er gut. Aber wenn seine Maske fällt, was für ein Mann taucht dann dahinter auf? Sie sah die Stundenkerze allmählich vom zweiten zum dritten Stundenring herunterbrennen. Schließlich verkündete Luberon, daß das Gericht für geringfügige Zivilsachen beendet sei. Newington, der vornübergebeugt neben Colum saß und ihm Ratschläge in Stadtangelegenheiten zuflüsterte, war einverstanden. Der Amtsdiener ging den Korridor entlang und teilte den anderen Klägern lautstark mit, daß sie an einem anderen Tag wiederkommen sollten.

»Und jetzt?« stöhnte Thomasina. Sie rutschte mit ihrem ausladenden Hinterteil auf dem Fenstersitz hin und her.

»Warte nicht auf mich«, erwiderte Kathryn. »Das Ganze dauert doch länger, als ich dachte. Geh zum Binsenmarkt am Ridding-Tor, und besorge frische Bündel für die Küche. Wir sehen uns zu Hause.«

Dankbar stapfte Thomasina hinaus, während Colum Kathryn an den Tisch winkte.

»Das hat Euch fasziniert, Mistress Swinbrooke?«

»Nicht so sehr wie Euch.«

Colum zuckte mit den Schultern. »Zwischen Kriegen und Pferden ist das schon immer meine Aufgabe gewesen: Welches Mitglied des königlichen Haushalts durfte bestimmte Privilegien beanspruchen? Wer hatte sich in der Küche bedient? Welcher königliche Küchenjunge hatte sich Fleisch von den Spießen abgeschnitten?« Colum lächelte und streckte sich. »Ihr Engländer habt ein Faible für Gerechtigkeit.«

Er wollte gerade fortfahren, als die Tür erneut aufgestoßen wurde und der Amtsdiener eine Gruppe von Kaufleuten hereinführte. Es waren stattliche Erscheinungen, gut gekleidet mit Biberfellmützen, gefütterten Wämsern, kostbaren Kniehosen und teuren Lederstiefeln, aber sie drängten sich aneinander wie eine Horde verschüchterter Kinder. Allen gemeinsam war das Entsetzen über den Mord an einem ihrer Mitreisenden. Sie hatte nur den einen Wunsch: Canterbury so schnell wie möglich zu verlassen. Colum stellte ihnen höflich ein paar Fragen, aber es war, als wollte man einen Stein zur Ader lassen. Die Kaufleute kannten in Canterbury niemanden, der einen Groll gegen den Toten gehabt haben könnte. Sie hatten nichts Ungewöhnliches gesehen oder gehört.

»Ach ja«, räumte einer von ihnen ein. »Wir haben den Fremden bemerkt, aber wir dachten, es sei ein Mönch; er trug einen Mantel mit Kapuze und war plötzlich verschwunden.«

Die anderen stimmten im Chor zu. Colum stellte noch weitere Fragen, dann entließ er sie in aller Form. Nachdem die Kaufleute gegangen waren, stand Kathryn auf, die während der Befragung geschwiegen hatte, und nahm ihren Mantel.

»Hier gibt es für mich nichts mehr zu tun«, seufzte sie. »Master Luberon, was ist mit der Chaucer-Handschrift?«

»Ich muß auch gehen«, meinte Newington. Er lächelte einfältig. »Ich muß mit meinem Schwiegersohn und meiner Tochter Frieden schließen. Es hat doch wirklich keinen Sinn, Seine Gnaden, den Erzbischof, zu stören.« Er tippte dem kleinen Schreiber auf die Schulter. »Luberon, Ihr versteht mehr von Bibliotheken als ich. Fragt den Kardinal, ob er ein Exemplar von Chaucers Gedicht hat, und laßt es an die Adresse von Mistress Swinbrooke in der Ottemelle Lane schicken.«

Der Schreiber war einverstanden, packte eilig seine Papiere, Federkiel und Tintenfaß zusammen, steckte alles in einen Lederbeutel und folgte Newington hinaus. Kathryn und Murtagh verließen den Raum kurz darauf. Als sie die sonnenbeschienenen Stufen der Rathaustreppe hinuntergingen, mußten sie ihre Augen gegen die grelle Nachmittagssonne schützen. Colum tätschelte sich den Bauch.

»Ich habe Hunger, Mistress Swinbrooke. Wie wär's mit einem Happen zu essen? Laßt Euch von mir einladen.«

»Ich dachte, Ihr mögt keine Wirtshäuser?«

»Meine Kehle ist ausgedörrt, und mein Magen knurrt. Wenn Thomasina hier wäre, würde ich sie verspeisen!«

Kathryn lächelte und führte ihn zur High Street hinunter, in der sich um diese Zeit die Bürger der Stadt zwischen den Buden drängten. Am Fuße der Rathaustreppe stand ein Mann am Pranger, dessen Ohren man an die Holzleisten genagelt hatte. Er trug ein Schild um den Hals, auf dem in krakeliger Schrift stand, daß er aufsässige Reden gegen den König geführt hatte. Ein paar Nonnen in der schwarzen Tracht des Ordens vom Heiligen Grabe standen bei ihm, wischten ihm Blut und Schweiß vom Gesicht und versuchten, ihm aus einem Becher, den sie an die blutigen Lippen des Verletzten hielten, ein wenig Wein einzuflößen. Kathryn wandte sich ab.

»Wenn die Menschen doch nur ihre Zunge im Zaum halten würden«, murmelte sie.

Colum führte sie am Ellenbogen durch das Marktgewühl.

»Gewiß, Mistress. In Irland heißt es, viele Männer haben wegen ihrer Zunge den ganzen Kopf verloren!«

Sie traten zur Seite, um einen Leichenzug vorbeizulassen. Der Sarg schwankte beträchtlich auf den Schultern der betrunkenen Sargträger. Die vier Männer, die zu beiden Seiten brennende Kerzen trugen, hatten nicht weniger tief ins Glas geschaut, so daß es eher wie ein Mummenschanz denn wie ein Leichenzug aussah.

»Der Tod holt uns aus der Mitte des Lebens«, zitierte Kathryn.

»Koste das Leben, und nutze die Zeit«, parierte Colum. »Mistress Swinbrooke, ich bin schon oft in der Kathedrale gewesen, aber die Stadt kenne ich noch nicht. Wo gibt es hier ein gutes Wirtshaus?«

»Der ›Löwe‹ in der Mercery«, antwortete Kathryn und bog nach rechts ab, vorbei an der Schenke ›Zum Schachbrett‹, auch das ›Wirtshaus der Hundert Betten‹ genannt, wo sich Pilger im weiträumigen Portikus drängten. Einige bereiteten sich auf ihre Abreise vor und hatten die Metallbrosche mit dem Kopf von Thomas Becket an ihre Mäntel oder Hüte gesteckt. Andere waren gerade erst angekommen, schoben sich durch das Gedränge im Eingang in den Hof und riefen nach Stallknechten, während sie sich staunend umsahen.

»Wenn die wüßten«, flüsterte Kathryn.

Plötzlich ertönte aus dem Hofinnern eine irische Stimme, die Worte konnte man nicht verstehen. Colum wirbelte herum, eine Hand fuhr ans Messer, die andere wickelte den dicken Wollmantel wie einen Schild um seinen Arm. Kathryn sah ihn erstaunt an. Colum war nicht mehr der nette, gemächlich einherschlendernde Ire, sondern ein Kämpfer, bereit, zuzuschlagen und zu töten. Er hatte Kathryn völlig vergessen und starrte mit hartem Blick in die Menge auf dem Hof des ›Schachbretts‹, als erwarte er einen feindlichen Angreifer.

Kathryn ging auf ihn zu, aber Colum drehte sein Messer und stieß sie sanft zur Seite.

»Um Gottes willen, Mann!« sagte Kathryn.

Colum blinzelte und sah sie an. »Ihr habt sie doch auch gehört! Die irischen Laute!«

»Natürlich, und da sind auch Waliser, Franzosen, Bretonen, Besucher aus Calais. Colum, was ist los?«

Am Eingang zum Wirtshaus waren noch andere auf den Iren mit dem wilden Blick und dem gezückten Messer aufmerksam geworden. Kathryn hörte, wie ein Mann auf irisch nach Bedienung rief und den Stallknecht verfluchte. Colum entspannte sich und steckte den Dolch wieder in die Scheide. Kathryn berührte sein Handgelenk.

»Colum, ist alles in Ordnung?«

Colum grinste verlegen.

»Gewiß, Lady, es sind nur die Gespenster der Vergangenheit.«

Sieben

Kathryn und Colum gingen weiter die Mercery Street entlang, in der die Häuser von arm und reich einträchtig nebeneinander standen. Die der Handwerker waren Holzhütten, niedrige, viereckige Gebäude mit überhängenden Dächern aus Stroh oder Binsen, durch die ständig Wasser sickerte. Die Anwesen der Reichen hingegen waren aus stabilen Baumstämmen und Steinen gebaut, die Dächer von Säulen gestützt, die zu grotesken Kobolden oder grinsenden Monstern geschnitzt und reich mit Knoten, Schnörkeln und anderen bizarren Gebilden verziert waren. Colum blickte zu dem schmalen Stück Himmel zwischen den Häusern hinauf.

»Ich bin nie gern in der Stadt gewesen«, brummte er. Er war immer noch unruhig und hielt die Hand am Dolch. Er warf einen prüfenden Blick in die düsteren Seitenstraßen der Mercery, die so dunkel waren, daß auch tagsüber die Hornlaternen an ihren Haken vor der Tür brannten. Schließlich betraten sie den ›Löwen‹. Im Schankraum war es heiß und stickig; am anderen Ende des Raumes loderte ein riesiges Feuer unter drei oder vier Spießen, die von dreckverschmierten Jungen gedreht wurden. Kathryn und Colum setzten sich an einen Tisch am Fenster. Eine verschwitzte, müde Frau brachte ihnen Fleisch von Schweinen, die mit den zartesten Eicheln gefüttert worden waren, Karpfenstücke in einer scharfen, würzigen Sauce und mit Wasser verdünnten Wein in hölzernen Bechern. Mitten im Schankraum stand ein mit Essensresten übersäter Tisch, an dem die anderen Gäste, zum größten Teil Pilger, darauf warteten, daß der Koch ihnen das Fleisch am Spieß bringen würde, damit sie sich Scheiben davon abschneiden konnten. Colum sah dem Treiben eine Weile zu. Hin und wieder warf er einen Blick auf Kathryn, und ihm fiel auf, wie geschickt und manierlich sie ihr Fleisch zerteilte und sich kleine Stücke in den Mund schob, wie sie danach elegant ihre Finger in einer Wasserschüssel wusch und an einer Serviette abtupfte. Sie würde bei Hof eine gute Figur machen, dachte er. Kathryn blickte auf.

»Worüber denkt Ihr nach, Ire?«

»Es tut mir leid, daß ich wegen Brantam so aus der Haut gefahren bin«, sagte Colum und trank einen Schluck Wein. »Ich muß mich immer wieder daran erinnern, daß ich nicht im Lager bin.« Er heftete den Blick auf sie. »Das war gedankenlos von mir; es muß doch schwer sein, als Frau die Heilkunst auszuüben. Ich meine, wenn man Kollegen wie Cotterell hat!«

»Die Schwierigkeiten haben Leute wie er. Ich habe keine.«

»Warum habt Ihr den Namen Eures Mannes aufgegeben?«

Kathryn zog die Schultern hoch. »Warum stellt mir jeder diese Frage?« Sie warf einen Blick in den hinteren Teil der Schankstube, wo sich zwei Katzen um eine Ratte zankten, die sie gefangen hatten. »Mein Mann ist fort. Ich bin Witwe«, Kathryn seufzte. »Ich bin es, allen gegenteiligen Gerüchten zum Trotz.«

»Obwohl seine Leiche nie gefunden wurde?«

Kathryn sah ihn an, und Colum wußte, daß er ihren wunden Punkt berührt hatte; ihre Augen schauten wachsam.

»Lassen wir das Thema, Colum«, erwiderte sie.

»Diese Geschichte im Rathaus«, fuhr Colum fort, als wollte er seine Verlegenheit verbergen. »Habt Ihr einen bestimmten Verdacht?«

Kathryn lehnte sich an die Wand. Ihr war heiß, und der Vormittag hatte sie angestrengt. Sie wäre lieber in der

Ottemelle Lane gewesen als in dieser stickigen Schenke, wo ihr das Kleid am Leibe klebte.

»Was ist, wenn wir uns mit unseren Vermutungen über den Mörder irren, Ire? Was, wenn er ein Arzt ist, der nicht auf Newingtons Liste steht?« fragte sie.

»Newington ist gewissenhaft.«

»Ja gewiß, aber was ist, wenn es jemand war, der einfach nur Zugang zu Arzneien und Mixturen hat?« Kathryn hob ihren Weinbecher. »Vielleicht sollten wir Leute anheuern, die alle unsere Verdächtigen beobachten.«

»Das ist unmöglich«, sagte Colum. »Dazu haben wir nicht das Recht. Das käme einer Anklage gleich, für die wir keinerlei Beweise haben. Als Ärzte können sie gehen, wohin sie wollen. Wie Ihr schon sagtet: Sie haben sogar Schlüssel für die Nebenpforten. Wenn sie nur entschlossen genug vorgehen, können sie jedem Spion nachts hinaushelfen. Das würde uns also nichts nützen.«

Colum beugte sich vor und drückte ihr die Hand. »Ihr habt Euer Geld bereits verdient, Mistress Swinbrooke, mit dieser Geschichte von dem Dichter Chaucer.«

»Wir werden sehen, was dabei herauskommt, wenn Luberon das Exemplar des Erzbischofs in mein Haus bringen läßt«, entgegnete Kathryn. »Dabei fällt mir ein, Ire, ich wäre Euch dankbar, wenn Ihr sie bitten würdet, mir eine Kopie des Vertrages und den Betrag, den die Stadt mir schuldet, zu schicken.« Kathryn wischte sich die Finger an der Serviette ab. »Ein armer Patient, der seine Gebühren nicht bezahlt, und die Stadt Canterbury, die dasselbe tut, sind zwei verschiedene Paar Schuh! Jetzt muß ich gehen.«

Colum bestand darauf, das Essen zu bezahlen, trank seinen Becher bis auf den letzten Tropfen leer und bedeutete Kathryn sitzenzubleiben.

»Mistress, ich möchte Euch um einen Gefallen bitten.«

Verwundert zog Kathryn die Augenbrauen hoch.

»Das Haus in Kingsmead ...«, stammelte Colum. »Die

Böden sind verrottet, die Fensterläden kaputt, und das Dach ist durchlöchert wie ein Netz. Ich wollte Euch fragen …«

»Was wolltet Ihr mich fragen?«

»Ich wollte Euch fragen, ob ich eine Kammer in Eurem Haus mieten kann? Zumindest so lange, bis das Herrenhaus wieder bewohnbar ist.«

Kathryn sah ihn an und sagte nichts.

»Ich könnte blanke Münzen dafür zahlen«, fügte er hinzu.

Kathryn blickte ihn abschätzend an. Der Ire sah aus wie ein Schuljunge, der seine Mutter um einen Gefallen bittet. Wenn ich mich weigere, dachte Kathryn, kränke ich ihn, aber wenn ich annehme …? Sie dachte an Thomasina, ihre beherzte Beschützerin.

»Einverstanden«, sagte sie lächelnd.

»Habt Dank. Ich werde Luberon treffen und mein Gepäck heute abend mitbringen.«

»Alsdann, Ire« – Kathryn erhob sich – »lebt wohl!«

Thomasina kam schnaufend und keuchend mit zwei Bündeln langer, gelblicher Binsen unter dem Arm die Ridinggate Street entlang und ging Richtung Ottemelle Lane. Rawnose, der Hausierer, stand an der Ecke.

»Wißt Ihr schon das Neueste, Mistress?«

Thomasina blickte den armen Bettler an. Er war wahrhaftig ein Ärgernis, aber seine Wunden waren so schrecklich, daß sie bei seinem Anblick jedesmal vor Mitleid verging.

»Nein, Rawnose«, sagte sie bedauernd und kaufte irgendeinen wertlosen Plunder aus seinem Bauchladen.

»Also«, brabbelte Rawnose. »Sie haben die Lancastertreuen besiegt, Falconberg, ihrem letzten General, haben sie den Kopf abgeschlagen und auf einem Pfahl auf der London Bridge gesteckt. Es heißt, Faunte hält sich in den

Wäldern um Canterbury versteckt, und es ist wieder einer vergiftet worden, ein Kaufmann. Witwe Gumple will Vorsitzende des nächsten Kirchengemeinderates werden.«

Er hörte nicht eher auf, seine Nachrichten herunterzuleiern, bis Thomasina, deren Arme unter der Last der schweren Binsen erlahmten, ihn einfach stehenließ. Vor sich erblickte sie einen Mann, der sich über den Stand eines Zinngießers beugte, und erkannte das dicke Hinterteil des aufgeblasenen Goldere. Thomasina lächelte, schob sich die Binsen etwas weiter über den Arm und eilte an dem Mann vorbei, sorgfältig darauf bedacht, daß die scharfen Enden ihrer Bündel dessen gute Hose trafen. Goldere sprang auf.

»Oooh! Ooh!« schrie er.

Thomasina blieb kurz stehen. »Das tut mir wirklich außerordentlich leid«, keuchte sie atemlos. »Ich bin schrecklich in Eile!« Und von einem Ohr zum anderen grinsend ging sie zum Haus der Swinbrookes hinüber.

Agnes öffnete ihr. Nachdem Thomasina alle Gerüchte weitererzählt hatte, die nach ihrem Dafürhalten für Agnes' Ohren geeignet waren, schafften sie gemeinsam die alten Binsen aus der Küche, fegten den Boden und legten ihn mit neuen aus, die sie mit Minze und Thymian besprenkelten. Thomasina fragte sich besorgt, wo Kathryn steckte. Sie traute dem Iren nicht über den Weg und befürchtete, ihre Herrin könnte sich in den Fallstricken der mächtigen Herren verfangen. Als Agnes plapperte, hörte sie nur mit halbem Ohr zu, bis das junge Mädchen plötzlich schwieg und den Besen aus der Hand gleiten ließ.

»Oh, es tut mir leid! Bitte, entschuldige!« rief Agnes. »Ich habe etwas vergessen; für Mistress Kathryn ist ein Brief gekommen!«

Sie lief in Kathryns kleine Schreibkammer und kam mit einem Stück Pergament zurück, das zwar schmutzig und verschmiert, aber mit einem Klecks Wachs versehen war.

Thomasina wischte sich die Hände am Kleid ab und riß es dem Mädchen förmlich aus der Hand.

»Das nehme ich in Verwahrung!« fauchte sie und eilte aus der Küche, die Treppe hinauf in ihre Kammer. Sorgfältig schloß sie die Tür und setzte sich auf die Steppdecke, die das große Bett mit seinen vier stabilen Pfosten zierte, ein Geschenk ihres Vaters anläßlich ihres ersten Hochzeitsmorgens.

»Was du nicht alles schon erlebt hast!« murmelte Thomasina.

Sie lachte und weinte ein wenig und wischte sich die Tränen ab – wie immer, wenn sie sich auf das Bett setzte und an die Vergangenheit dachte. Dann untersuchte sie das Stück Pergament. Irgend etwas stimmte nicht mit ihrer Herrin, und diese geheimnisvollen Briefe schienen die Sache immer noch zu verschlimmern. Thomasina befühlte das rote Wachs. Etwas war verkehrt. Etwas, das mit dem schrecklichen Bastard von Ehemann zu tun hatte, mit diesem Alexander Wyville. Thomasina war so froh gewesen, daß er einen Tag früher als geplant fortgegangen war. Sie war mit Kathryn zu einem Verwandten des Arztes Swinbrooke gegangen, um dort die Nacht zu verbringen. Als sie zurückkehrten, teilte Kathryns Vater ihnen lakonisch mit, Alexander sei schon fort: Er habe seine Siebensachen gepackt, habe das Geld aus seiner Kiste genommen, das Schwert, den Schild und den Speer, den er gekauft hatte, und sei fortgegangen, um sich dem Aufgebot Fauntes anzuschließen, den Männern, die draußen auf den Feldern bei Westcliff neben der Kirche von St. Dunstan vereidigt wurden. Kathryn war seither eine andere geworden und ihr Vater in immer tiefere Depressionen versunken.

Thomasina spitzte die Lippen, atmete tief durch die Nase ein, brach dann das Siegel auf und nahm den Brief heraus. Sie hatte die krakelige Handschrift schon vorher auf einer Notiz gesehen, doch jetzt erschrak sie ob des drohenden Inhaltes der Botschaft: »Wo ist Euer Gemahl? Wo ist Alexander Wyville? Mord ist ein Verbrechen, und Mörder werden gehängt!«

Thomasina betrachtete den grob skizzierten Galgen und die daran baumelnde, langhaarige Frau. Darunter fand sie die hingekritzelten Worte: »Aber Schweigen ist Gold und das Gold, drei Goldstücke, können auf Goodman Theodors Grab in der Ecke vom Friedhof von St. Mildred hinterlegt werden. Heute zwischen der vierten und fünften Stunde.«

Thomasina knüllte den Brief zu einer Kugel zusammen und eilte wieder in die Küche. Sie schaute auf die Stundenkerze. Die Flamme hatte den vierten Ring bereits gefressen. Thomasina warf die boshafte Mitteilung ins Feuer und sah, wie sie zu Asche zerfiel.

»Agnes!« rief sie. »Agnes, komm her!«

Das junge Mädchen kam eilends herbei, das schmale Gesichtchen angespannt, denn sie spürte die Erregung, die jetzt im Hause herrschte: Mistress Kathryn ging hierhin und dorthin; wollüstige Iren wurden zum Abendessen eingeladen; mysteriöse Briefe kamen; und nun stand auch noch Thomasina mit hochrotem Kopf und völlig außer sich vor ihr. Die Magd packte Agnes bei den Schultern.

»Hör zu, mein Kind, magst du Zuckerwerk?«

Agnes nickte.

»Und hättest du gern ein großes Glas voll?«

Wieder nickte Agnes.

Thomasina zeigte mit dramatischer Geste auf die Vorratskammer. »Da drinnen sind sie, alle nur für dich, unter einer Bedingung. Du darfst Mistress Swinbrooke auf gar keinen Fall etwas von diesem Brief sagen, hörst du?«

Agnes mache das Kreuzzeichen über dem Herzen und schwor, sie wolle eher sterben als ihr Versprechen brechen. Thomasina drückte noch einmal fest ihre Schulter und eilte aus der Tür, während Agnes wie ein Pfeil in die Vorratskammer schoß. Thomasina lief die Ottemelle Lane entlang und stieß Mollyns, den Müller, der sie anhalten wollte, zur Seite. Goldere war der nächste, der ihren Ellbogen zu spüren bekam, während der arme Rawnose nicht einmal Zeit hatte, den Mund zu öffnen, da Thomasina bereits in die Hethenman Lane einbog und zum Hospital rauschte. Vor ihr ragten die eisenbeschlagenen Tore empor, die mit Zinnen versehenen Türmchen und die erhabenen Türme der Burg von Canterbury, und links davon der hohe, elegante Kirchturm von St. Mildred dort auf einem kleinen Hügel über dem Stour.

Obwohl die Ottemelle Lane an der Grenze des Pfarrbezirks von St. Margaret lag, war Kathryns Familie immer zum Gottesdienst nach St. Mildred gegangen. Der alte Pater Matthews war hier Pfarrer, ein heiliger Mann, der bei Thomasinas letzter Hochzeit den Traugottesdienst gehalten hatte; inzwischen war er zu schwach, um sich der mächtigen Witwe Gumple zu widersetzen, die, unterstützt von ihren Komplizen, beabsichtigte, die Kirche zu ihrem eigenen Reich zu machen. Thomasina hoffte, noch rechtzeitig zu kommen. Wer auch immer ihrer Herrin Kathryn solche Briefe schickte – er würde auf den Friedhof kommen, und Thomasina wollte vorher dort sein. Durch das Friedhofstor betrat sie das, was gemeinhin als Gottesacker bezeichnet wird. Sie bekreuzigte sich und sprach das Requiem für ihre Eltern, Brüder und Schwestern, natürlich auch für die beiden Ehemänner und für ihre vier totgeborenen Kinder, die alle hier begraben waren. Aus Thomasinas sonst heiterem, beherztem Gesicht war alle Farbe gewichen. Sie blickte zur grauen Kirchenmauer hinüber und zählte die Fenster des nördlichen Querschiffs. Als sie beim sechsten Fenster angelangt war, wanderte ihr Blick nach unten, und sie entdeckte die von Gras überwucherten, kleinen, verwitterten Steinkreuze.

»Oh, meine Kleinen«, flüsterte sie.

Sie sah sich um. Sie durfte nicht an sie denken, sonst würde sie weinen und sich ihrer Trauer hingeben; sie mußte stark sein. Suchend blickte sie unter die stämmigen Eiben, deren Äste bis auf das hohe Gras und den Stechginster herabhingen.

»Wenn dieser Bastard auftaucht«, murmelte Thomasina, »werde ich ihn packen!«

Sie spitzte die Ohren, aber alles, was sie hörte, war das Zwitschern der Vögel und das Sirren der Grashüpfer. Wunderschöne Schmetterlinge schwebten über den wilden Blumen, und wieder dachte sie an die Seelen ihrer Kleinen. Waren sie in den Schmetterlingen? Sie atmete tief ein und folgte dem ausgetretenen Pfad über den Friedhof in die abgelegene Ecke, in der das Grab Goodman Theodors lag, ein großes, verwittertes Marmorgebilde, das unter der heißen Sonne ächzte und knackte. Das Grab war bei den Liebespaaren im Pfarrspiel bekannt als guter Platz für ein Stelldichein. »So viele Erinnerungen«, sagte Thomasina leise. Vor einer Ewigkeit hatte sie sich hier mit Pater Cuthbert getroffen, als er Novize war und noch nicht ganz der Kirche gehörte. Da drüben, neben der alten Eibe, hatten sie bei Vollmond gestanden, jung und unschuldig, während die Sterne an einem dunkelblauen Himmel wie Diamanten gefunkelt hatten.

Thomasina wischte sich die Augen und ging langsam zu der Eibe hinüber. Der Stamm war vor langer Zeit bei einem Sturm von der Zunge eines Blitzes gespalten worden. Sie versteckte sich dahinter und beobachtete den Pfad, der zum Grab von Goodman Theodor führte. Thomasina hatte wohl eine gute halbe Stunde dort ausgeharrt, schwankend zwischen dem Wunsch, den Mann zu fangen, der ihre Herrin erpreßte, und der Qual der bittersüßen Träume, die dieser Ort in ihrer Seele weckte. Vögel schwirrten über den Gräbern und sangen ihr Lied. Ein ziemlich mitgenommener Kater schlich auf der Jagd nach Spitzmäusen und Wühlmäusen durchs Gras. Ein junges Paar kam, legte sich ins heiße Gras und drehte und wand sich in leidenschaftlichen Umarmungen. Als Thomasina hustete, sprangen die beiden wie aufgescheuchte Kaninchen auf und davon, aber sonst kam niemand.

Schließlich hörte Thomasina, wie die Seitentür der Kirche geöffnet wurde. Witwe Gumple trat heraus. Sie sah so lächerlich aus in ihrem gelben Kleid und der hoch aufgetürmten Frisur, daß Thomasina ein Kichern kaum unterdrücken konnte. Ihr fettes, essigsaures Gesicht starrte finster über den Friedhof; sie schien zu erwarten, daß ihr dort jemand auflauerte. Dann ging sie wieder in die Kirche und schlug die Tür heftig hinter sich zu. Thomasina seufzte. Der Erpresser war nicht gekommen, und sie machte sich erschöpft auf den Heimweg.

Im Hof des Wirtshauses zu Fastolf gleich vor dem Westtor saß Thopas der Giftmörder auf einer Bank und wärmte sich in der Spätnachmittagssonne, während er den Strom der neu ankommenden Pilger betrachtete. Er zog sich die Kapuze tiefer ins Gesicht, beobachtete gierig diesen neuen Schub potentieller Opfer und spürte ein Gefühl der Macht wie Wein in seinen Adern pulsieren. Er war Herr über Leben und Tod. Er würde das Urteil für den Tod seiner Mutter an Beckets Schrein und der Stadt vollstrecken. Er lehnte sich zurück, den schwarzledernen Trinkkrug mit Ale in der Hand wiegend, die Augen halb geschlossen, und lauschte dem Klappern von Hufen, dem Rumpeln der Karren auf dem Pflaster, dem Geschrei der Stallknechte und den Rufen der Gäste, die auf sich aufmerksam machten. Er spürte die warme Luft, roch den durchdringenden Geruch von Pferdeäpfeln, der sich mit den würzigeren Düften aus der großen, kegelförmigen

Küche des Wirtshauses vermischte. Ein lahmer Bettler hüpfte wie ein Frosch auf die Tür der Schenke zu. Eine Nonne, modisch gekleidet mit einer rosafarbenen, spitzenbesetzten Kopfbedeckung, hob die Röcke und die bauschigen weißen Unterkleider und rümpfte die kleine Nase ob der Gerüche. Sie redete mit nasalem französischem Akzent auf die Schwester ein, die neben ihr hertrippelte. Thopas sah sich die Frau genau an, arrogant, gut angezogen, vornehm und gebildet. Vom Gesetze Jesu, geschweige denn vom Armutsgelübde war nicht viel zu sehen. Ein Opfer? überlegte Thopas. Dann hörte er eine laute, durchdringende Stimme.

»Platz da! Platz da für John atte-Southgate, Oberster Büttel beim Gericht des Erzdiakons des Bischofs zu London!«

Thopas setzte sich auf seiner Bank so, daß er den Büttel sorgfältig in Augenschein nehmen konnte. Wahrhaftig ein Bastard des Teufels, dachte er, schütteres Haar, Dickwanst, vorspringender, unrasierter Unterkiefer, hochrote Wangen und der stechende Blick einer wütenden Sau. Thopas sah die hochhackigen, aus spanischem Leder gefertigten Reitstiefel des Mannes, den kostbaren Gürtel, den er um den Bierbauch trug, seinen langen, mit Grauwerk verbrämten Mantel und die bauchigen Satteltaschen voller Erlasse und Vorladungen. Ein Drache in Menschengestalt, dachte Thopas, ein Lakai der Kirche, der durch die Lande zog und die Sünden der Menschen ans Tageslicht zerrte, um sie dann vor das Gericht des Erzdiakons zu schleifen: den Mann, der seinen Zehnten nicht bezahlte, den Pfarrer, der eine Geliebte hatte, den Seelsorger, der sich von seiner Gemeinde fernhielt. Männer wie Southgate wurden von der Kirche dafür bezahlt, daß sie Erlasse verteilten, doch sie ließen sich bereitwillig von denen bestechen, die es sich leisten konnten, sich loszukaufen.

John atte-Southgate, des Mörders Wild, warf einem

Stallknecht die Zügel seines Pferdes zu und schlenderte, die Satteltaschen über den Arm geworfen, in die Schenke. Ein Mann, der sich seiner Macht sehr wohl bewußt war. Er sah, wie die elegante Nonne von ihm zurückwich und wie der kleine Priester aus Somerset sich wie ein verängstigtes Mäuslein ins Dunkel des Schankraumes verdrückte. Southgate lächelte. Es war ein fettes Jahr gewesen, und er tat gut daran, sich beim Schrein zu bedanken. Wer weiß, womöglich war mit den Pilgern noch das eine oder andere Geschäft zu machen. Vielleicht mit einem Pfarrer, der eine Freundin bei sich hatte? Oder mit dieser Nonne da; sollte sie etwa ihren Konvent verlassen haben? Southgate grinste maliziös und verlangte lautstark nach Wein, vom besten, absolut nicht ahnend, daß soeben seine Seele angefordert worden war.

Als Kathryn in die Ottemelle Lane zurückkehrte, brütete Thomasina gerade über den Haushaltsbüchern. Das Gesicht der Magd war ziemlich gerötet, und sie wich Kathryns Blicken aus, so daß diese sich fragte, ob sie wohl immer noch schlecht gelaunt war wegen Colum. Agnes trug einen Krug mit verdünntem Ale und ein paar Scheiben Weißbrot auf einem Brett herein. Kathryn setzte sich ans Kopfende des Tisches und knabberte an dem Brot, während Thomasina fortfuhr, die Rechnungen zu prüfen, und vor sich hin brummelte.

»Was ist los, Thomasina?«

Die Magd blickte auf, die kaffeebraunen Augen vor Aufregung leuchtend.

»Nichts, gar nichts.«

»Thomasina, ich kenne dich doch!«

Thomasina legte den Federkiel zur Seite und warf Agnes, die an der Tür stand und um die Ecke lugte, einen ungehaltenen Blick zu.

»Nichts ist«, sagte sie matt. »Es sieht sogar so aus, als

würden wir einen kleinen Gewinn machen. Um so mehr, wenn uns Lord Luberon auch noch eine Kopie des Vertrages und die erste Rate Eurer Entlohnung schickt. Ja, auch ich kenne Euch, Mistress, schon seit der Zeit, als Eure Mutter noch lebte«, fügte sie hinzu, um die Unterhaltung auf ein anderes Thema zu lenken.

»Wie war sie, Thomasina?«

Die Magd seufzte. Kathryn fragte immer wieder danach, und Thomasina gab ihr stets dieselbe Antwort.

»Ihr wart noch ein Baby, meine Süße, aber Ihr hättet sie geliebt. Sie war wie Ihr, groß und elegant. Ihr Haar war schwarz wie die Nacht, und ihre Augen waren sanft und freundlich. Kein Mann hat je eine Frau leidenschaftlicher geliebt als Euer Vater Eure Mutter, er hat nie wieder geheiratet. Nie!«

Thomasina blickte vor sich auf den Tisch, und Kathryn fragte sich zum soundsovielten Male, ob Thomasina, diese Frau mit dem gewaltigen Appetit und der tiefen Leidenschaftlichkeit, ihren Vater wohl geliebt hatte.

»Mögt Ihr ihn?« fragte Thomasina plötzlich.

»Oh, den Iren?« fragte Kathryn.

Thomasina warf ihr einen schnellen Blick zu. Kathryn zuckte die Schultern und schob das Brett von sich.

»Er ist ein merkwürdiger Mensch.«

»Nein«, fügte Thomasina hinzu und freute sich insgeheim über die Spur, die sie gelegt hatte. »Ich meine Chaddedon!«

Kathryn rief sich das dunkle, sardonische Gesicht des Arztes in Erinnerung, errötete und stand auf.

»Ich habe Neuigkeiten für dich, Thomasina. Der Ire wird hier wohnen.«

Damit floh Kathryn in die Sicherheit ihrer Schreibkammer, ungeachtet der schrillen Verwünschungen, die ihre Magd ausstieß.

Draußen in der Küche beschwor Thomasina in Gegenwart von Agnes lauthals die Gefahren, die es mit sich brachte, wenn man einen irischen Halsabschneider beherbergte. Über die Erregung in Thomasinas Stimme mußte Kathryn leise lachen. Sie dachte an Chaddedon, schüttelte dann aber den Kopf. Sie hatte sich um andere Dinge zu kümmern. Aus dem Regal, in dem ihr Vater seine Bücher aufbewahrte, suchte sie die *Rosa Anglica* von Gaddesden heraus. Bucklers Frau würde bald wiederkommen, und Kathryn wollte nachlesen, was der Fachmann über Schwangerschaften schrieb, so daß sie gut vorbereitet war. Sie setzte sich hin und überflog die vergilbten Seiten, bis sie ein Klopfen an der Tür vernahm und Thomasinas Stimme hörte, die die Besucherin ins Haus bat. Die Frau trat zögernd in die Küche. Sie war genauso gekleidet wie schon am Morgen, hatte aber, wie Kathryn bemerkte, ihre Haube noch weiter ins Gesicht gezogen. Kathryn bat die Frau, sich zu setzen, und betrachtete sie. Dann beugte sie sich vor, schob vorsichtig die Haube hoch und entdeckte eine böse Prellung unterhalb des rechten Auges der Frau.

»Das hattet Ihr heute morgen noch nicht.«

Mathilda Buckler wich ihrem Blick aus.

»Ich bin gestolpert und hingefallen«, stammelte sie.

»Nein, das glaube ich Euch nicht«, erwiderte Kathryn. »Euer Gemahl hat Euch geschlagen.« Sie blickte Thomasina auf, die hinter Mathilda stand. »Ein Stück rohes Fleisch, Thomasina, geklopft und getrocknet.«

Thomasina eilte in die Vorratskammer und holte das Fleisch, ein Stück vom Bein eines Wildes, das sie dort zum Trocknen aufgehängt hatte.

»Haltet das ans Auge«, forderte Kathryn Mathilda auf. »Der Himmel weiß, warum, aber es wird die Prellung lindern. Wenn Ihr nach Hause kommt, wascht die Stelle regelmäßig mit warmem Wasser, in das Ihr Rosenblätter und Saft aus der Zaubernuß mischt. Ich werde Euch eine kleine Phiole voll mitgeben. Haltet die Prellung auf jeden

Fall sauber, vor allem aber nach dem Auflegen von Fleisch. Habt Ihr verstanden?«

Die Frau nickte.

»Euer Gemahl hat Euch geschlagen, nicht wahr?«

Wieder nickte die Frau.

»Ich komme mir so lächerlich vor«, sagte sie. »Mit diesem Fleischklumpen.«

»Ihr würdet noch schlimmer aussehen, wenn man die Prellung sehen könnte. Laßt das Fleisch eine Weile drauf liegen. Und nun, warum hat Euch Euer Gemahl geschlagen?«

»Er sagt, ich sei unfruchtbar.«

»Und, seid Ihr das?«

»Ich weiß es nicht!« heulte Mathilda. »Ich bin seit einem Jahr seine Frau, und Mistress, ich habe mir solche Mühe gegeben!«

»Habt Ihr Geschwister?«

»Ja, vier.«

»Sind sie verheiratet und haben Kinder?«

»Ja, ja. Aber mein Mann schimpft mit mir, und seine Verwandtschaft verachtet mich.« Mathilda nahm das Fleisch von ihrem Auge. »Mistress, was soll ich nur machen? Ich bin ein gutes Eheweib, und in der Schlafkammer gebe ich mein Bestes, um meinem Mann zu gefallen.«

»Liebt er Euch?«

Mathilda wich ihrem Blick aus. »Er will einen Erben.«

»Und ist Euer Gemahl potent?«

Jetzt errötete Mathilda. »Es liegt nicht an ihm«, flüsterte sie. »Er trinkt zuviel, und manchmal ist der …«

»Der Koitus«, fuhr Kathryn fort. »Die Vereinigung wird nicht richtig vollzogen?«

Kathryn sah die junge Frau aufmerksam an und versuchte, ihr Mitleid zu verbergen. Fälle wie dieser waren nichts Ungewöhnliches. Ein betrunkener Gemahl, der an »Müllers Schlaffem« litt, wie ihr Vater es immer genannt hatte; ein Mann, der selbst impotent war und seine Frau dafür mit brutalen Schlägen traktierte. Sie wußte, daß es keine sichere medizinische Untersuchung gab, aber sie registrierte die üppigen, vollen Brüste der jungen Frau, die schlanke Taille und die breiten Hüften.

»Ihr werdet viele Kinder haben«, sagte Kathryn zu ihr.

»Mistress, gibt es keinen Trank für mich? Oder für meinen …« Ihre Stimme versagte.

»Für Euren Gemahl?« vervollständigte Kathryn ihren Satz. »Lady Mathilda, ich bitte Euch, hütet Euch vor solchen Liebestränken. Sie schaden mehr als sie nützen. Schon so manche Frau stand vor Gericht und wurde des Mordes bezichtigt, weil sie aus Versehen ihren Gemahl vergiftet hatte.«

Mathilda starrte sie an. »Gibt es denn gar nichts?«

Kathryn berührte die Wange der Frau sanft. »Ich bin Ärztin, Lady Mathilda, keine Lügnerin. Ihr Gemahl ist es, der sich ändern muß, schenkt ihm nicht so schnell nach, habt mehr Geduld, wenn er betrunken ist.« Kathryn blickte verzweifelt zu Thomasina hinüber, die nur stumm die Schultern zuckte. »Kommt wieder zu mir«, drängte Kathryn. »In ein paar Tagen. Gebt mir ein wenig Bedenkzeit.«

Thomasina ging hinaus, um die Phiole mit dem Destillat aus Zaubernuß zu holen. Kathryn wollte kein Geld annehmen und sah der Frau nach, als sie das Haus verließ. Sie wartete, bis die Tür hinter ihr ins Schloß gefallen war.

»Was soll ich denn tun?« fragte sie Thomasina hilflos. »Wir leben in einer Männerwelt, und die arme Mathilda ist dabei, das zu lernen.«

»Gibt es denn wirklich gar nichts?« forschte Thomasina nach.

»Was denn zum Beispiel?« fauchte Kathryn sie an. »Soll ich etwa mit Sir John Buckler reden, damit er seine Frau dann noch mehr schlägt? Verflucht soll er sein!«

Kathryn ging wieder in ihre Schreibkammer, setzte sich hin und starrte wütend die Wand an. Als Colum kam, war sie noch immer zornig. Er sah vergnügt aus und hatte über jede Schulter eine Satteltasche geworfen, eine weitere hing über dem Arm. Er betrat mit leicht gerötetem Gesicht die Küche, und Kathryn fragte sich, ob er getrunken hatte. Er schleuderte seine Satteltaschen auf den Tisch, warf Thomasina und Agnes eine Kußhand zu und öffnete dann eine der Taschen.

»Ich bringe reiche Beute, Mistress Swinbrooke.« Er überreichte ihr eine kleine Schriftrolle, die an den Enden gezackt war. »Euer Vertrag.« Dann gab er ihr eine kleine, prall gefüllte Börse. »Und Euer erstes Honorar. Auch das hier sollt Ihr haben, eine Leihgabe des Erzbischofs. Ihr müßt sehr sorgsam damit umgehen, ich habe für Euch gebürgt.« Er zog einen dicken, in Kalbsleder gebundenen Wälzer aus der Satteltasche und reichte ihn ihr.

Kathryn öffnete den Metallverschluß. Sie warf einen Blick auf die Titelseite, die von einem längst verstorbenen Schreiber in Goldbuchstaben beschriftet war. *Die Werke des Sir Geoffrey Chaucer*. Kathryn strich die Seite glatt.

»Ich werde gut darauf aufpassen. Thomasina, Wein für unseren Gast, bitte!«

Die Magd, die giftige Blicke austeilte und etwas vor sich hin flüsterte, eilte hinaus und kam ebenso schnell wieder herein, als könne sie es nicht verantworten, den Iren mit ihrer Herrin allein zu lassen. Sie hielt Colum den Becher so abrupt hin, daß der Wein sich über seine Hand ergoß. Der Ire bedankte sich mit einem Lächeln.

Kathryn ging in ihre Schreibkammer, wo sie das Buch, den Vertrag und die Börse in der großen, eisenbeschlagenen Kiste einschloß. Dann ging sie wieder in die Küche.

»Gibt es etwas Neues, Master Murtagh?«

Sie bemerkte den frischen Glanz auf seinem Gesicht und das Leuchten in seinen Augen.

»Nein, aber Holbech erweist sich als ein vorzüglicher Aufseher. Holz und Steine sind bereits in Auftrag gegeben, so daß die Arbeiten auf Kingsmead wohl bald beginnen können.«

»Habt Ihr Euer Gefolge bereits dort untergebracht?«

»Oh, nein, noch nicht. Sie kampieren noch mit den anderen unten am Stour.« Colum schwankte leicht.

»Wenn dem so ist«, fuhr Kathryn ihn an, »könnt Ihr Holbech ausrichten, er möge weniger trinken, und dasselbe gilt auch für Euch, Master Ire!«

Kathryn nahm Murtagh den Becher aus den Händen, die keinen Widerstand leisteten. »Ihr seid jetzt unter meinem Dach und habt genug Wein getrunken! Etwas Wasser gefällig?«

Der Ire machte ein langes Gesicht, freute sich aber im stillen, daß Kathryn sich um ihn sorgte und mit ihm schimpfte. Dankbar nahm er den Krug mit frischem Regenwasser entgegen, den Agnes ihm reichte, zwinkerte dem Mädchen mit den weit aufgerissenen Augen zu und scheuchte sie wieder in die Vorratskammer.

»Noch eine Neuigkeit, Mistress Kathryn«, sagte er. »Ihr, ich und Thomasina sind heute abend bei unserem Ärztekollegium in der Nähe von Queningate zum Essen eingeladen. Auch Cotterell soll kommen, und Newington wird ebenfalls anwesend sein, schließlich ist er Darryls Schwiegervater.« Colum kniff die Augen zusammen. »Sie sagen, sie wollen alle unsere Fragen beantworten, aber ich glaube, daß die Einladung von Chaddedon inszeniert wurde. Er scheint in Euch verliebt zu sein«, fügte Colum boshaft hinzu.

»Das geht Euch nichts an!« sagte Kathryn und versuchte, ihre Verlegenheit zu verbergen. »Wann sollen wir dort sein?«

»Gegen neun.«

»Dann, Ire, würde ich vorschlagen, Ihr wascht Euch und

rasiert Euch und richtet Euch in Eurem neuen Quartier ein.«

Kathryn ging zur Feuerstelle hinüber und stocherte wütend in der Glut herum, während Thomasina, die Nase hoch erhoben, einen breit grinsenden Iren zu seiner Kammer führte.

Acht

Kathryn hantierte eine Weile in der Küche herum. Dann ging sie mit Thomasina und Agnes in den Kräutergarten, um nachzusehen, ob die Kapuzinerkresse gedieh.

»Sie düngt den Boden und hält ihn von Unkraut frei«, erklärte Kathryn.

Sie folgte dem Pfad durch den Garten und sah nach dem Koriander, der Pfefferminze, dem Thymian, der Petersilie, dem todbringenden Fingerhut und dem noch gefährlicheren giftigen Nachtschatten. Dann kehrte sie zurück ins Haus, um sich den Patienten zu widmen, die nach und nach an ihre Türe klopften. Clara, die Tochter Betons des Brauers, bat um Wein aus Judenkirsche gegen die Gicht ihres Vaters. Clemens, der Schuster, brauchte einen Umschlag aus Kräutern für einen Schnitt am Handgelenk. Die Geflügelhändlerin Paulina, die, wie Thomasina insgeheim vermutete, ihr Einkommen mit dem Besuch junger Männer aufbesserte, mußte Kathryn mit in ihr Privatgemach nehmen, da sie eine Kräuterpackung gegen, wie sie sagte, »ein Jucken an einer ganz heiklen Stelle« verlangte. Schließlich kam Rawnose mit Tim, dem Kesselflicker, der einen geschwollenen und rot entzündeten Bienenstich hatte. Kathryn behandelte ihn sanft mit Wegerichsaft, während sie dem selbsternannten Herold der Ottemelle Lane zuhörte, der seine neuesten Nachrichten verkündete.

»Ach ja«, sagte Rawnose. »Die Zunft der Taschenspieler erlaubt ihren Mitgliedern, bei den Verstorbenen ihrer Gilde Nachtwache zu halten, vorausgesetzt, sie beschwören keine Geister und enthalten sich verbotener Glücksspiele. Petronella von Maidstone ist überführt worden, Pulver mit

Spinnen und Blasenwürmern versetzt zu haben und einem Kraut Schaf...«

»Schafgarbe?« fragte Kathryn freundlich.

»Genau, so heißt es, Mistress. Sie hat ihre Mixtur dazu benutzt, Dämonen mit Frauengesichtern und Ziegenhörnern anzurufen.«

Rawnose plapperte weiter drauflos, derweil Kathryn über die Einladung zum Abendessen nachdachte, bei der sie erneut Chaddedon begegnen würde. Was sollte sie zu diesem Anlaß anziehen? Thomasina klapperte in der Küche herum wie ein Ritter in gepanzerter Rüstung. Sie füllte Töpfe mit Wasser und schickte Agnes hierhin und dorthin mit Nachtgeschirr, Decken und Polstern für »den grinsenden Iren«, wie Thomasina laut verkündete.

Schließlich ging Rawnose mit seinem Freund hinaus. Kathryn wusch sich die Hände. Am liebsten wäre sie in ihre Schreibkammer gegangen, um einen Blick in Chaucers Buch zu werfen, aber die Flamme der Stundenkerze fraß die Zeit. Sie half Thomasina, Töpfe voll heißen Wassers die Treppe hinauf zu dem großen, von Stahlbändern zusammengehaltenen Holzbottich zu tragen, der mit einem Wolltuch abgedeckt in einer Ecke von Kathryns Schlafgemach stand. Gemeinsam füllten sie den Bottich und fügten Rosenblätter und Lavendel hinzu. Kathryn zog sich schnell aus und badete, rieb ihren Körper mit kastilianischer Seife und einem harten Schwamm ab, den ihr Vater aus London mitgebracht hatte. Rasch zog sie ihr dunkelblaues, an den Ärmelstulpen und dem hohen Kragen mit Goldfäden besticktes Satinkleid an und ging in die Küche hinunter. Thomasina legte Wert darauf, ihr das Haar zu richten – ein Ritual, das schon in Kathryns Kindertagen vor dem Feuer stattgefunden hatte. Thomasina scheuchte Agnes hinaus und ließ sie irgendeine Besorgung machen. Dann holte sie die mit Silber beschlagene Bürste und den Kamm hervor. Thomasina löste die Zöpfe ihrer Herrin und ließ das Haar wie glänzende schwarze Seide über ihren Rücken fallen. Sie bemerkte die silbergrauen Strähnen an den Schläfen und schnalzte mißbilligend mit der Zunge. Sorgfältig begann sie, das Haar zu kämmen, und lauschte angestrengt, ob Agnes wirklich gegangen war. Thomasina hatte beschlossen, die Gelegenheit zu nutzen und Kathryn geradeheraus zu sagen, was sie erfahren hatte. Kathryn wandte sich halb zu ihr um und lächelte.

»Nun komm schon, Thomasina. Sag schon, was du auf dem Herzen hast!«

Hastig sprudelte Thomasina hervor, sie habe einen Brief gefunden, seinen schmutzigen Inhalt gelesen und ihn ins Feuer geworfen. Dann beschrieb sie ihren erfolglosen Ausflug zum Friedhof von St. Mildred.

»Ich habe es falsch gemacht, Mistress«, schloß sie kleinlaut und bürstete Kathryns Haar so kräftig wie immer.

»Aber ich kenne Euch doch von Kindesbeinen an. Warum sagt Ihr mir nicht, was in der Nacht, als Alexander fortging, wirklich geschehen ist?«

Kathryn starrte in die Flammen, getröstet von Thomasinas Fürsorge und den gleichmäßigen Bewegungen der Bürste, fühlte sich schläfrig und doch gleichzeitig lebendiger als seit Jahren. Sie hatte mit einer Lüge gelebt, und die Anwesenheit des Iren, die Umtriebe des Mörders, das Gefühl dazuzugehören, die Bewunderung Chaddedons – all das hatte sie aus einem Zustand der Trance in die Wirklichkeit zurückgestoßen. Sie ergriff Thomasinas Hand und drückte sie sanft.

»Du hast nichts Falsches getan, Thomasina. Ich werde es dir erzählen. Alexander Wyville war ein junger, gutaussehender Mann aus gutem Hause. Er war das einzige Kind, und seine Mutter, die ein Jahr vor unserer Hochzeit starb, hat ihn als Alleinerben zurückgelassen.« Sie lächelte Thomasina über die Schulter hinweg an. »Ach Gott, Thomasina, du weißt schließlich genausoviel über ihn wie ich.

Er war ein Apotheker, der mir den Hof machte, und mein Vater gab der Verbindung seinen Segen. Erinnerst du dich an die Abende, die wir hier in der Küche verbrachten? Wie wir Pläne schmiedeten für einen Laden und den Import von Kräutern und Gewürzen?«

Thomasina nickte. Jetzt war es an ihr zu schweigen, obwohl sie von Anfang an ihre Zweifel gehabt hatte. Nicht viel, nur Gerüchte, daß Alexander die Schenke gegenüber von St. Mildred öfter besuchte als die Kirche.

Kathryn zuckte mit den Schultern. »Den Rest kennst du. Ich habe Alexander geheiratet. Ich wollte ihn lieben, seine Kinder unter dem Herzen tragen, aber er war wie zwei Männer in einem. Der ehrgeizige Apotheker und der Trunkenbold, der seine Frau schlug.« Sie ergriff Thomasinas Finger und hielt sie auf ihrer Schulter fest. »Ich wußte, daß du es wußtest, mein Vater wußte es, und doch haben wir alle so getan, als sei nichts. Wie konnte ein so junger Mann so viel Haß in sich haben? Er beneidete meinen Vater. Dann brach wieder Krieg aus, und Alexander sah eine Chance, die Gunst des Königs zu erlangen als ein Apotheker, der sich als Soldat zu den königlichen Truppen meldete. Er teilte uns mit, daß er sich den Truppen Fauntes draußen vor dem Westtor anschließen wollte. Mein Vater war einverstanden. Ich wollte nur, daß er ging; eines Nachmittags kam Vater und wollte mit mir sprechen. Er war ganz bleich im Gesicht, Tränen standen ihm in den Augen, die plötzlich so hart wie Glas waren. Er sagte, er wünsche Alexander den Tod.« Kathryn biß sich auf die Lippen. »Ich fragte ihn, warum, aber er murmelte vor sich hin. Alexander sei eine treulose Kreatur und ein Tyrann.« Kathryn zog die Schultern hoch. »Ich war zu müde, zu benommen, um über seine Worte nachzudenken. Dann bestand Vater darauf, daß wir, du und ich, die Nacht bei seinem Verwandten Joscelyn verbringen sollten. Erinnerst du dich?«

Sie drehte sich um und blickte Thomasina prüfend an; die nickte.

»Als wir zurückkamen, war mein Vater sehr ruhig. Er war blaß und übernächtigt und sagte uns, Alexander sei am Abend zuvor fortgegangen.« Kathryn ließ Thomasinas Finger los. »Mir machte das nicht viel aus. Dann wurde Vater krank. An dem Morgen, als er starb, wollte er mich allein sprechen.«

Thomasina sagte nichts; sie erinnerte sich daran, daß sie den Arzt verlassen hatte und eilig in Kathryns Kammer gelaufen war, um diese Botschaft zu überbringen.

»Nun...« Kathryn stand auf, hob den Saum ihres Kleides und ging zur Tür, die in den Garten führte. »Mein Vater hat mir gestanden, daß er Alexander umgebracht hat!«

»Euer Vater hat Alexander getötet?«

Kathryn wirbelte herum, das Gesicht verzerrt, die Augen dunkel vor Schmerz. »Ja, getötet. Er sagte, er schwöre vor Gott, daß Alexander es verdient habe, und daß er es auch Pater Cuthbert gebeichtet habe.«

Thomasina setzte sich und umklammerte ihren Leib, ihr Herz hämmerte vor Angst.

»Um Himmels willen, Mistress«, sagte sie tonlos. »Aber wo ist die Leiche? Und diese Botschaften? Sind sie wahr?«

»Gewiß, den Worten meines Vaters nach. An dem Abend, als wir nicht hier waren, saß Alexander in der Laube neben dem Gartentörchen. In einem bauchigen Dokumentenkörbchen brachte Vater ihm einen Becher Rotwein, der stark mit Baldrian versetzt war. Der vergiftete Wein hätte Alexander in einen Schlaf geschickt, aus dem er nie wieder erwacht wäre. Vater überließ Alexander seiner Trunksucht und ging aus dem Haus. Er wanderte durch die Straßen, bis es vorbei war. Doch als er zurückkehrte« – Kathryn rieb ihre schweißnassen Hände aneinander – »fand er den Becher im Gras, aber Alexander war nicht da. Nun pflegte Alexander zu seinem Lieblingsplatz hinter der Kirche von St. Mildred zu gehen, unter den Weiden, die den Stour überblicken. Dort war er immer, um nüchtern zu werden, wenn er wieder einmal betrunken war.«

Thomasina nickte nur.

»Deshalb ging mein Vater kurz vor Sonnenuntergang dorthin, aber es war zu spät. Alexander war entweder in den Fluß gerutscht oder gefallen und hatte nur seinen Mantel am Ufer zurückgelassen.« Kathryn blinzelte, um die Tränen zu unterdrücken. »Das war alles.«

Thomasina atmete tief ein und starrte auf einen Fleck auf ihrem Kleid. Die Geschichte ihrer Herrin klang glaubwürdig. Kathryns Vater hatte seine Tochter leidenschaftlich geliebt, und obwohl er Thomasina gegenüber kaum je ein Wort hatte fallen lassen, wußte die Magd, wie sehr er im Laufe der Zeit Alexanders Grausamkeit und Trunksucht hassen gelernt hatte. Fortwährend lief dieser junge Tunichtgut zu seinem Lieblingsplatz am Fluß. Thomasina hatte Alexander sogar im Verdacht, daß er sich dort mit jemandem traf, und offensichtlich hatte der alte Arzt dasselbe vermutet.

»Nun ist Alexander verschwunden, und dennoch muß jemand das Geheimnis kennen. Aber wer, warum und auf welchem Wege?«

Die beiden Frauen sprangen auf, als sich die Küchentür öffnete und Colum, in braungelbem Wams, leuchtend weißem Hemd mit weitem Halsausschnitt und grüner Samthose, langsam in die Küche trat. Leise schloß er die Tür hinter sich und warf seinen kaffeebraunen Mantel über einen Hocker. Trotz ihrer Überraschung fiel Kathryn auf, daß er sich sehr viel Mühe mit seinem Äußeren gegeben hatte: Er hatte sich rasiert und zumindest den Versuch unternommen, seinen wirren Haarschopf ein wenig zu bändigen. Thomasina sprang auf wie eine fauchende Katze.

»Trau nie einem Iren!« zischte sie. »Landstreicher, alle miteinander!«

Colum starrte sie entgeistert an, schüttelte den Kopf und verbeugte sich höflich vor Kathryn.

»Mistress Swinbrooke, ich bitte um Verzeihung.« Er hob einen Fuß hoch, an dem er einen weichen Lederstiefel trug. »Sie haben ganz weiche Sohlen, und ich trete schon seit meiner Kindheit so leicht auf wie ein Geist.« Colum trat näher, ergriff Kathryns eiskalte Hand und streifte sie leicht mit den Lippen. »Ich schwöre bei Gott, Mistress, ich wollte nicht lauschen, aber die Tür stand einen Spalt weit offen.« Er ließ ihre Hand los und trat einen Schritt zurück, so daß er beide Frauen ansprechen konnte. »Aber was macht das schon? Ein Bastard mehr, der bekommen hat, was er verdient, und jetzt werdet Ihr von jemandem erpreßt.« Er zuckte die Schultern. »Soviel habe ich mitbekommen. Wir alle haben unsere Geheimnisse.« Er sah Thomasina scharf an. »Wie ich schon sagte, was deine Herrin angeht, geht auch mich an. Sie steht jetzt im Dienst des Königs, und, was noch wichtiger ist, ich kann ihr helfen.« Er wedelte mit der Hand, und Kathryns Blick fiel auf ein blinkendes, goldenes Amulett an seinem Handgelenk. »So etwas ist nichts Ungewöhnliches. Jeden Tag verschwinden Männer. Wenn alle verlassenen Frauen sich an einem Ort versammelten, könnte ich eine ganze Armee aufstellen.« Colum blickte zu Boden und wühlte mit seiner Stiefelspitze in den Binsen. »Mistress, setzt Euch bitte. Thomasina, hol uns Wein mit viel Wasser, denn wir haben noch nicht gegessen.«

Kathryn nahm wieder Platz und bedeutete Thomasina, ihm zu gehorchen, denn von dem Iren hatte sie offenbar nichts Böses zu erwarten.

Colum räusperte sich. »Mistress, ich glaube nicht, daß Euer Vater einen Mord begangen hat.«

»Wie bitte?«

Colum schüttelte nachdrücklich den Kopf. »Erstens muß Euer Gemahl überlebt haben, um die Sache jemandem erzählen zu können. Ihr habt sicher niemandem etwas gesagt, und Euer Vater hat es bestimmt nur seinem Beichtvater erzählt.« Colum schloß die Augen und dachte an das Soldatenlager unten am Stour und die Liste von Holbechs Beschwerden. »Der Leichnam Eures Gemahls, ist er je gefunden worden?«

»Natürlich nicht. Mein Vater und ich konnten wohl kaum eine Untersuchung beantragen!«

»Aber der Mantel Eures Gemahls?«

Kathryn bejahte. »Ich habe mich bei den Sergeanten der Musterung erkundigt, ob sich jemand mit Namen Wyville bei ihnen eingeschrieben hat, aber sie verneinten.«

Colum klopfte mit der Hand auf den Tisch.

»Mistress, wenn man am Fluß entlang nach Süden geht, worauf trifft man dort?«

»Da unten sind Mühlen, Deiche für Karpfenteiche, Brücken.« Kathryns Stimme wurde leiser, und sie blickte auf, ein Lächeln in den Augen.

»Natürlich«, stieß sie hervor. »Thomasina, verstehst du? Mein Vater war Arzt. Daher konnte er in den Monaten nach Alexanders Verschwinden sorgfältig in den Totenlisten nach der Leiche eines namenlosen Mannes suchen, der aus dem Fluß gezogen wurde. Seine Suche blieb erfolglos, und obwohl er das seltsam fand, hat mein Vater es immer hingenommen, weil er sich schuldig fühlte.« Sie betastete die Goldstickerei am Halsausschnitt ihres Kleides.

»Ire, Ihr müßt recht haben. Der Stour fließt schnell; an einer der Mühlen oder Brücken hätte Alexanders Leiche hängenbleiben müssen. Aber was ist mit dem Baldrian?«

Colum zuckte mit den Schultern. »Ihr seid die Ärztin, Mistress. Hat er alles getrunken oder nur ein wenig? Hat er den Inhalt des Bechers geschluckt und dann erbrochen?

Ich sage Euch, Mistress Swinbrooke, Euer Gemahl ist nicht ertrunken, und Ihr seid vielleicht auch keine Witwe.«

Kathryn wurde es plötzlich kalt. »Es kann also sein, daß Alexander zurückkommt!« sagte sie tonlos.

Sie starrte auf den Tisch. Auf der einen Seite hatte ihr Vater gestanden, ihren Ehemann umgebracht zu haben. Um damit fertigzuwerden, hatte Kathryn sich selbst glauben gemacht, Alexander sei vielleicht verunglückt, habe sich ertränkt oder einfach versteckt und werde nie mehr wiederkommen. Ganz gleich, was tatsächlich geschehen war, sie hatte sich mit dem Gedanken getröstet, daß Alexander nicht zurückkehren würde. Kathryn hatte nie die Möglichkeit ins Auge gefaßt, daß es doch einmal der Fall sein könnte. Sie griff nach Thomasinas Hand.

»Wenn Alexander nun noch in Canterbury wäre!« Kathryn lachte schrill auf. »Vielleicht ist er der Mörder!«

Kathryns Erregung wurde so augenfällig, daß Thomasina mahnend über ihre Hand streichen mußte, zumal das Körnchen einer Idee in ihrem Kopf zu keimen begann.

»Sch, Mistress, der Ire hat sich vielleicht zum ersten Mal in seinem Leben nützlich gemacht.« Thomasina strahlte Colum selig an. »Wir wissen jetzt, daß Euer Vater kein Mörder war. Wyville ist wahrscheinlich auf und davon, um sein Glück zu machen, und wenn er zurückkommt, könnt Ihr versuchen, Eure Ehe vor dem Kirchengericht annullieren zu lassen, aber ich glaube nicht, daß er das tut!« Sie blickte Kathryn beruhigend an. »Versteht Ihr, Mistress? Der Erpresser weiß, daß Alexander niemals zurückkehren wird; sonst hätte er diese gemeinen Briefe nicht geschickt.«

Colum stimmte zu, und trotz ihres Schocks mußte Kathryn darüber lächeln, wie die beiden sich in einer Freundschaft zusammengeschlossen hatten, gegen die das Bündnis zwischen Pilatus und Herodes nichts war. Als Agnes von ihrer Besorgung zurückkam, mußten die drei ihre

Unterhaltung beenden. Colum ging in den Garten hinaus, und Kathryn blieb eine Weile sitzen, um über die Dinge nachzudenken, die sie erfahren hatte. Zu sehen, was wirklich hinter Alexanders Verschwinden und der mörderischen Wut ihres Vaters auf ihn steckte, verschaffte ihr ein wenig Frieden. Und der Erpresser? Kathryn strich ihn aus ihren Gedanken; er würde es entweder leid werden oder sich als der zu erkennen geben, der er war: ein Krimineller, den man nicht zu fürchten brauchte.

Schließlich überredete Thomasina ihre Herrin mit lautem Geschnatter, in ihre Kammer zu gehen, wo Kathryn eine Hose und die braunen Stiefel aus weichem Leder anzog, sich ein wenig Farbe aufs Gesicht tupfte und ihre Toilette beendete. Die Türen wurden abgeschlossen, dann traten die drei hinaus auf die Ottemelle Lane. Sie gingen die St. Margaret's Street entlang, durch die Mercery Street und bogen in die Burgate Street ab, über der die kleinen und großen Türme und Giebel der Kathedrale hoch aufragten. Canterbury war wie ausgestorben; nur die Mistsammler, die Nachtwachen und ein angetrunkener Rattenfänger strichen durch die Straßen.

»Ganz schön spät für ein Abendessen«, bemerkte Colum, der sich inzwischen fest bei Thomasina untergehakt hatte, die er freundlich neckte.

»Aber Ärzte sind da wohl eine Ausnahme«, fügte er schalkhaft hinzu und warf einen kurzen Seitenblick auf Kathryn, die ruhig neben ihnen herging. »Sie können noch zu später Stunde von den Früchten ihres Wohlstandes zehren.«

Thomasina ließ sich von seinen Neckereien anstecken und zeigte auf das goldene Amulett des Soldaten. »Zumindest ist unser Wohlstand sauer erarbeitet, Master Murtagh. Und nicht von anderen geplündert!«

Der Ire lachte aufgeräumt; Thomasinas lose Zunge stand jetzt nicht mehr still. Das Kollegium war leicht zu finden, ein großer, vierstöckiger Ziegelbau in der Queningate Lane, von dem aus man sowohl das Gelände der Kathedrale als auch das der Abtei St. Augustin gut überblicken konnte. Eigentlich waren es drei Gebäude in einem, mit einem großen, überdachten Eingang, der mit Holztoren gesichert war. Kathryn hatte schon von solchen Einrichtungen in London und Paris gehört: Ärzte legten ihr Vermögen und ihr Wissen zusammen, um noch größere Profite zu erzielen und gleichzeitig eine wirksamere Kontrolle innerhalb ihres Berufsstandes auszuüben. Canterbury war mit seinen Bürgern und den Tausenden von Pilgern so dicht bevölkert, daß Kathryn und ihr Vater nie einen Grund sahen, einer solchen Gemeinschaftspraxis zu widersprechen. Thomasina blickte ganz neidisch auf die von Mittelpfosten geteilten Fenster, die frisch gestrichenen schwarzen Balken und den leuchtend weißen Putz. Colum staunte auch nicht schlecht.

»Bei Gott!« flüsterte er. »In ganz Dublin wäre so ein Haus nicht zu finden. Es stimmt schon, was der König gesagt hat: Seine Kaufleute sind Prinzen, und er will einer von ihnen sein!«

Colum klopfte an die kleine Hintertür, die schon bald von einem Dienstboten geöffnet wurde. Er führte sie in einen Hof, der von blakenden Pechfackeln auf Eisengestellen an der Mauer hell erleuchtet war. Der Hof glich dem einer großen Taverne mit seiner Weitläufigkeit und den Nebengebäuden, Ställen und Lagerhäusern sowie einer großen, mit einem kegelförmigen Dach versehenen Küche, die mit dem Haupthaus durch eine lange Galerie verbunden war. Dahinter erhob sich eine sehr hohe Ziegelwand, und Kathryn konnte trotz der Entfernung den Lärm spielender Kinder hören.

»Dahinter muß der Garten sein«, flüsterte Thomasina. »Ein richtiger Garten, Mistress. Warum sollte jemand, der hier lebt, blutige Morde begehen?«

»Du solltest einmal nach London gehen«, spottete Colum. »Die Paläste dort sind voll von Mördern.«

Weitere Scherze wurden abrupt durch das Auftreten von Chaddedon und Darryl unterbrochen. Die beiden Männer waren korrekt gekleidet mit weißen, hochgeschlossenen Hemden, die am Hals mit einem kleinen Goldkettchen zusammengehalten waren, und Überkleidern, die mit kostbarer Lammwolle gegen die kalte Nachtluft gefüttert, besetzt und verbrämt waren. Darryl gab sich förmlich und begrüßte sie wortlos, aber Chaddedons Freude darüber, Kathryn zu sehen, war mehr als augenscheinlich. Er küßte Thomasina herzlich auf beide Wangen, ergriff Colums zögernd dargebotene Hand und küßte Kathryn galant auf die Fingerspitzen. Kathryn errötete. In Chaddedons Augen blitzte der Schalk, als genieße er diese Art Neckerei. Er trat einen Schritt zurück und breitete die Arme weit aus.

»Seid herzlich willkommen in unserem bescheidenen Heim. Aber kommt, die anderen warten schon.«

Chaddedon führte sie ins Haus und über einen langen, holzgetäfelten Korridor zu einer Stube im Erdgeschoß. Der Raum war groß und geräumig, mit bleiverglasten Fenstern, deren rautenförmige Segmente zum Teil gefärbt waren. In dem großen Kamin brannte ein Feuer. Kerzen und Fackeln erweckten den Raum zum Leben, ließen die Schatten auf den Wandteppichen und Tüchern tanzen, die ringsherum an den Wänden hingen. Der Wohlstand des Hauses sprang ins Auge, ohne aufdringlich zu wirken: Auf dem Boden lagen Wollteppiche, die gepolsterten Stühle hatten hohe Lehnen, Schränke und Truhen waren mit Schlössern versehen, die Abschirmung über der Feuerstelle war mit Wappen verziert. An der gegenüberliegenden Wand stand auf einer kleinen Estrade ein riesiger, gedeckter Eichentisch. Silberne Kerzenleuchter tauchten die gläsernen Trinkbecher, das Geschirr und die Karaffen in schimmerndes Licht. Ein Diener nahm ihnen die Mäntel ab, während Kathryn sich entzückt umschaute. Wenn nur ihr Vater noch gelebt hätte, vielleicht hätte auch er solchen Lohn für seine Mühen geerntet.

»Die anderen warten auf uns«, teilte Chaddedon ihnen mit und führte sie zu der Gruppe, die sich inzwischen von den Stühlen am Kamin erhoben hatte. Newington, schlicht gekleidet, das Haar gepflegt, die stets wachsamen Augen überall, lächelte dünn und schenkte Kathryn ein Kopfnicken. Cotterell, bereits ziemlich betrunken und gefährlich schwankend, leckte sich die Lippen und starrte triefäugig vor sich hin. Neben ihm stand seine kleine, flachsblonde Frau mit hübschen, aber irgendwie strengen Gesichtszügen. Sie erinnerte Kathryn an eine Puppe, die sie einmal besessen hatte. Zwischen Matthew Darryl und Newington stand Marisa, die Tochter des Ratsherrn. Mit ihrem schmalen Gesicht, den dünnen Lippen und den flinken Augen glich sie ihrem Vater aufs Haar. Beide Frauen waren nicht sehr erfreut und machten kaum den Versuch, Kathryn und ihren Begleitern die Befangenheit zu nehmen. Stühle wurden herbeigeholt, Wein wurde serviert, und man begann ein belangloses Gespräch über das Wetter, die Pilger und den neuesten Hofklatsch aus London. Man fragte sich nach dem Verbleib von Faunte und anderen Rebellen, und Straunge lieferte ihnen eine Beschreibung der neuen bleiverglasten Fenster, die König Edward für die Kathedrale in Auftrag gegeben hatte. Schließlich erhob sich Chaddedon und stellte sich mit dem Rücken zum Feuer.

»Wir haben es uns zur Gewohnheit gemacht«, teilte er ihnen mit und lächelte Kathryn an, »an jedem dritten Donnerstag im Monat ein Bankett abzuhalten und Gäste einzuladen.« Mit einer unbestimmten Geste deutete er auf den Garten hinaus. »Die Kinder dürfen draußen spielen, auch wenn es schon dunkel ist.«

Kathryn erwiderte sein Lächeln, aber die anderen starrten blicklos geradeaus; sie wußten, daß dieser Abend anders als alle anderen sein würde, und Chaddedons gute Laune konnte sie nicht beeindrucken. Er wandte sich nun direkt an Colum.

»Master Murtagh, ich heiße Euch willkommen, sowohl als Begleiter der schönen Mistress Swinbrooke wie auch als den Beauftragten des Königs in Canterbury.« Chaddedon hüstelte. »Wie wir alle wissen, wollt Ihr uns ein paar Fragen stellen. Wir, oder zumindest ich, konnte mir keine bessere Gelegenheit dazu vorstellen als unser kleines Fest hier, da wir mit den letzten Vorbereitungen für das große Mysterienspiel in der Heiligkreuzkirche sehr beschäftigt sind.«

Wieder hüstelte er und warf einen schnellen Seitenblick auf Darryl, der seiner Frau etwas zuflüsterte. Sie stand auf und zog sich zusammen mit Cotterells Frau eilig zurück. Darryl folgte ihnen zur Tür, scheuchte die Dienerschaft hinaus und schloß die Tür fest hinter ihnen. Ratsherr Newington erhob sich, stellte sich an einer Ecke des Kamins und stützte sich mit einem Arm auf das Sims; er trank einen Schluck Wein und blickte Colum an.

»Und nun zu Euren Fragen, Master Murtagh.«

Colum stand nicht auf, sah aber die Ärzte der Reihe nach genau an. Sie alle waren wohlhabende, einflußreiche Männer, die ihn und seinen gesamten Besitz mit einem Bruchteil dessen aufkaufen konnten, was sie verdienten. Er war sich bewußt, daß Kathryn neben ihm saß und daß auch Thomasina zugegen war, die keine Anstalten gemacht hatte, den Raum zu verlassen. Die Magd starrte jetzt mit eisiger Miene den Ratsherrn an, dessen ärgerliche Blicke zeigten, wie sehr er die Magd an einen anderen Ort wünschte. Colum tippte an den Rand seines Weinbechers.

»Es war ein langer Tag«, begann er. »Und Ihr alle kennt die Gründe für meine Fragen. Es wurden Morde begannen, und wir glauben, daß der Mörder ein Arzt sein muß.« Er hob eine Hand. »Ich weiß, ich weiß, es könnte auch jemand anders sein, aber wie jeder Richter« – das letzte Wort hob er besonders hervor – »muß ich zunächst die Dinge untersuchen, die wahrscheinlich sind. Master Cotterell, Ihr wurdet zu einem der Opfer gerufen?«

Cotterell zuckte stumm die Achseln und schlürfte seinen Wein. Colum atmete tief durch, um seinen Ärger zu unterdrücken.

»Davon abgesehen«, fuhr er gutmütig fort, »besteht nur wenig Verbindung zwischen den hier Anwesenden und den Opfern. Laßt uns also unser Augenmerk auf eine Tatsache lenken. Gestern um die Mittagszeit wurde ein Kaufmann namens Spurrier in der Kathedrale ermordet. Wo wart Ihr zu der Zeit?« Colum machte es sich in seinem Stuhl bequem. »Ich könnte Euch einzeln verhören, aber ich halte es für das Beste, wenn jeder in Gegenwart der anderen antwortet. Master Cotterell, sollen wir bei Euch beginnen?«

Der fette Arzt mit dem rosigen Gesicht blinzelte in das Licht der Kerzen und machte ein unanständiges Geräusch mit den Lippen.

»Sir?«

»Ich habe Besuche gemacht«, antwortete Cotterell.

»Wo?«

Cotterell lächelte nervös. »Im Hospital St. Thomas und in einem Haus neben St. Alphege.«

»Und das könnt Ihr beweisen?«

»Ja.«

»Wer kann das bezeugen?«

Jetzt blickte Cotterell Kathryn an. »Ich muß nicht vor aller Öffentlichkeit antworten.«

Colum stand auf. Seine Hand fuhr an den Dolch an seinem breiten Ledergürtel.

»Oh doch, Sir, das müßt Ihr.«

Cotterell sah Kathryn flehentlich an.

»Brantam durfte auch beichten«, nörgelte er wie ein kleiner Junge. »Master Brantam hat das Zimmer verlassen. Das war das letzte, was wir von ihm gesehen haben.«

»Er hat recht«, mischte sich Kathryn ruhig ein. Sie sah kurz zu Murtagh auf. »Ich sehe keinen Grund, warum hier Geheimnisse aufgedeckt werden sollten. Wenn Master Cotterell mit mir allein sprechen will und wir später feststellen, daß er gelogen hat, dann haben wir vielleicht unseren Mörder gefunden.«

Cotterell schnaubte verächtlich. »Ich bin kein Mörder!«

»Oh, um Himmels willen!« fauchte Darryl. »Was mich betrifft, ich will Master Cotterells kleine Geheimnisse nicht erfahren. Gebt ihm doch, was er will!«

Neun

Um der Situation die Schärfe zu nehmen, stand Kathryn auf.

»Master Cotterell, wenn ich bitten darf?«

Und sie nahm ihn ohne langes Federlesen mit in die hintere Ecke des Raumes, so daß sie außer Hörweite der anderen waren.

Bedenklich schwankend stand Cotterell mit seinen triefenden Augen und den dicken, sabbernden Lippen vor ihr.

»Was wollte Brantam?« nuschelte er.

»Das geht Euch nichts an, Sir,« schwindelte Kathryn und machte Anstalten, wieder zu den anderen zurückzugehen.

Cotterell zog sie sachte am Ärmel.

»Brantam ist ein Bastard!« zischte er. »Und mein Weib wird für ihn und mit ihm lügen!« Cotterell blickte zu den anderen hinüber, dann wandte er sich wieder Kathryn zu. »Es gibt da einen jungen Mann, Robert Chirke ist sein Name. Er hat ein Haus in der Nähe der Kirche von St. Alphege. Ich habe ihn besucht.« Cotterell blickte nervös zur Seite. »Mehr muß ich wohl nicht sagen«, grummelte er.

»Wie lange wart Ihr bei ihm?«

»Von zwölf bis zwei, drei Uhr.«

»Das ist lange für einen Patientenbesuch«, murmelte Kathryn trocken.

»Macht daraus, was Ihr wollt«, flüsterte Cotterell. »Aber ich sehe keinen Grund, warum es die anderen erfahren sollten.«

»Ich auch nicht«, erwiderte Kathryn. »Aber habt acht, Master Cotterell; das Gesetz kennt keine Gnade für Männer, die andere Männer, sagen wir, im vollen biblischen Sinne lieben.«

Cotterell sah sie unter schweren Augenlidern hervor an.

»Und was ist mit Frauen, die rumhuren?« Er lachte. »Wir sind schon ein hübsches Paar, was? Eine Ehebrecherin und ein Mann, der Knaben liebt. Ich habe keine Zeit für die verdammten Priester und ihr Gerede über die Hölle nach dem Tode. Ich lebe hier und jetzt bereits in der Hölle.« Fahrig fuchtelte er mit einer Hand in der Luft herum. »Aber zum Henker, was soll's?«

Er drehte sich um und ging schwerfällig zu seinem Stuhl zurück. Kathryn folgte ihm. Sie nickte Colum zu, der sich nun wieder an die anderen wandte.

»Nun, meine Herren?«

»Ich kann für uns alle sprechen«, sagte Chaddedon und erhob sich. »Gestern nachmittag haben wir hier Patienten empfangen, und danach gingen wir alle hinüber zur Heiligkreuzkirche, um die Vorbereitungen für das Laienspiel zu beaufsichtigen.«

»Also habt Ihr das Haus verlassen?« fragte Kathryn.

»Ja doch«, kläffte Straunge. »Es gab auch Augenblicke, in denen wir allein waren. Wir lebten hier ein ganz normales Leben«, fuhr er fort. »Ich ging zum Markt in Burgate, um ein wenig Tuch zu kaufen. Master Darryl hat einen Bekannten in der Schenke ›Zum Roten Löwen‹ getroffen, und Chaddedon war der erste, der zur Heiligkreuzkirche kam.«

»Das kann ich bezeugen«, unterbrach Newington. »Ich bin am Nachmittag vorbeigekommen.« Er lächelte. »Marisa ist meine einzige Tochter, und ihre Kinder sind jetzt meine Familie.« Er breitete die Arme aus und grinste seinen Schwiegersohn dümmlich an. »Matthew kann Euch noch einen anderen Grund nennen.« Newington machte eine ausladende Handbewegung. »Dieses Kollegium ist eine meiner größten Investitionen. Ich war Bürge, als dieses Haus gekauft wurde.« Er hüstelte nervös. »Wer will mir einen Vorwurf machen, wenn ich herkomme, um meine Bestände zu überprüfen?«

Leises Lachen begleitete seine Worte, und Kathryn spürte, wie sehr seine Großzügigkeit und die Unterstützung von den anderen begrüßt wurden.

»Also«, sagte Colum barsch, »kann mir keiner von Euch in allen Einzelheiten schildern, was er getan hat? Es wäre durchaus denkbar, daß einer von Euch einen Mantel angezogen, sich dem Strom der Pilger angeschlossen, das Gift verabreicht hat und dann verschwunden ist.«

»Ja«, erwiderte Chaddedon. »Alles ist möglich, Master Murtagh. Wir haben auch miteinander schon darüber gesprochen. Jeder von uns hätte sich davonschleichen, dieses scheußliche Verbrechen begehen und ein neues planen können. Aber, um Himmels willen, Mann, ich behaupte, daß es in Canterbury noch andere gibt, die dasselbe getan haben könnten.«

»Stimmt«, fügte Newington hitzig hinzu. »Luberon und ich haben diese Männer hier benannt, aber es könnten auch andere sein. Obwohl«, schloß Newington hastig, denn er hatte Colums warnenden Blick gesehen, »ich kann mir nicht vorstellen, wer. Ich habe Luberons Liste genau überpüft. Alle anderen sind zu alt, zu gebrechlich oder einfach nicht da.«

Der Ratsherr schlug leicht mit der Faust gegen den Kamin und lächelte. »Gleichzeitig», fuhr er fort, »dürfen wir weder Master Murtagh noch Mistress Swinbrooke einen Vorwurf machen. Die Nachrichten von diesen Morden gehen inzwischen von Mund zu Mund. Die Wirtshäuser und Tavernen melden schon einen Rückgang ihrer Geschäfte. Und Luberon hat mir gesagt, daß die in das neue Parlament des Königs gewählten Männer eine Petition vorbereiten, in der sie die schrecklichen Morde, die in dieser Stadt geschehen, beklagen.«

»Habt Ihr meinen Kollegen gesagt«, fragte Kathryn, »was wir heute nachmittag entdeckt haben?«

Newington schüttelte den Kopf. »Dazu hatte ich noch keine Gelegenheit, Mistress.«

»Was ist denn nun schon wieder?« fragte Darryl.

Kathryn legte die Fingerspitzen aneinander und betrachtete in aller Ruhe die Gesichter der Ärzte.

»Der Mörder sucht seine Opfer nach ihrem Beruf aus. Wir standen vor einem Rätsel, bis wir erkannten, daß der Dichter Chaucer in seinen *Canterbury-Erzählungen* dieselben Berufe im Prolog zu seinem Gedicht aufzählt.«

»Was ist denn das für ein Unsinn?« fragte Darryl.

»Master Darryl, ich dachte, ich hätte mich klar ausgedrückt. Sind Euch der Dichter Chaucer und sein Werk bekannt?«

Darryl schüttelte den Kopf und blickte zu seinem Schwiegervater hinüber. »Nein, ich kenne ihn nicht. Du, Vater?«

»Nur den Namen des Dichters. Mehr nicht.«

»Master Cotterell?« fragte Colum.

Der Arzt änderte geräuschvoll seine Beinhaltung und nickte.»Ja, ja, ich habe sogar eine Abschrift der *Canterbury-Erzählungen.*«

»Wir auch«, meldete sich Chaddedon zu Wort. »Matthew, hast du es vergessen?« Er wandte sich an Straunge. »Und Edmund, du bist mein Zeuge. Am letzten Michaelistag haben wir uns eine Abschrift in unserer Bibliothek angesehen.«

»Nun, ich habe sie nicht gelesen!« erwiderte Darryl.

Chaddedon zuckte mit den Schultern. »Matthew, Matthew, das habe ich auch nicht behauptet. Eine Frage wurde gestellt, und ich beantworte sie. Wir haben eine Abschrift in unserer Bibliothek im Obergeschoß. Straunge und ich haben sie gelesen.«

»Ist es neuerdings ein Verbrechen«, schnarrte Cotterell,

»die Werke eines Dichters gelesen zu haben? Der Poet Chaucer ist weithin bekannt. Viele haben ihn gelesen, einige nicht. Der Besitz seiner Werke ist kein Beweis dafür, daß man einen Mord begangen hat.«

Kathryn zuckte mit den Schultern. »Das stimmt. Ich habe auch nur gefragt.«

»Habt Ihr noch mehr solcher Fragen?« wollte Darryl wissen.

»Ja«, schaltete sich Colum ein. »Aber die werde ich stellen, wenn Ihr erlaubt. Wir haben es mit einem Mörder zu tun, der Pilger vergiftet, die den Schrein des Heiligen Thomas besuchen. Mistress Swinbrooke glaubt, daß der Mörder einen Groll gegen den Schrein hegt. Möglicherweise ist es jemand, der dort um Heilung gebeten hat und herb enttäuscht wurde. Würde dies auf einen von Euch zutreffen?«

»Oh, um Himmels willen!« schrie Darryl und sprang auf. Verärgert warf er einen Blick auf die Stundenkerze. »Ich habe Hunger. Wir sollten uns längst erquicken und laben statt hier herumzusitzen und die Zeit mit dummen Fragen totzuschlagen!«

»Sie mögen dumm sein«, erwiderte Kathryn, »aber sie verlangen trotzdem eine Antwort.«

»Setz dich, Matthew«, befahl Newington. »Ich glaube, ich kann für alle Anwesenden, außer für Master Cotterell, antworten.« Der Ratsherr zog mit einem Ruck seine Robe enger. »Meine Frau, Marisas Mutter, starb vor acht Jahren. Ein Jahr später hat Master Straunge seine beiden Eltern verloren, als das Schweißfieber unsere Stadt heimsuchte.«

»Bei mir ist es nicht anders«, unterbrach Chaddedon schnell. »Meine Gemahlin, die nach der Geburt unserer einzigen Tochter drei Jahre zuvor noch immer sehr schwach war, starb ebenfalls; acht Monate später folgte ihr meine Mutter.«

Kathryn schloß die Augen; ihr war, als würde sie sich hier in Dinge einmischen, die sie nichts angingen.

»Master Cotterell?« fragte Colum schnell, um das Schweigen zu unterbrechen.

Der dicke Arzt blickte Colum starr an, die Augen tränenverschleiert.

»Wenn die Krankheit ausbrach«, antwortete er ruhig, »starben immer die Alten; mir geht es nicht anders als den anderen. Ich verlor meine Mutter und eine Tante. An einem Tag waren sie noch zusammen auf dem Markt gewesen, am nächsten lagen sie schon auf dem Sterbebett und spuckten Blut, bis sie tot waren.« Er stand auf und ging zum Tisch hinüber, um seinen Becher mit Wein zu füllen. »Das soll als Antwort von meiner Seite genügen.«

Die anderen schlossen sich seinen Worten an. Kathryn warf einen schnellen Seitenblick auf Colum, mit dem sie ihm zu verstehen geben wollte, daß alle weitergehenden Fragen ihre Gastgeber nur gegen sie aufbringen würden.

Colum erhob sich und breitete die Arme aus. »Alsdann, unsere Aufgabe ist erledigt. Wir bitten Euch um Vergebung für alle Kränkungen, die wir Euch haben zufügen müssen. Sie waren nicht beabsichtigt. Master Darryl, Ihr habt recht.« Colum roch den angenehmen Duft, der durch die Halle zog. »Mein Magen glaubt schon, mein Hals sei durchtrennt worden!«

Alle erhoben sich und schlossen sich ihm an, doch Kathryn spürte immer noch die ihnen entgegengebrachte Feindschaft. Darryl führte sie aus der Halle, den Korridor entlang zu einer Seitentür, die sich in einen wunderschönen Garten öffnete, der von Fackeln und dicken Bienenwachskerzen unter Metallkappen beleuchtet wurde. Das Licht erhellte eine große grüne Rasenfläche, die bis zu den höher gelegenen Blumen- und Kräuterbeeten reichte. Die Luft war vom schweren, süßen Duft von Rosen und anderen Blumen geschwängert. Die Frauen von Cotterell und Darryl saßen auf einer Holzbank und plauderten ruhig miteinander, während sie auf drei Kinder aufpaßten, die auf den gepflasterten Pfaden zwischen den Blumenbeeten Fangen spielten.

»Ist das Geschäftliche erledigt?« fragte Cotterells Frau schelmisch.

»So gut es eben geht«, erwiderte Newington.

»Die Diener werden jetzt das Essen servieren«, teilte Darryl mit. »Marisa, sag einer Magd, sie soll die Kinder zu Bett bringen.«

Kathryn, die nur zu gern der recht feindlichen Stimmung eine Zeitlang entkommen wollte, reichte Colum ihren Weinbecher.

»Wessen Kinder sind das?« fragte sie.

»Die beiden Jungen sind meine«, erwiderte Darryl. »Das kleine Mädchen, Marie, ist Chaddedons Kind.«

»Laßt mich mit ihnen reden«, bat Kathryn. »Ich bringe sie ins Haus.«

Schnell schritt sie über den Rasen und versuchte, Hals und Nacken ein wenig zu lockern, die sich während des Gesprächs verspannt hatten. Als sie näherkam, hörten die Kinder auf zu spielen und betrachteten sie neugierig. Kathryn kauerte sich am Ende des Pfades nieder. Das Mädchen mit blonden Löckchen und hübschem Gesicht war noch klein. Die beiden Jungen, beide mit schwarzen Haaren, sahen sie verdrießlich an und umklammerten kleine Holzschwerter.

»Ihr sollt ins Haus kommen«, sagte Kathryn ruhig.

»Wer bist du?« fragte einer der Jungen.

»Ich heiße Kathryn. Kathryn Swinbrooke.«

»Bist du ein Arzt?«

»Ja, ja, ich denke schon.« Sie streckte ihre Hand aus, die das kleine Mädchen schüchtern lächelnd mit seinen Patschhändchen betastete. »Und du bist die kleine Marie?«

Das Mädchen nickte.

»Großvater hat uns von dir erzählt«, fuhr der Junge fort. »Er sagt, du bist ein guter Arzt, aber du stellst komische Fragen.«

Kathryn lächelte. »Vielleicht.«

»Großvater spricht immer mit uns«, sagte der Junge.

»Nicht wie die anderen.« Er warf einen wütenden Blick auf die Erwachsenen am anderen Ende des Gartens.

»Nun, jetzt kommt aber ins Haus«, wiederholte Kathryn.

»Wir sind aber noch nicht fertig mit Spielen.«

»Was spielt ihr denn?«

Der Junge tippte sich auf die Brust. »Ich bin Arcita, und er«, damit deutete er auf seinen Bruder, »ist Palamon, und sie ist die Prinzessin Emelie.«

»Nun«, sagte Kathryn und nahm das kleine Mädchen bei der Hand, »morgen ist auch noch ein Tag, und auch Krieger müssen nachts schlafen.« Sie zeigte quer durch den Garten auf Colum. »Fragt ihn, er ist ein Soldat des Königs.«

Aufgeregt rannten die Jungen über den Rasen. Sie bestürmten und verwirrten Colum mit nicht enden wollenden Fragen, bis Darryl verkündete, daß es nun aber genug sei. Eine Magd brachte die Kinder fort, während die Erwachsenen sich zum Essen ins Haus begaben.

Das Essen war ein veritables Bankett: königliches Wildbret in Rotwein, Zitronensaft und schwarzem Pfeffer gekocht; gebackenes Huhn mit Trauben gefüllt; ein Salat aus Petersilie, Salbei, Frühlingszwiebeln, Knoblauch und Rosmarin. Danach gab es Rastons, kleine Brotlaibe aus süßem, mit Eiern angereichertem Teig, Stücke von Honigdatteln, Kräuterwein und Pfirsiche mit einem süßen Sirup. Die Diener schenkten ständig Wein nach. Colum langte ordentlich zu, aber Kathryn beschränkte sich auf einen einzigen Becher und füllte ihn zwischen zwei Schlucken immer wieder mit Wasser auf.

Cotterell schlief schnell ein. Zunächst war die Atmosphäre ziemlich förmlich und angespannt. Doch schon bald erwies es sich, daß der Wein die Wogen glättete, und Colum wurde mit Fragen nach dem gerade beendeten Krieg bestürmt, nach der Politik bei Hofe und den Persönlichkeiten des Königs und seine Brüder. Der Ire gab bereitwillig Auskunft, schilderte den letzten Feldzug im Westen des Landes in allen Einzelheiten, die Hinrichtung aller Generäle der Lancastertreuen und die Entschlossenheit des Königs, das Haus Lancaster mit Stumpf und Stiel auszurotten. Er erzählte lustige Geschichten über das Soldatenleben und beschrieb auch, in welchem Kontrast es zu dem Leben in Samt und Seide bei Hofe stehe. Das alles hinderte ihn aber nicht, ein wachsames Auge auf Kathryn zu haben und auf Chaddedons gelegentliche Versuche, sie in ein Gespräch zu ziehen. Schließlich merkte er, daß er die Unterhaltung allein bestritt, und fragte abrupt, ob sie alle in Canterbury geboren und aufgewachsen seien.

»Ich nicht«, hub Newington zu einer ausführlichen Erklärung an. »Aber die anderen. Ich bin in Canterbury geboren, wurde aber schon früh Waise und zu einem Verwandten nach London geschickt, um dort die Kunst des Tuchhandels zu lernen. Vor zwanzig Jahren kehrte ich mit meiner Frau und der kleinen Marisa zurück.« Er blickte auf Kathryn hinunter. »Ich habe mein Vermögen sowohl hier als auch in London gemacht und will nicht mehr reisen. Diese Stadt ist die größte in Europa.« Seine Worte ernteten zustimmendes Gemurmel von allen Seiten. »Und deshalb«, fügte er bitter hinzu, »müssen diese schrecklichen Morde ein Ende haben.«

Chaddedon spürte, daß die Unterhaltung Mißhelligkeiten schaffen könnte, und wandte sich an Kathryn. »Ihr habt von unserer Bibliothek gehört?« fragte er. »Würdet Ihr sie Euch gern ansehen?«

Kathryn sah den Schalk in seinen Augen.

»Das solltet Ihr tun«, fuhr er fort. »Master Straunge und ich haben viele Texte gesammelt, um die uns selbst die Mönche von Canterbury beneiden würden.«

Kathryn stimmte zu und war erleichtert, als Colum, der die Unterhaltung mit gespitzten Ohren verfolgt hatte, sich plötzlich ebenfalls anschloß. Ebenso Thomasina, die den ganzen Abend merkwürdig stumm dagesessen hatte. Nach Beendigung des Mahles verließen Chaddedon und ein leicht schwankender Colum den Saal, gefolgt von Kathryn, die Thomasina am Ärmel festhielt.

»Du warst sehr still«, flüsterte sie. »Stimmt etwas nicht? Ist alles in Ordnung mit dir?«

Thomasina spitzte den Mund. »Ja, ja. Sind schon seltsam, diese Leute, nicht wahr, Mistress? Aber ich habe einfach nachgedacht.«

»Worüber?«

»Oh, über dies und das.«

»Komm, Thomasina.«

»Seid vorsichtig!« zischte Thomasina und versuchte, vom Thema abzulenken. »Chaddedon hat ein Auge auf Euch geworfen. Und ich glaube, der Ire ist eifersüchtig.«

Kathryn lachte leise und hakte sich bei Thomasina ein.

»Wer weiß, wozu das gut ist«, flüsterte sie.

Thomasina funkelte sie entrüstet an, war aber froh über die sprühenden Augen ihrer Herrin. Die Magd betrachtete grummelnd den Rücken des stolpernden, lachenden Iren, der vor ihnen die Holztreppe hinaufging. Vielleicht ist er doch nicht so ein Bastard, dachte Thomasina. Vielleicht hat ihn der liebe Gott zu uns geschickt, um diese Veränderung zu bewirken, aber ich werde ihn im Auge behalten, ebenso wie Chaddedon und seinesgleichen.

Die Bibliothek, in die der Arzt sie führte, war groß und gut ausgestattet. Schnell entzündete Chaddedon die Kerzen in einem großen Kandelaber, der in der Mitte eines

Holztisches stand, ebenso die Fackeln, die hoch oben an der Wand angebracht waren, in sicherem Abstand von den Regalen. Der Raum war mit einem Teppich ausgelegt, das bunte Glas der Fenster funkelte; in einem Erker auf der gegenüberliegenden Seite des Raumes befand sich ein Sitz, und vor einer Wand standen in voller Länge Tische aufgereiht, über denen noch mehr Wandbehänge Platz gefunden hatten. Eine ganze Wand jedoch war zugestellt mit Regalen, die Bücher in allen Größen enthielten, einige waren angekettet, andere waren übereinander gestapelt. Kathryn hatte nie mehr so viele Bücher auf einmal gesehen, seit ihr Vater sie einmal in die Bibliothek des Herzogs Humpgrey in Oxford mitgenommen hatte. Sie klatschte in die Hände und stieß einen Laut der Überraschung aus.

»Gehören die alle Euch?«

Chaddedon sonnte sich in ihrem Lob. »Nun, eigentlich nicht. Straunge ist unser Sammler, vor allem medizinischer Texte. Wir besitzen den *Tractatus de Matricibus* von Garnerius.« Chaddedon nahm ein Buch vom Regal. »Und das ist unser kostbarstes.« Er legte das schwere, in üppig geprägtem Leder gebundene Buch auf den Tisch.

Kathryn blätterte ehrfürchtig in dem Werk, das ihr Vater immer hatte besitzen wollen, die *Chirurgia* von Gerhard von Cremona. Sie hatte eine Abschrift in Oxford gesehen; das Buch brachte Erinnerungen zurück an ihren Vater, wie er neben ihr stand und auf die Zeichnungen deutete, auf denen Frauen dargestellt waren, die den Beruf des Heilkundigen ausübten. Kathryn betrachtete eine davon genauer.

»Ihr habt es schon einmal gesehen, Kathryn?«

»Ja, ja, es war das Lieblingswerk meines Vaters.«

»Er war ein guter Arzt, nicht wahr?«

»Mein Vater war in Salerno und Padua und hat die Heilkunde der Araber studiert.«

»Und er hat sein Wissen an Euch weitergegeben?«

»Ja, er hielt sich für ein paar Monate in Hainault auf, wo er sah, wie junge Mädchen erzogen wurden. Als er mit meiner Mutter von London nach Canterbury zog, stellte er einen Priester ein, einen alten Mann aus dem Hospital für arme Priester, der mich unterrichten sollte. Er war Gelehrter in den Heiligen Hallen von Oxford, bis man feststellte, daß er mit den Doktrinen Wyclifs infiziert war.« Es war ihr bewußt, daß Colum an dem Tisch entlangstrich und sie und Chaddedon eifersüchtig beobachtete.

»Ihr sagtet, Ihr hättet eine Abschrift von Chaucer?« schaltete sich der Ire brüsk ein.

»Ach ja«, sagte Chaddedon und brachte ein anderes Buch an den Tisch, ähnlich dem, das Colum in die Ottemelle Lane mitgebracht hatte. Colum kam näher, als Kathryn die Seiten umblätterte: Sie waren abgegriffen, aber nichts wies darauf hin, daß der Mörder das Buch als einen Führer für die Wahl seiner Opfer benutzt hatte. Kathryn blätterte noch ein paar Seiten um und klappte das Buch mit einem Seufzer wieder zu.

»Nichts«, flüsterte sie und ließ ihren Blick anerkennend durch die Bibliothek schweifen. »Ich würde gern einmal herkommen«, murmelte sie. »Vielleicht, wenn alles vorbei ist?«

»Mistress Swinbrooke, es wäre uns eine Ehre«, sagte Chaddedon und begann, einige Kerzen zu löschen. »Und nun«, bot er an, »darf ich Euch zu guter Letzt noch zeigen, wo wir unsere Arzneien aufbewahren?«

Er führte sie die Treppe hinunter, vorbei an der Halle, wo die anderen leise miteinander plauderten, zu einem großen Raum auf der Rückseite des Hauses. Er nahm den Schlüssel von seinem Gürtel und schloß die Tür auf, strich ein Stück Zunder an, mit dem er behutsam die Öllämpchen anzündete. Der Raum war ein exaktes Quadrat, die vier Wände mit Regalen bedeckt, auf denen Töpfe und

Flaschen aufgereiht standen. Alle waren mit Pergamentschildchen versehen.

»Wer benutzt die Bibliothek?« fragte Colum plötzlich, bevor der Arzt Kathryn in eine Unterhaltung ziehen konnte.

Chaddedon zuckte mit den Schultern und blickte den Iren unter gesenkten Augenlidern an, als ärgere er sich über dessen Gegenwart. »Mein Gott, Mann, wir alle!«

»Und dieser Raum?«

»Wir Ärzte haben jeder einen Schlüssel, und es gibt noch einen weiteren am Schlüsselbund des Hausmeisters.«

Chaddedon ging an den Regalen entlang und tippte die Flaschen und Gläser an wie alte Bekannte. »Wir haben hier Ingwer, Giersch, Eulenklaue, Weißdorn, Gefleckten Schierling, Bilsenkraut, Tollkirsche, Baldrian, Fingerhut. Gift genug, um die ganze Stadt zu töten.«

»Habt Ihr irgend etwas Ungewöhnliches bemerkt?« fragte Kathryn und deutete auf den Tisch mit seinen Mischflaschen, Waagen, Stäbchen und Gläsern.

»Wie meint Ihr das?«

»Habt Ihr bemerkt, daß ein Heilmittel fehlte oder daß sich jemand daran zu schaffen gemacht hat?«

»Nein, nichts, was der Erwähnung wert wäre.«

»Ich aber.«

Straunge erschien im Türrahmen. Sein hageres Gesicht sah im flackernden Licht der Lampen noch fahler aus.

»Vor ungefähr einer Woche«, sagte er und betrat den Raum. »Ich kam hier herein und sah weißes Pulver auf dem Boden. Natürlich trug ich Handschuhe.« Er lächelte Kathryn an. »Ich habe vor einigen dieser Pülverchen ziemlichen Respekt und glaube, sie sollten auf keinen Fall mit der Haut in Berührung kommen. Auf jeden Fall«, fuhr er hastig fort, »hob ich das Pulver auf, aber es war nur Mehl, weißes Mehl; obwohl das hier nicht verwahrt wird.«

»Das höre ich zum ersten Mal«, sagte Chaddedon.

Straunge hob die Augenbrauen. »Damals dachte ich, es habe nichts zu bedeuten, aber jetzt, da wir alle unter Verdacht stehen, diese Morde begangen zu haben, ziehe ich alles in Betracht, was ungewöhnlich ist.«

Kathryn sah sich in den Regalen um. Sie konnte mit den Worten Straunges nichts anfangen, und sie war, wie schon in der Bibliothek, hin und her gerissen zwischen Neid und Bewunderung für das, was diese Ärzte besaßen.

»Wo habt Ihr das alles gekauft?« fragte sie.

»Ein paar sammeln wir«, antwortete Chaddedon. »Andere kaufen wir bei den Gewürzhändlern in London oder bei unserer Zunft in Canterbury. Warum fragt Ihr?«

»Mein Herbarium ist ein Laden, nichts weiter, ein kleiner Raum in meinem Haus in der Ottemelle Lane. Ich habe immer davon geträumt, einmal solche Vorräte zu besitzen.«

»Dazu braucht Ihr die Zulassung von der Zunft.«

Kathryn blinzelte schelmisch. »Wie mein Vater schon sagte, im Leben ist alles möglich.«

Sie verließen das Herbarium und gingen wieder in die Halle zu den anderen. Mehr Wein wurde ausgeschenkt, aber Kathryn, die besorgt den schläfrigen Ausdruck in Colums Augen und Thomasinas Unruhe zur Kenntnis nahm, verkündete, daß sie nun wirklich gehen müßten. Die Damen waren bei der Verabschiedung sehr reserviert und ließen keinen Zweifel daran, daß es ihnen nichts ausmachen würde, wenn sie Kathryn niemals wiedersähen. Darryl versuchte erfolglos, Cotterell auf die Beine zu stellen, so daß nur Chaddedon und Newington sie zur Tür begleiteten. Der Händedruck, mit dem der Arzt Kathryn verabschiedete, machte deutlich, wie sehr er den Abend genossen hatte.

Sie gingen über die Queningate Lane zurück. Thomasina hatte sich bei Kathryn untergehakt, während Colum, leise ein Lied vor sich hin summend, vor ihnen herging und hin und wieder eine lustige Gigue tanzte, immer noch betrunken von den großen Mengen Wein, die er geschluckt hatte. Zwei Nachtwachen kamen vorbei und baten ihn, leise zu sein. Colum lachte nur und setzte seinen Weg fort, vorbei an der St.-Paul's-Kirche, an der alten Stadtmauer entlang und durch einen verfallenen Rundbogen in die St. Margaret's Street. Hier und da kamen sie an einem Bettler vorbei, der wimmernd um Almosen flehte; an einem Flittchen mit ihrem Freier; an dem verrückten Rattenfänger, der in bizarrer Weise die Straßen abschritt, eine lange Stange über der Schulter, von der eine Reihe frisch erlegter Ratten und Mäuse hing. Katzen balgten sich um stinkende Abfallhaufen, und irgendwo bellte ein Hund den Mond an.

Kathryn war ganz in Gedanken versunken und versuchte, ihre Ohren vor Colums ziemlich laut vorgetragenem Liedchen über die Damen aus Dublin zu verschließen. Gerade hatten sie die Taverne »Zur Krone« passiert, die schon für die Nacht verriegelt und verrammelt war, als drei Wegelagerer aus einer Gasse sprangen. Colum hatten sie passieren lassen, die Frauen betrachteten sie nun als leichtere Beute. Einer packte Kathryn am Ärmel ihres Kleides, während ein anderer versuchte, Thomasinas Arme hinter ihrem Rücken zu fesseln. Die Magd schlug mit der Bosheit einer wütenden Mähre aus und versetzte einem der Straßenräuber einen schmerzhaften Tritt vors Schienbein. Kathryn kämpfte mit ihrem Angreifer und klammerte sich an dessen lederne Kapuze. Die blitzenden Augen und der saure Geruch seines Atems machten ihr angst. Plötzlich wurde der Mann von ihr weggerissen. Kathryn wußte nicht, was geschehen war, aber Colum zog den Mann an sich und stieß ihm sein langes Messer in den Bauch. Dann trat der Ire einen Schritt zurück und ließ den schreienden und sich windenden Straßenräuber auf den Boden gleiten. Jetzt drangen seine beiden Kumpane auf ihn ein. Im Schein einer Hornlaterne, die am Türpfosten der Schenke hing, sah Kathryn, daß Colum mit einem langen Dolch bewaffnet war und einem kurzen Messer, das er aus einem Stiefelschaft gezogen hatte. Die Wegelagerer trugen Langspieße und Messer bei sich. Sie hatten in ihm wohl eine leichte Beute gesehen, da er kein Schwert trug und zudem noch betrunken war. Als sie auf ihn zustürzten, wich er zurück. Einer der beiden schoß vor und zielte mit seinem Spieß auf den Zwickel des Iren. Den Dolch richtete er auf Colums Gesicht. Colum duckte sich, schlug den Spieß zur Seite, um dann mit seinem Dolch vorzustoßen. Blut sprudelte aus dem Hals des Mannes. Der dritte Angreifer hatte genug; er ließ seine Waffe fallen und floh in die Gasse, aus der sie gekommen waren.

Kathryn starrte auf die zu Boden gesunkenen Straßenräuber. Der eine mit der Wunde am Hals war bereits tot, aber der andere krallte eine Hand in den Boden und hielt sich mit der anderen seinen Bauch, aus dem jetzt stoßweise Blut trat, das links und rechts von ihm eine Lache bildete.

»Sollten wir ihm nicht …« fragte Kathryn.

»Natürlich«, erwiderte Colum. Er kniete sich neben den Mann, und noch ehe Kathryn widersprechen konnte, schlitzte er dem Kerl von einem Ohr zum anderen die Kehle auf.

Kathryn war an den Anblick von Blut und die Folgen von Gewalttätigkeiten gewöhnt, doch bei Colums Kaltschnäuzigkeit drehte sich ihr der Magen um. Ihre Beine zitterten. Sie packte Thomasina, die immer noch mit weit aufgerissenen Augen und nach Luft ringend dastand, bei der Hand. Die beiden Frauen liefen davon und kümmerten sich nicht mehr um den Iren, der hinter ihnen herrief. Als sie ihr Haus erreichten, nestelte Kathryn fieberhaft an dem kleinen Schlüsselbund, der an einem Stück Seidenschnur um ihre Hüfte hing. Dann öffnete sie die

Tür, trat ein, drückte Thomasina auf einen Stuhl, entfachte das Feuer wieder und ging in die Vorratskammer, wo sie drei große Becher mit Wein füllte. Als sie hörte, wie Colum in die Küche trat, ging Kathryn hinaus, hielt ihm einen Becher hin und trug das Tablett zu Thomasina hinüber. Die Magd hatte sich inzwischen wieder gefangen. Sie trank den Wein in gierigen Schlucken und beäugte über ihre Schulter hinweg den Iren, der sich lässig an den Tisch gelehnt hatte.

»Was hätte ich denn sonst tun sollen?« fragte er. »Es waren Straßenräuber – und so wie sie aussahen, waren es Krieger aus dem Lager.« Er donnerte den Weinbecher auf den Tisch und baute sich vor Kathryn auf. »Seht mich an, Lady!« forderte er.

Kathryn blickte ihn ungerührt an. »Ja, Ire!«

»Es waren Strolche«, insistierte Colum. »Sie hätten mich getötet, Euch beraubt und dann den Bauch aufgeschlitzt!«

»Ihr tötet so fachmännisch.«

Colum näherte sein Gesicht dem ihren. »Lady, sie haben versucht, mich zu töten. Den einen hat es am Hals erwischt, der andere hatte eine Bauchverletzung. Und nicht einmal Ihr, von Chaddedon oder den anderen ganz zu schweigen, hättet noch etwas für ihn tun können, verdammt nochmal! Es hätte noch Stunden gedauert, bis er gestorben wäre, und so lange hätte er ununterbrochen nach Wasser geschrien.«

»Er hat recht«, erklärte Thomasina. »Sie wurden als Bastarde geboren und sind als Bastarde gestorben! Was glaubt Ihr denn, Mistress, was die um die späte Stunde noch vorhatten?«

Colum lächelte und klopfte Thomasina auf die Schulter. Die Magd schüttelte ihn ab.

»Behaltet Eure Hände bei Euch, Ire! Ich bin nicht die Helena von Troja, und selbst wenn, dann seid Ihr noch lange nicht Paris!«

Colum lachte lauthals, nahm seinen Weinbecher und ging zur Küchentür.

»Ire!«

»Ja, Mistress Kathryn?«

»Es tut mir leid. Ich bin Euch dankbar für das, was Ihr getan habt. Aber Ihr wart so kalt, so gefühllos.«

Colum trat wieder zu ihr.

»Ich bin ein Mann der Gewalt, Mistress. Ich kam kämpfend zur Welt. Ich lebe vom Kämpfen. Ich habe es nicht gern getan, aber es mußte sein.«

»Und in der Gasse vor dem ›Schachbrett‹, als Ihr die irische Stimme hörtet? Was war da? Was ist Euer Geheimnis, Ire?«

Colum verzog das Gesicht.

»Das ist kein großes Geheimnis. Vor Jahren hatte ich mich einer Horde wildgewordener Rebellen in den Schluchten um Dublin angeschlossen.« Colum schnaubte verächtlich und lachte. »Wir nannten uns die Bluthunde von Ulster. Wir waren Randalierer und lechzten nach englischem Blut. Dann wurde ich eines Tages verraten, geschnappt und zum Tode am Strang verurteilt. Der Vater des jetzigen Königs, der Herzog von York, Lord Lieutenant von Irland, hatte Erbarmen mit mir, und ich wurde begnadigt. Ich vergaß meine Vergangenheit. Mein Problem besteht darin, daß die Vergangenheit mich nicht vergessen hat. Die Bluthunde von Ulster halten mich jetzt für einen Verräter.« Er sah auf seinen Weinbecher nieder. »Sie haben einen Preis auf meinen Kopf ausgesetzt. Einen Beutel voll Gold für meine Ergreifung. Es ist nur eine Frage der Zeit, Mistress, bis ihn sich jemand verdienen will.« Er lächelte. »Wenn er kann.«

Kathryn seufzte und bedeutete ihm, sich zu setzen. »Es tut mir leid«, wiederholte sie. Sie nahm einen kleinen Schluck aus ihrem Becher. »Jetzt ist der Abend verdorben.« Sie warf einen schnellen Blick auf Thomasina. »Ich habe dich noch nie so still erlebt wie heute abend.«

Die Magd nickte dem Iren zu. »Wenn er da ist, lasse ich meine Hand an meiner Börse und halte den Mund.«

»Aber die Ohren offen?« neckte Colum. »Und was haben wir heute abend in Erfahrung gebracht?« Er zählte die Punkte einzeln an den Fingern ab. »Die Cotterells sind ein merkwürdiges Paar. Er macht mir den Eindruck, als hätte er es auf kleine Jungen abgesehen, und sie ist eine räudige Hündin. Chaddedon ist charmant.« Er blinzelte Thomasina an. »Straunge und Darryl sind zwei kalte Fische. Aus Newington werde ich nicht schlau. Wir waren bei ihnen zu Gast, aber wir mochten sie nicht. Was noch?«

»Ich glaube, der Mörder war in dem Haus«, erwiderte Kathryn. »Ich habe keinen Beweis dafür, nur einen Verdacht. Sie haben eine Abschrift von Chaucers *Erzählungen*, aber es ist Straunges Bemerkung, die mich beschäftigt. Warum sollte er Mehl auf dem Boden des Herbariums finden?«

»Noch etwas?« fragte Colum.

Kathryn schüttelte betrübt den Kopf. »Es ist genug, daß ein jeglicher Tag seine eigene Plage habe. Thomasina, Master Murtagh, ich wünsche Euch eine gute Nacht.«

Damit überließ Kathryn den Iren und die Magd sich selbst und nahm ihren Becher Wein mit in ihre Kammer. Sie zündete die Kerzen an, und als sie die Tür zumachte, hörte sie Thomasina mit Colum gutmütige Scherze austauschen, dann das Scharren von Hockern, als sich die beiden zurückzogen. Kathryn saß da und starrte an die gegenüberliegende Wand, während ihr verschiedene Bilder des Abends durch den Kopf gingen. Chaddedons Werbung, die umfangreiche Bibliothek, die beiden Frauen mit den harten Augen, Straunge, wie er in der Tür stand und seine seltsame Äußerung machte. Und zuletzt die aus der Dunkelheit auftauchenden Strauchdiebe, die Colum so kaltblütig erledigt hatte.

Kathryn seufzte und zog die Abschrift von Chaucers

Canterbury-Erzählungen zu sich heran. Sie öffnete das Buch und begann, die Seiten durchzublättern. Zunächst den Prolog, in dem der Dichter mit viel Geschick Charakter und Beruf eines jeden Pilgers beschreibt, dann die Geschichten selbst. Kathryn begann ein wenig zu frieren, und so wickelte sie sich fester in ihren Mantel und nahm das Buch mit in die Küche, wo sie Kerzen anzündete und die Glut wieder anfachte. Das Buch auf dem Schoß, blätterte sie die verschiedenen Erzählungen der gen Canterbury ziehenden, fröhlichen Pilgerschar durch. Ihr fielen die Augen schon fast zu, aber plötzlich zog eine Zeile aus der »Erzählung des Ritters« ihre Aufmerksamkeit auf sich: »Zwei junge Ritter, eng beieinanderliegend …« Sie las die folgenden Verse sorgfältig durch, klappte das Buch zu und wiegte es leicht in ihrem Schoß. Nun hatte sie ihren Beweis. Sie zweifelte nicht daran, daß sie dem Mörder begegnet war, dem Schlächter der Pilger.

Zehn

Obwohl sie erst so spät zu Bett gegangen war, hatte Kathryn sich vorgenommen, früh aufzustehen. Doch sie wurde, ebenso wie die anderen Hausbewohner, schon beim ersten Morgengrauen durch lautes Pochen an der Tür aus dem Schlaf gerissen. Gegen den Radau protestierend, wickelte sie sich in einem Mantel, schlüpfte in ihre Sandalen und eilte die Treppe hinunter. Sie kam gerade unten an, als Thomasina die Haustür öffnete und den Besucher ins Haus führte. Colum, noch nicht ganz angezogen und mit schweren Lidern, polterte hinter ihr die Treppe herunter.

»Was ist los?«

Der in eine Mönchskutte gekleidete Besucher zog in der Küche die Kapuze zurück.

»Um Gottes willen, Luberon«, knurrte Colum. »Was ist geschehen?«

Luberon reichte ihm ein Stück schmutziges Pergament. Murtagh las es und reichte es dann Kathryn.

»Wieder ein Mord, ja?«

Luberon nickte. Kathryn las die krakelige Schrift.

Ein Büttel kam nach Canterbury getrottet,
Die Seel' nunmehr in Höllenqual verrottet.

»Ein Büttel wurde ermordet?« wollte Kathryn wissen.

Der Schreiber nickte. »John atte-Southgate in der Fastolf-Schenke draußen vor dem Westtor.« Luberon rieb sich das unrasierte Kinn. »Ihr müßt mit mir kommen. Nicht nur ein Büttel wurde ermordet, sondern auch eine Hure, die bei ihm war.« Luberon sank auf einen Hocker. »Dieser gute Büttel war, wie die meisten von seiner Sorte, den

Freuden des Lebens nicht abgeneigt. Der Wirt sagt, eine in Mantel und Kapuze gehüllte Frau sei lange nach dem Abendläuten in die Taverne gekommen und habe nach Southgate gefragt. Der Wirt hat sich gedacht, daß sie eine Hure war, und wer würde es schon wagen, sich einem Büttel in den Weg zu stellen? Offensichtlich hatten sie viel Spaß miteinander, nur hatte die Hure einen versiegelten Weinkrug mitgebracht, der Gift enthielt. Sie tranken beide daraus und liegen nun tot da.«

»Wer fand die Leichen?«

»Ein Dienstmädchen«, antwortete Luberon. »Auf Anordnung des Erzbischofs hatte ich allen Wirten in der Stadt ausrichten lassen, mir über jeden plötzlichen Todesfall Meldung zu machen. Ein Stallbursche hat mich mit den Nachrichten aus dem Bett gescheucht. Dann bin ich sofort hierhergekommen.«

»Ihr wollt wirklich, daß wir mitkommen?«

Luberon stand auf. »Natürlich!« sagte er bissig. »Ich bin schließlich nicht zum Vergnügen hier!«

Colum fluchte und schlug auf den Tisch. »Aber ich habe draußen in Kingsmead etwas zu erledigen. Das Haus ist verlassen. Ich muß mit einer Truppe zu den umliegenden Höfen, um Hafer, Kleie, Stroh und Heu für die Pferde des Königs zu kaufen! Die Pferde werden bald hier in Canterbury eintreffen, und es empfiehlt sich, das Futter so bald wie möglich zu kaufen.«

»Wenn diese Sache hier nicht erledigt wird«, knurrte Luberon, »habt Ihr dem König gegenüber mehr zu verantworten als fehlende Kleie und Hafer! Zieht Euch an!«

»Fahrt zur Hölle!« murrte Colum.

»Colum, wir müssen hingehen!« schaltete Kathryn sich ein. »Wir haben keine andere Wahl.«

Sie ging in ihre Kammer und zog sich in aller Eile an. Als ihre Magd heraufkam, erklärte sie ihr rasch, was sie zu tun habe, wenn Patienten kämen.

»Versorgt den Kräutergarten«, fügte Kathryn hinzu. »Es war sehr warm gestern, und die Pflanzen brauchen Wasser. Kleinere Wunden und Prellungen kannst du selbst behandeln, über die schwierigeren Sachen berichtest du mir, wenn ich zurückkomme.« Kathryn knuffte ihre Magd sanft in den Arm. »Thomasina, um Gottes willen, stehst du mir bei?«

Über das offene Gesicht der Magd huschte ein Lächeln. »Ach, geht nur, Mistress. Agnes und ich kommen schon zurecht. Vor allem« – hier hob sie die Stimme – »wenn das Haus von trampelnden Kriegern befreit ist!«

Kathryn und Colum gingen zu Luberon hinunter. Sie holte aus der Vorratskammer drei Weißbrötchen.

»Damit können wir unser Fasten brechen«, sagte sie und bot den anderen die kleinen Brotlaibe an. Kauend traten sie aus dem Haus. Colum eilte über die Straße zu der Taverne an der Ecke, wo er sein Pferd untergestellt hatte. Er blieb eine Weile weg, was Luberon, der seinen armseligen Gaul von einem Pfahl in der Nähe losgebunden hatte, veranlaßte, lautstark zu fluchen. Schließlich kehrte Colum nicht nur mit seinem Pferd zurück, sondern führte auch noch ein kleines, geduldiges Pferd für Kathryn mit sich. Er warf ihr die Zügel zu.

»Das schenke ich Euch«, sagte er lächelnd. »Es ist eine ruhige, gefällige und gleichmütige Stute. Genau wie Thomasina!« Er wies ihren Dank zurück und sagte, sie solle es als Teilzahlung für ihre Gastfreundschaft betrachten. Dann faltete er die Hände zu einem Tritt und half Kathryn aufs Pferd. Kurz darauf folgten sie Luberon die Ottemelle Lane entlang in die Hethenman Lane, bogen von dort nach links ab zur King's Bridge, kamen am St.-Peter's-Tor und an der Schenke »Mönche vom Sack« vorbei und ritten nun auf das Westtor zu.

Unterwegs erzählte Colum Luberon von dem Essen bei den Ärzten. Der kleine Schreiber hörte verbittert zu und wurde so mürrisch, weil man ihn von der Einladung ausgeschlossen hatte, daß Colum schließlich achselzuckend schwieg und Luberon seinen finsteren Gedanken überließ.

Die Stadt lag noch ruhig da, nur ein paar Zechbrüder kehrten singend und lachend heim und gaben acht, keiner Wache zu begegnen. Colum sah sie und dachte beschämt an seine eigenen Gelage zurück. Wie um Entschuldigung bittend, zwinkerte er Kathryn zu. Sie kamen an einem Falschmünzer vorbei, der am Ende der Black Griffin Alley am Stock angekettet war. Zwei Kesselflicker zogen ihre Handkarren zum Buttermarkt. Ein paar verschlafene Büttel gingen mit einem Stab in der Hand auf die hoch aufragenden Türme und die mit Zinnen versehenen Türmchen des Westtores zu. Kathryn betrachtete sie und zog abrupt die Zügel an. Luberon drehte sich verärgert um und zerrte den Kopf seines Pferdes herum.

»Was ist los, Mistress?« sagte er. »Wir haben eine Leiche zu untersuchen und einen Mörder zu jagen! Träumt Ihr?«

»Oh, seid ruhig!« herrschte Colum ihn an. »Kathryn, was habt Ihr?«

Kathryn deutete in Richtung Westtor. »Die Büttel prüfen doch nach dem Abendläuten, ob die Stadttore geschlossen sind?«

Luberon nickte.

»Und dennoch kam die Hure nach dem Abendläuten noch ins Fastolf. Wer hat sie also durchgelassen?«

»Die Torhüter sicher nicht«, erwiderte Colum. »Das sind Königstreue.«

Kathryn tätschelte den Hals ihres Pferdes und trieb es sanft an. »Wenn dem so ist«, schloß sie, »muß unser junges Nachtschattengewächs durch eine Nebenpforte geschlüpft sein, und die einzigen, die Schlüssel für diese Pforten haben, sind Ärzte.«

»Womit wir wieder am Anfang wären«, verkündete Luberon. »Aber wer, Mistress Swinbrooke, wer?«

Er ritt ihnen voran durch das Westtor, wo Colum anhielt, um sich bei einem Vorgesetzten der Wache zu erkundigen. Der grauhaarige Soldat schüttelte den Kopf und zeigte auf die eisenbeschlagenen Tore.

»Gestern abend habe ich sie persönlich verriegelt, und niemand kam in ihre Nähe, eine Hure schon gar nicht.«

Kopfschüttelnd führte Colum sie durch den niedrigen Torbogen auf den Weg, von wo aus sie das geschmacklos bemalte Schild des »Fastolf« im Wind hin und her pendeln sahen. Kathryn lockerte die Spannung im Nacken. Sie atmete den süßen Duft des Sommers über den grünen, saftigen Feldern zu beiden Seiten des Weges ein und stellte fest, wie selten sie seit dem Tode ihres Vaters aus Canterbury herausgekommen war.

Die Fastolf-Schenke war unheimlich still. In dem großen, gepflasterten Hof waren kein einziges Pferd, keine Lasttiere und keine Stallknechte zu sehen. Nur ein paar Krieger in ziemlich verdreckten und zerlumpten Uniformen lehnten lässig an einer Mauer. Sie erkannten Colum, der sie gutmütig aufzog, bis ein Sergeant mit schmutzverkrustetem Gesicht, dünn wie eine Bohnenstange, auf unsicheren Beinen aus einem der Nebengebäude torkelte, einen Weinschlauch in der Hand.

»Wir haben diesen Päderasten gesagt, sie sollen drinnen bleiben!« nuschelte er. Mit bösen Augen sah er Luberon an. »Zumindest bis die Beamten fertig sind.«

Colum und seine kleine Gesellschaft stiegen ab. Der Ire warf seine Zügel dem Sergeanten zu. »Paßt auf die Pferde auf!«

Kathryn und Luberon folgten ihm über den Hof in den muffigen Schankraum. Der Wirt, dessen Lederschürze mit Fettflecken übersät war, tänzelte unter devoten Verbeugungen auf sie zu, als wäre Colum der König höchstpersönlich. Über seine Schultern hinweg fiel Kathryns Blick auf die ängstlichen Gesichter der Mägde, Küchenjungen und Schankgehilfen.

»Wo ist die Leiche?« fragte Luberon und schob sich durch die Umstehenden.

Der Wirt deutete mit schmierigem, dickem Finger auf die rauchgeschwärzte Decke. »In der Kammer im Obergeschoß. Bei Gott, wir haben nichts angerührt!«

Luberon ging ihnen voran die brüchige Treppe hinauf. Auf dem zweiten kleinen Absatz machte er Halt. »Diese Treppe ist verdammt gefährlich!« schnauzte er den Wirt unten an. »Ihr werdet sie reparieren, oder ich schicke Euch die Ale-Prüfer auf den Hals!« Er warf einen finsteren Blick auf Colum. »Der verdammte Krieg hat den ehrlichen Handel zum Erliegen gebracht.« Er hielt einen schmalbrüstigen Schankgehilfen fest, der nach unten schlüpfen wollte.

»Zeig uns die Kammer, wo die Leiche liegt!«

Der Junge nickte und führte sie weiter. Hier oben stank es so, daß Kathryn sich die Nase zuhalten mußte. Der Putz blätterte von den Wänden, die Türen zu den Kammern hingen schief in den Angeln, und die zersprungenen Fensterscheiben waren mit Pergamentpapier notdürftig geflickt. Sie gelangten ins Obergeschoß des Wirtshauses, wo der Junge sie einen kleinen Flur entlangführte und mit finsterer Miene auf eine Tür deutete. Luberon stieß sie auf und ging hinein. Die Kammer war nichts weiter als ein gekälkter Verschlag. An den Wänden sah man dunkle Flecken. Die Binsen auf dem Boden waren hart und trocken, als wären sie seit Jahren nicht ausgewechselt worden. Kathryn verzog das Gesicht, als sie den Hundekot dazwischen erblickte. Das Bett war ein massives, wackliges Gestell mit vier Pfosten, das mit zerlumpten Vorhängen zugehängt war. Luberon zog sie zur Seite, und Kathryn wich beim Anblick der beiden dort liegenden Leichen zurück. Auf der einen Seite des Bettes der Büttel, nackt wie die

Natur ihn schuf, das fette Fleisch an Oberschenkeln und Wanst von einem schmutzigen Weiß, sein schwammiges Gesicht hingegen schwarz und verzerrt wie das eines Erhängten. Er lag lang ausgestreckt da, den Mund offen, die Augen starr. Neben ihm die spindeldürre Leiche der Hure; mit dem Gesicht nach unten auf den schmutzigen Laken, die rote Perücke verrutscht, eine Hand noch auf der stattlichen Brust des Büttels. Es sah so aus, als wolle sie ihm noch im Tode Freude schenken. Colum drehte ihren Körper herum. Die schlaffen Brüste schlugen leicht gegeneinander, die Arme fielen leblos wie die Flügel eines toten Vogels herab. Kathryn trat ein wenig näher und starrte auf das geschminkte Gesicht hinab, die gelblichen Zähne zwischen karminroten Lippen; die Haut hatte dieselbe schwärzliche Färbung wie das Gesicht des Büttels.

»Heiliger Strohsack!« keuchte Colum. »Kein schöner Anblick.«

»Das ist der Tod nie«, erwiderte Kathryn. Sie hörte ein würgendes Geräusch und drehte sich um. Luberon stand in der Ecke und stützte sich mit einer Hand an der Wand ab, würgte und erbrach sich. »Ihr müßt nicht hierbleiben, Schreiber«, sagte sie sanft. Sie betrachtete die rötlichen Flecken auf den beiden Leichen. »Ich glaube, mit der Menge Gift, die sie getrunken haben, hätte man das ganze Wirtshaus ermorden können.«

Kathryn drückte ihnen die Augen zu und drehte die Leiche der Hure ein wenig auf die Seite. Sie hob den schäbigen Krug auf, der zwischen ihnen lag; sein Inhalt hatte auf den schmierigen Laken Flecken hinterlassen. Sie ging um das Bett herum und fand die Trinkbecher, die die beiden weggeworfen hatten, als ihr heftiger Todeskampf einsetzte. Beide Becher waren leer. Kathryn roch sorgfältig an beiden und blickte Colum an.

»Trinkt niemals körnigen Wein«, sagte sie. »Man kann nie wissen, was er enthält!«

Sie nahm den Weinkrug und warf ihn gegen die Wand. Dann bückte sie sich, um die Scherben zu untersuchen. Sie hob die auf, an denen noch Reste des Bodensatzes zu sehen waren.

»Warum habt Ihr das gemacht?« Colum hockte sich neben sie.

Kathryn hob eine der Scherben auf und kratzte vorsichtig etwas vom Boden ab.

»Ihr könnt den Wein sehen«, sagte sie. »Aber schaut Euch den Bodensatz an: Er sieht aus wie Schlamm aus einem Teich.«

»Ist das kein Rückstand von Wein?« fragte Colum.

Kathryn schüttelte den Kopf. »Nein, dieser hier ist weich und frisch, wie dickes Pulver. Weinstein ist anders, eher wie Sandkörnchen.«

»Was ist es also?«

»Ich bin mir nicht ganz sicher, aber ich habe einen Verdacht.«

Sie stand auf, wusch sich die Hände in einer Wasserschüssel und trocknete sie vorsichtig an einem verschmutzten Handtuch ab. Dann ging sie mit Colum hinaus in den Flur, wo Luberon wartete, ganz weiß im Gesicht.

»Ihr könnt die Leichen fortschaffen lassen«, sagte Kathryn. »Die beiden Unglücklichen wurden ermordet. Dennoch glaube ich kaum, daß wir hier noch viel erfahren werden.«

Sie gingen die Treppe hinunter, wo ein ängstlicher Wirt ihnen erzählte, daß der Büttel am Tag zuvor angekommen sei und die meiste Zeit in der Schankstube verbracht habe. Spät am Abend sei die Hure zu ihm gegangen.

»Kannten die beiden sich?« fragte Kathryn in scharfem Ton.

»Nein, nein, die Frau kam herein, sah sich um und fragte, ob hier ein Büttel sei. Dann ging sie zu ihm hinauf.«

»Und der Wein?« fragte Colum.

Der Mann zog ein Gesicht. »Der Büttel trank, was wir zu bieten hatten, aber die Hure brachte ihren eigenen Krug mit, versiegelt. Ich wollte keinen Ärger, also ließ ich sie in Ruhe.« Er wandte sich ab, hustete und spuckte aus. »Ihr wißt ja, wie diese netten Beamten so sind. Stört man sie bei ihren Freuden, hat man sie ein Leben lang auf dem Hals. Kann ich jetzt wieder an meine Arbeit gehen?«

Luberon nickte. Sie traten in den Hof, wo der Sergeant immer noch ihre Pferde bewachte. Kathryn atmete tief ein; nach den Gerüchen im Wirtshaus roch sogar der Abfallhaufen in der Hofecke angenehm.

»Glaubt Ihr, daß es das Werk unseres Mörders war?« fragte Luberon.

»Ja«, erwiderte Kathryn. »Und mehr noch – wer auch immer ihn getötet haben mag, ist mit Sicherheit ein Arzt.«

»Wie das?«

»Nun, der Wirt sagte, die Frau kam erst sehr spät. Der Wachhabende hat sie nicht durch das Westtor hinausgehen lassen, also kann sie die Stadt nur durch die Nebenpforte verlassen haben. Alle unsere Freunde, die Ärzte, haben einen Schlüssel dafür.«

Colum half ihr aufs Pferd und lächelte zu ihr hinauf.

»Und was noch, scharfsinnigste aller Ärzte?«

Kathryn nahm die Zügel in die Hand und überhörte den Scherz.

»Ich glaube, sie wurde von einem Arzt gekauft. Er bezahlte sie gut, gab ihr diesen Krug mit vergiftetem Wein und schickte sie durch die Nebenpforte, daß sie den Büttel unterhalten sollte.« Kathryn nickte und warf einen Blick zurück auf das Wirtshaus. »Unser ehrenwerter Wirt kann sagen, was er will, aber er hat die Taschen beider Opfer durchsucht und alles Geld behalten, das er fand.«

Sie blickte sich zu Luberon um. »Wer hat die Leichen gefunden?«

»Oh, eine der Schlampen, die ihre morgendliche Runde drehte.«

»Kannte einer der Gäste die Hure?«

Luberon zuckte die Achseln.

»Es steht Euch frei nachzufragen«, erlaubte sich Colum den Hinweis.

Luberon stieg ab, schwankte zurück zum Wirtshaus und kam wenig später wieder. Er kratzte sich den Kopf.

»Sie sind sich nicht sicher, glauben aber, daß es Peg aus der Bullpaunch Alley gewesen war, einer dieser stinkenden Gossen in Westgate bei St. Peter.«

Kathryn seufzte und schloß die Augen.

»Des Teufels Garküche«, sagte sie leise zu Colum. »Ein Gewirr schmutziger Gassen und Durchgänge, wo man ein Mädchen für einen Penny mieten kann.« Sie sah Luberon an. »Arbeitet einer unserer Arztfreunde dort?«

Luberon lächelte zum ersten Mal an diesem Tag. »Ja, drei von ihnen. Eine Art Wohltätigkeit, Ihr wißt schon. Eine Hinterlassenschaft für St. Peter, die dafür verwendet wird, Ärzte zu bezahlen, die sich um die Kranken und Schwachen in der Gemeinde kümmern.« Luberon stieg auf seinen Gaul und schaute nachdenklich.

»Und weiter, Master Luberon«, bohrte Colum weiter.

Der Schreiber hüstelte nervös. »Ich wohne nicht in Westgate«, antwortete er abwehrend. »Aber neben vielen anderen Pflichten bin ich Kirchenältester in St. Peter, daher weiß ich etwas von dieser Hinterlassenschaft. Der zuständige Priester dort ist Pater Raoul. Er spricht oft über die guten Werke, die die Ärzte dort tun.«

»Welche denn?« fragte Kathryn und brachte ihr Pferd zum Stehen, das unruhig wurde, als Stallknechte und Stalljungen im Hof hin und her gingen.

»Nun, zunächst hatte ein Arzt diese Aufgabe übernommen, der dort auch wohnte, aber das dauerte nicht lange, dann wurde das Geld aus der Hinterlassenschaft an das Kollegium gezahlt: Darryl, Straunge und Chaddedon.«

»Damit können wir Cotterell ausschließen«, schloß Colum. Luberon schüttelte den Kopf.

»Oh, keineswegs«, sagte er.

Sie schwiegen, bis sie wieder auf dem Fahrweg waren, der sie nach Westgate führte. Colum zwinkerte Kathryn zu und schob sich neben Luberon. Dann zog er die Zügel leicht an.

»Ihr wolltet noch etwas sagen, Master Schreiber?«

Luberon zügelte sein Pferd und blickte sich um, als vermute er Lauscher hinter den Hecken. Er warf einen schnellen Blick auf Kathryn und sagte: »Unser dicker Arzt ...«, flüsterte er. »Nun, er ist ein seltsamer Mann mit eigenartigen Vorlieben.« Luberon senkte den Blick und zupfte einen Faden von seinem Mantel.

»Und er kann diese Vorlieben in Westgate befriedigen?« fragte Kathryn.

Luberon nickte.

»Und Ihr, Master Luberon«, sagte Colum. »Wart Ihr gestern in Westgate?«

»Ja, ja«, antwortete der kleine Mann hastig. »Wie ich Euch schon sagte, ich bin Kirchenältester von St. Peter, aber die anderen können genausogut dort gewesen sein.«

»Warum sagt Ihr das?«

Luberon zeigte auf einen Kirchturm, der dicht vor ihnen über die Stadtmauer ragte. »Das ist die Heiligkreuzkirche. Ich weiß, daß sie alle gestern mit der Laienbruderschaft der Messe Jesu dort waren, um das Mysterienspiel vorzubereiten.«

Colum folgte Luberons ausgestreckter Hand mit den Augen und blickte dann zum Himmel auf. »Es wird ein herrlicher Tag heute«, sagte er. »Ich habe noch eine Menge zu erledigen.« Schnell warf er einen Blick auf Kathryn.

»Sollen wir unsere Arztfreunde fragen, wo sie gestern waren?«

»Wir wären wohl kaum willkommen«, erwiderte Kathryn. Sie nahm die Zügel fester in die Hand. »Und ich habe in der Ottemelle Lane zu tun.« Verärgert sah sie Luberon an. »Glaubt mir, Sir, ich werde sie der Stadt schon ausliefern.«

Der Schreiber, immer noch höchst beeindruckt von seinen eigenen offenen Worten, zuckte nur die Schultern und trieb sein Pferd vorwärts. »Wir müssen sie nicht zu Hause aufsuchen«, rief er über die Schulter. »Mistress Swinbrooke, mein Magen ist leer, und unsere Ärzte werden sich früh in der Heiligkreuzkirche treffen. Ich schlage vor, wir essen etwas und warten dort auf sie.«

Colum und Kathryn waren einverstanden. Sie ritten nach Westgate und verzehrten dort in einer Schenke gleich hinter der Stadtmauer ein paar Haferküchlein und mit Wasser verdünntes Ale. Als sie das Wächterhorn hörten, das vernehmlich zum Marktbeginn rief, stiegen sie auf ihre Pferde und ritten über die St. Dunstan's Lane zur Heiligkreuzkirche hinüber. Auf dem Friedhof und dem gesamten Kirchengelände an der Horsemill Lane herrschte geschäftiges Treiben. Maler und Zimmerleute eilten durch das große Tor ein und aus, über dem der in Stein gemeißelte Christus als Richter saß. Ein hochmütiger Büttel versuchte, Colum anzuhalten, aber der Ire stieß ihn wortlos zur Seite und betrat das dunkle Kirchenschiff. Alle Bänke und Stühle waren im hinteren Teil der Querschiffe aufgestapelt worden.

Am Ende des Kirchenschiffes, wo das Licht durch die großen, bleiverglasten Fenster über den Hauptaltar fiel, war vor dem hohen, gewölbten Lettner eine große Bühne errichtet worden. Ein ganzer Schwarm von Zimmerleuten schwirrte mit selbstgebauten Holzrahmen um diese Bühne herum. Ein paar Maler arbeiteten an einer riesigen Leinwand, die das Bühnenbild werden sollte. Kathryn lächelte, als sie das emsige Treiben sah. Als Kind war sie oft mit ihrem Vater hierhergekommen, um sich das Spiel anzusehen. Sie erinnerte sich noch gut, daß sie immer sehr früh gekommen waren, um sich einen Platz ganz vorn zu sichern; ihr Vater war jedesmal in die Hocke gegangen und hatte sich mit dem Rücken gegen einer Pfeiler gelehnt, und sie hatte auf seinem Schoß gesessen und mit offenem Munde zugesehen, wie die Komödianten und Schauspieler die biblische Geschichte von Adams Sündenfall bis zu den Leiden Christi darstellten. Auf der riesigen Bühne wurde die Bibel lebendig: Abraham, mit hoch erhobenem Messer bereit, Isaac zu opfern, kann nur durch einen Engel in weißem Gewand und mit goldenem Haar davon abgehalten werden; die Sintflut, vor der Noah und seine Familie in der Arche Rettung fanden; der Turmbau zu Babel. Stundenlang ging es so weiter, und doch war sie auf dem Heimweg immer wieder enttäuscht, daß es nicht länger gedauert hatte. Colum faßte sie am Ellenbogen und deutete auf eine Gruppe im hinteren Teil der Kirche neben einer kleinen Seitentür.

»Da haben wir unsere Beute«, murmelte er und steuerte zielbewußt durch das Kirchenschiff auf sie zu. Kathryn und Luberon hatten Mühe, ihm zu folgen.

Die Männer wandten sich ihnen zu, und Kathryn sah, daß es die Ärzte waren. Alle trugen dunkle, staubbedeckte und mit Holzspänen übersäte Gewänder aus Barchent. Sie unterhielten sich mit dem Ersten Zimmermann, und ihre verdrossenen Mienen zeigten nur zu deutlich, wie wenig erbaut sie waren, Kathryn und Colum so bald schon wiederzusehen.

»Auf ein Wort nur, meine Herren«, bat Colum schroff.

Chaddedon unternahm den Versuch eines schwachen Lächelns. Straunge atmete schwer. Cotterell, der nach einer durchzechten Nacht immer noch sehr mitgenommen aussah, starrte sie nur triefäugig an. Chaddedon flüsterte dem Zimmermann etwas zu; nachdem dieser gegangen war, rieb sich Chaddedon die Hände.

»Was ist denn nun schon wieder, Master Murtagh?«

»Ein neuer Mord!« antwortete Luberon.

»Herr im Himmel!« sagte Straunge leise.

»Gewiß«, erwiderte Kathryn, »der Herr im Himmel wird besorgt sein, ebenso wie der König, ganz zu schweigen vom Erzbischof.«

»Seine Gnaden ist empört«, fügte Luberon hinzu. »Und die Bürger, die in das große Parlament des Königs in Westminster gewählt worden sind, werden Petitionen einreichen, in denen sie den Rückgang im Handel beklagen, den diese schrecklichen Morde auslösen.«

»Dies ist nicht der richtige Ort, um darüber zu reden«, erwiderte Chaddedon.

Er führte sie hinaus, wandte sich nach links und nahm einen ausgetretenen Pfad über den Friedhof. Er blieb erst stehen, als sie im Schatten einer Gruppe bizarr verwachsener Eiben ankamen. Sie standen im Halbkreis; die Ärzte murrten und maulten und traten unruhig von einem Fuß auf den anderen, so daß die Vögel mit lautem Gezwitscher aus den Ästen über ihnen davonflogen. Colum hatte die Daumen in seinen Gürtel gesteckt, sah aggressiv und schlecht gelaunt aus. Kathryn spürte seine Abneigung gegen diese wohlgenährten, verweichlichten Bürger, die zwar ein Spiel in einem Kirchenschiff organisieren konnten, sich aber kaum für die Aufklärung der grauenvollen Morde interessierten, die in der Stadt begangen wurden. Er wollte ihnen die Leviten lesen, aber Kathryn schaltete sich taktvoll ein.

»Im Wirtshaus von Fastolf sind zwei Morde geschehen«, teilte sie ihnen mit. Haarklein beschrieb sie die Umstände der Morde und beobachtete, wie sogar aus Cotterells rosigem Gesicht die Farbe wich. »Daher werdet Ihr nun verstehen«, folgerte Kathryn geradeheraus, »daß der Mörder ein Arzt sein muß, der einen reichhaltigen Giftvorrat und den Schlüssel zur Nebenpforte hat.«

»Aber das heißt immer noch nicht, daß es einer von uns ist!« entgegnete Straunge giftig.

»Ich glaube, ich weiß, worauf Mistress Swinbrooke hinauswill«, erwiderte Chaddedon. Verstohlen blickte er Cotterell an. »Master Geoffrey muß vielleicht Hausbesuche in Westgate machen, aber wir auch. Eine Hinterlassenschaft an St. Peter bezahlt Ärzte, die die Armen in diesem Viertel behandeln.« Trotzig begegnete er Murtaghs Blick. »Ich habe gestern dort gearbeitet. Ich habe zwei kranke Kinder in einem Haus in der Nähe der Bullpaunch Alley besucht.«

»Ich war gestern morgen dort«, sagte Straunge.

Colum wandte sich Darryl zu.

»Ich war fast den ganzen Tag dort«, erwiderte Darryl. »Aber bevor Ihr es andeutet, Ire, laßt mich Eure Gedanken aussprechen: Die Heiligkreuzkirche ist nur wenige Schritte von Westgate entfernt, und natürlich hätte ich in dieses Gewirr von Gassen schlüpfen können, um eine Hure zu mieten und ihr einen Krug mit vergiftetem Wein zu geben. Aber ich war es nicht!«

»Peg kannte jeder«, schaltete sich Chaddedon ein. »Eine habgierige Dirne mit losem Mundwerk, die jede Gelegenheit beim Schopfe ergriff, meine Kollegen und mich zu beleidigen.«

»Und vergeßt nicht«, unterbrach Cotterell boshaft, »auch andere hätten hingehen können.« Er warf einen vielsagenden Blick auf Luberon.

Der kleine Schreiber hüpfte vor Wut auf und ab. »Ich habe bereits erklärt, daß ich Kirchenältester von St. Peter bin!« wiederholte er.

»Meine Herren! Ich darf doch bitten!« lachte Colum. Die Sache fing an, ihm Spaß zu machen. »Wir sind hergekommen, um Fragen zu stellen, und nicht, um Beschuldigungen zu erheben.«

»Nein, nein!« erwiderte Darryl. »Das ist dasselbe, Ire.« Er blickte seine Kollegen der Reihe nach an. »Wir sind unschuldig.« Er zog sein Gewand enger. »Und solange Ihr keinen Beweis vorbringen könnt, wünsche ich nicht mehr ausgefragt zu werden!«

Er wollte gerade davonstapfen, als Newington über den Friedhof auf sie zueilte. Der Ratsherr machte einen erfrischten und entspannten Eindruck. Er nickte Luberon zu.

»Guten Morgen, Master Schreiber. Ich habe die Nachricht bereits erhalten. Ein neuer Mord! Nun, nun, Master Murtagh, fürwahr eine schöne Bescherung! Eine schöne Bescherung.«

»Seid Ihr Ratsherr für das fragliche Viertel?« fragte Colum knapp.

Newington trat einen Schritt zurück. »Für welches Viertel?«

»Westgate. Die Hure kam von dort.«

Newington warf den Kopf zurück und lachte gackernd. »Der Herr stehe uns bei, Ire, ich würde niemals auch nur einen Fuß dorthin setzen. Mein Viertel ist da, wo mein Schwiegersohn wohnt. Ich bin dort geboren und aufgewachsen. Nein, nein«, sagte er schwer atmend. »Wenn es nach mir ginge, würde ich Westgate niederbrennen!«

Kathryn blickte Colum an. »Mehr können wir hier nicht tun«, sagte sie. »Und Master Darryl hat recht. Solange wir nichts beweisen können, haben diese Gespräche keinen Sinn.« Sie warf einen Blick in die Runde der Ärzte. »Meine Herren, lebt wohl.« Und bevor Colum sie aufhalten konnte, schritt sie über den Friedhof zum Haupttor der Kirche zurück.

»Ihr habt es ihnen zu leicht gemacht!«

Sie blieb stehen und wandte sich um; Colum stand vor ihr und funkelte sie wütend an. Kathryn lehnte sich an die

Kirchenmauer. Sie beobachtete zwei Jungen, die einen Stapel Kostüme, Kleider, Flügel für einen Engel, einen silbernen Mond und eine goldene Sonne in die Kirche trugen.

»Was sollen wir denn tun?« seufzte sie. »Dieser Mörder hat alle Vorteile auf seiner Seite.«

»Wir könnten nach Westgate gehen«, piepste Luberon, der wutschnaubend neben ihnen auftauchte. »Zumindest könnten wir dort Erkundigungen einziehen.«

»Gewiß, und in St. Peter«, sagte Kathryn nachdenklich.

»Irgend etwas stimmt nicht …« Sie verstummte. Sie war entschlossen, nach Westgate zu gehen, wollte aber bei niemandem Verdacht erregen.

Colum zog seinen Schwertgürtel fester. »Es ist genug, daß ein jeglicher Tag seine eigene Plage habe«, spöttelte Colum und blinzelte Luberon zu. »Ja, Master Schreiber, ich kenne mich in der Heiligen Schrift ein wenig aus. Mistress Kathryn, ich habe noch andere Dinge zu erledigen.«

»Haben wir das nicht alle?« erwiderte Kathryn.

Colum verzog nur das Gesicht, trat aus der Kirche und verschwand in dem Gedränge, das draußen herrschte.

Kathryn blickte ihm nach und wandte sich dann Luberon zu.

»Nun, Master Schreiber, wollen wir unser Glück in Westgate versuchen?«

Luberon warf einen Blick auf die inzwischen hoch stehende Sonne. »Ich werde Euch begleiten, Mistress. Ihr könnt dort nicht allein hin, aber zuerst muß ich John treffen.«

»Wen?«

»Newington«, rief Luberon. »John Newington. Ich muß die Angelegenheit mit ihm besprechen. Würdet Ihr einen Moment warten?«

Kathryn nickte und ging langsam durch das Tor der

Kirchenumfriedung. Das schöne Wetter hatte die Menschen in die Horsemill Lane gelockt. Sie drängten sich jetzt um die Buden, die unter den Dachraufen der Häuser gegenüber der Kirche aufgebaut waren. Die meisten Händler verkauften Tuch, grüne Tartankissen mit Seidenborten, scharlachrote Gewänder mit Damastärmeln, farbenprächtige Gobelins, seidene Baldachine, Steppdecken, Laken und Tischleinen. Kathryn sah sich alles an, die Hand fest auf ihre Börse gepreßt. Sie hatte Rathead erblickt, einen kleinen Bengel mit verfilztem Haar, der mit seiner Mutter in einer Nebengasse der Ottemelle Lane lebte. Rathead hatte flinkere Hände als jede Näherin, und sein Ruf als pfiffiger Taschendieb und Schmuggler wurde von Tag zu Tag besser.

Kathryn schlenderte noch ein Stück die Straße entlang. Sie wußte, daß es bei Luberon eine Weile dauern würde, und blieb immer wieder an einem der Verkaufsstände stehen, wo es Untertassen, Schüsseln, einfache Rosenkränze aus Bernstein und Zinnbecher zu kaufen gab. Sie hörte hinter sich einen Tumult, drehte sich um und sah, wie sich Menschen um das verwitterte Marktkreuz scharten, wo ein Ablaßverkäufer seinen Stand aufgeschlagen hatte. Der Mann hatte ein Vogelgesicht, eine spitze, gebogene Nase und große, hervortretende Augen; sein Hals, hager und sehnig, erinnerte Kathryn an eine aufgeregtes Huhn.

»Ihr guten Bürger!« rief der Ablaßhändler. »Ich kann Euch den Kamm des Hahnes zeigen, der im Hofe des Pilatus gekräht hat, einen Splitter von Noahs Arche und, seht her« – er hielt eine Feder hoch –, »eine Feder von den Engeln des Herrn!«

»Wahrscheinlich von der Gans, die du gestern abend verspeist hast!« rief jemand.

Kathryn lächelte und beobachtete, wie der Ablaßverkäufer die gutgemeinte Beschimpfung zurückgab. Sie dachte an Chaucers *Canterbury-Erzählungen* und an das, was sie am Abend zuvor entdeckt hatte, drängte sich durch die Menge, betrat wieder das Kirchengelände und setzte sich auf eine Steinbank am Hauptportal. Sie wußte, daß sie den Mörder kannte, aber wie sollte sie es beweisen? Wie konnte sie den Mörder davon abhalten, noch einmal zu töten? Sie sah einem Kind zu, das auf der Straße spielte.

»Mistress, Mistress!«

Sie blickte auf. Luberon, dessen aufgedunsenes Gesicht rot und verschwitzt war, starrte auf sie herab.

»Mistress, wir haben noch viel vor.«

»Gewiß, Master Luberon, dann ist es am besten, wir fangen gleich an!«

Elf

Kathryn und Luberon gingen am Westtor vorbei in die Pound Lane. Die Straßen und Gassen wurden immer verschlungener, schmutziger und dunkler. Die Häuser hatten auch schon bessere Zeiten gesehen. Ihr abbröckelnder Putz war jetzt schmutziggrau und feucht. Die Straßenecken waren ein Treffpunkt für Gerissene, Bettler, Schlepper und gesundheitlich ruinierte Diener. Im Vorbeigehen nahm Kathryn wütende Blicke aus elenden Gesichtern wahr. Wäre nicht Luberon neben ihr her geschwankt, der eine oder andere hätte sich ihr bestimmt genähert. Mochte der Schreiber auch noch so blasiert sein, er besaß den Mut eines Kriegers. Er streckte seine schmale Brust heraus und zog seinen Mantel so weit zurück, daß man den langen Dolch sehen konnte, den er im Gürtel trug.

»Männer, die mit dem Gesetz auf Kriegsfuß stehen«, murmelte er und sah sich um.

Immer weiter drangen sie in das Elendsviertel vor. Ein paar Gassen waren so dunkel, daß man Laternen angezündet und an Haken neben die Tür gehängt hatte. Luberon erklärte Kathryn, daß es unter diesen Häusern Keller gäbe, in denen die Trunkenbolde übernachteten.

»Da gibt es Aufhänger«, erklärte er. »Man hat Seile von einer Wand zur anderen gespannt, so daß die Säufer im Sitzen schlafen können. Ihre Oberkörper werden dann von diesen Seilen gehalten. Morgens geht der Wirt hinunter und reißt sie aus dem Schlaf, indem er die Seile losbindet.«

Schließlich erreichten sie die Bullpaunch Alley. Die Schenke »Zum Rattenschloß« befand sich an der Ecke. Davor tanzten zu lebenden Skeletten abgemagerte Kinder zu den schrillen Tönen einer Pfeife. Kathryn griff nach ihrer Börse, um ein paar Pennies herauszuholen.

»Nein, laßt das!« flüsterte Luberon. »Keine Wohltätigkeit, Mistress. Wenn die Eure Münzen sehen, wird nur ihr Appetit geweckt.«

Sie bogen in die Gasse ein. Frauen mit schmutzverkrusteten Gesichtern standen hinter kleinen Ständen und verkauften das Fleisch von Ratten, Frettchen und Tauben sowie Katzenfelle. Luberon blieb stehen und stellte einer dieser Frauen eine Frage. Sie antwortete mit einem wahren Sturzbach von Beschimpfungen und deutete die Straße hinunter. Luberon folgte ihrem Hinweis und klopfte an die altersschwache Tür des Hauses, auf das sie gezeigt hatte.

Eine alte Vettel, häßlich wie die Nacht, öffnete ihnen. Ihr Gesicht war hager und gelblich, graues, dünnes Haar hing in Strähnen auf ihre Schultern herab; sie hatte dünne, blutleere Lippen und uralte Augen. Sie betrachtete zuerst Luberon, dann Kathryn.

»Was haben wir denn da, einen Mann mit seinem Flittchen«, sagte sie und beäugte Kathryn listig. »Dich habe ich hier noch nie gesehen. Siehst aus wie eine von der strengen Sorte. Hast wohl eine Reitpeitsche?«

Luberon lief puterrot an und war sprachlos. Kathryn starrte diese Hexe nur an, die sie für Luberons Geliebte hielt, und brach in perlendes Lachen aus. Die alte Nachteule, die jetzt ihren Irrtum erkannte, wollte die Tür schon wieder schließen, aber Luberon hatte sich inzwischen gefaßt und ließ es nicht zu.

»Du dumme Hexe!« brüllte er. »Ich komme im Auftrag der Stadt!«

Die alte Frau, die jetzt offensichtlich Angst hatte, trat in den Schatten zurück, die Lippen zu einem einschmeichelnden, süßlichen Lächeln verzogen.

»Was ist los?« winselte sie. »Was wollt Ihr?«

Luberon und Kathryn folgten ihr durch einen naßkalten

Korridor. Kathryn kicherte noch immer vor sich hin, aber Luberon war so außer sich, daß er die Frau vor sich her trieb, bis sie mit dem Rücken zu einer Tür stehenblieb.

»Wollt Ihr uns nicht hineinbitten?« knurrte Luberon.

Die Alte war nicht gewillt, sie eintreten zu lassen, aber als Luberons Hand an den Dolch wanderte, tastete sie nervös nach der Klinke, drückte sie herunter und bat Kathryn und Luberon herein. Der Raum dahinter war erstaunlich üppig ausgestattet, nahezu wohlhabend, aber alle Einrichtungsgegenstände waren schwarz und mit Goldornamenten verziert. Die Wandbehänge, die Wollteppiche auf dem Boden, der hohe, gemeißelte Kaminsims; sogar die Tische, Stühle, Kisten und Hocker waren mit glänzender schwarzer Farbe bemalt, die den Schein des Feuers im Kamin einfing und reflektierte. Zwei Öllampen zu beiden Seiten des Kamins leuchteten schwach; auf Luberons Befehl hin zündete die Frau hastig ein paar Kerzen an, deren Wachs ebenfalls schwarz gefärbt war. Kathryn sah zu Boden, und das Lächeln erstarb auf ihren Lippen. Die Teppiche waren mit merkwürdigen Zeichen bedeckt – umgedrehte Kreuze, ein Drudenfuß –, und an die Wand im hinteren Teil des Raumes hatte ein Künstler ein grinsendes Skelett mit ausgebreiteten Armen gemalt.

»Sieh an, sieh an!« murmelte Luberon und blickte sich um. »Was haben wir denn da? Eine Lady der Schwarzen Kunst? Eine Hexe?« Er stieß die Alte leicht an. »Oder nur eine gut bezahlte Hüterin parfümierten Fleisches?«

»Das Zimmer war schon so, als ich das Haus kaufte«, jammerte die Alte.

»Oh, wir sind nicht wegen Eures verdammten Zimmers gekommen!« fauchte Luberon sie an und zeigte blitzschnell mit dem Finger zur Decke. »Es geht um eins Eurer Mädchen. Ich nehme an, sie hatte eine Dachkammer hier?«

»Welche denn?« erwiderte die Hexe.

»Peg.«

»Ihr meint Mustard Peg?« gackerte die Alte. »Die ist schon heiß, wenn man sie nur berührt!«

Kathryn starrte sie angewidert an. Sie spürte plötzlich, wie kalt es in dem Zimmer war, und ekelte sich vor dem süßlichen, Übelkeit erregenden Geruch, der ihr jetzt in Nase und Mund drang.

»Peg ist ermordet worden«, teilte Kathryn der Alten schroff mit.

Die Alte verzog das Gesicht. »Und?«

»Und«, fuhr Luberon fort, ging zum Kamin und zog ein brennendes Holzscheit aus den Flammen, »und wenn Ihr uns jetzt nicht sagt, wer gestern hierherkam, um sie zu mieten, werde ich das hier auf Euren Teppich fallen lassen und zusehen, wie dieses gottverdammte Haus niederbrennt.«

»Das würdet Ihr nicht wagen!«

Luberon warf das Holzstück wieder in den Kamin und wischte die schmutzigen Finger an seinem Gewand ab. »Nein, vielleicht nicht. Aber ich könnte Soldaten und Beamte herschicken, damit sie sich hier ein wenig umsehen. Wer weiß, was sie finden würden?«

»Was wollt Ihr wissen?«

Die Alte kam näher, und Kathryn rümpfte die Nase vor ihrem säuerlichen Körpergeruch.

»Peg wurde gestern gemietet«, sagte Kathryn. »Ihr wißt von wem?«

«Keine Lügen!« fügte Luberon hinzu.

Die Alte entblößte ihr Zahnfleisch. »Warum sollte ich lügen? Dazu ist nicht viel zu sagen. Gestern hatte Peg einen Besucher. Er kam am Nachmittag her, als sie sich gerade ausruhte. Er redete eine Weile mit ihr und ging dann wieder. Peg sah recht glücklich aus, wollte aber nicht sagen, wer es war oder was er wollte.« Verschlagen sah die Alte Kathryn an. »Ihr wißt ja, wie es so geht in der Welt, Mistress, wir haben viele Besucher hier.«

»Was weiter?« fragte Kathryn.

»Am späten Abend ging Peg weg«, sagte die Alte und zuckte mit den Schultern. »Sie war eine Hexe mit losem Mundwerk und hat wahrscheinlich gekriegt, was sie verdient.«

»Habt Ihr den Besucher am Nachmittag gesehen?« fragte Kathryn.

»Oh nein, er trug ein weites Gewand mit Kapuze wie ein Mönch. Wenn sie es so haben wollen, dann lasse ich sie.« Die Alte sah Kathryn prüfend an. »Ihr seid sehr hübsch, Mistress.«

»Kommt!« brummte Luberon und zog Kathryn am Ärmel. »Hier stinkt es wie in einer Kloake!«

»Hatte Peg ein Zimmer hier?« fragte Kathryn.

Die Alte nickte und grinste. »Es ist leer. Wenn eines der Mädchen sich verspätet, sehe ich mich immer nochmal um.«

»Dessen bin ich mir sicher«, sagte Luberon voller Sarkasmus.

Er bat Kathryn zu warten und scheuchte die alte Frau vor sich her die Treppe hinauf. Früher als erwartet kam er wieder heruntergepoltert.

»Ein Schweinestall«, sagte er angeekelt. »Hat ihn mit anderen geteilt. Ein zerschlagener Becher und wertlose Wäsche. Mustard Peg starb mittellos.«

Sie verließen das schreckliche Haus in der Bullpaunch Alley und schlängelten sich durch die Gassen bis zur St. Peter's Lane.

»Nun«, begann Kathryn, »was schließt Ihr daraus, Master Schreiber?«

Luberon blickte auf die Häuser zu beiden Seiten, die besser erhalten waren. Die Straße, die zur Kirche führte, war breiter und sauberer, ein angenehmer Gegensatz zu den Gassen, aus denen sie gerade kamen.

»Ich weiß nicht«, murmelte Luberon. »Viel haben wir nicht erfahren.«

»Doch«, erwiderte Kathryn lebhaft. »Unser Mörder hat diesem Haus offensichtlich gestern nachmittag einen Besuch abgestattet, Peg für ihre Gefälligkeit entlohnt und ihr gesagt, sie solle ihn zu einer festgesetzten Stunde an einer Nebenpforte treffen.« Sie zog ein Taschentuch aus ihrem Ärmel und tupfte sich den Schweiß ab. »Aber es stimmt, das allein sagt uns nichts Neues. Jeder von unseren Ärzten hätte aus der Heiligkreuzkirche schlüpfen und all das tun können, bevor er nach Hause ging.«

Kathryn blickte zu dem mit Zinnen versehenen Kirchturm von St. Peter hinauf und dachte an das, was sie in Chaucers *Canterbury-Erzählungen* gelesen hatte, und an die vage Idee, die ihr vor der Heiligenkreuzkirche in den Sinn gekommen war. Wäre Colum nur bei ihr! Kathryn ballte die Faust; immerhin war Colum der Beauftragte des Königs hier, und auch sie hatte, weiß Gott, noch andere Dinge zu erledigen. Plötzlich dachte sie an ihren Mann, dessen langes, blasses Gesicht nach einigen Bechern Wein zu einer wutverzerrten Maske wurde. Kathryn schloß die Augen. Sie durfte nicht an ihn denken, an die Möglichkeiten, die sich aus seinem rätselhaften Verschwinden ergaben.

»Mistress! Mistress!«

Kathryn öffnete die Augen und sah Luberon an.

»Mistress Swinbrooke, wollt Ihr St. Peter aufsuchen?«

»Wird der Priester uns helfen?«

»Das hängt davon ab, was Ihr ihn fragen wollt.«

Kathryn lächelte. »Kommt mit und findet es selbst heraus.«

Pater Raoul war gerade damit beschäftigt, ein Gartenstück zu hacken, das zwischen der Kirche und dem Haus des Priesters lag. Er war ein redlicher, untersetzter Mann mit breitem Bauerngesicht und wirrem, braunem Haar, das aussah, als hätte es seit Wochen keinen Kamm gesehen. Doch er war fröhlich und freundlich, und begrüßte

Luberon warmherzig, war allerdings gegenüber Kathryn ziemlich zurückhaltend.

»Ich bin ja froh, wenn ich einmal eine Pause machen kann«, rief der Priester, ließ die Hacke fallen und wischte sich die erdverkrusteten Hände an seinem Gewand ab. »Kommt mit ins Haus.«

Er führte sie in die Küche, einen kahlen Raum mit gestampftem Lehmboden, gekalkten Wänden und ein paar Möbeln. Er bat sie, an dem kleinen Zeichentisch Platz zu nehmen, und servierte Becher mit Ale, das süß und würzig schmeckte.

»Nun«, sagte er und machte mit den Lippen ein schmatzendes Geräusch, »was kann ich für Euch tun?«

Luberon fuhr zunächst einmal mit der gegenseitigen Vorstellung fort, die er im Garten begonnen hatte, sprach kurz über die Morde, dann hustete er und sah Kathryn an.

»Vater, kanntet Ihr die Peg aus der Bullpaunch Alley?« fragte sie.

Pater Raoul lächelte. »Nicht im eigentlich biblischen Sinne. Peg war eine gräßliche Frau, möge sie in Frieden ruhen.«

»Wie lange seit Ihr schon hier, Vater?«

»Seit etwa fünfzehn Sommern. Warum?«

»Euch – oder besser der Kirche – wurde eine Hinterlassenschaft zuteil, mit der Ärzte bezahlt werden, die im Armenviertel arbeiten?«

Pater Raoul zuckte mit den Schultern. »Das ist nichts Ungewöhnliches. Den Kirchen im gesamten Königreich werden Vermächtnisse oder Geldsummen gestiftet. Diese Summen, die in der Regel bei Bankiers hinterlegt werden, finden je nach den Bedürfnissen der Kirchengemeinde Verwendung. Die Rechnungen werden von guten Männern wie unserem Master Luberon hier sorgfältig geprüft.«

»Wer hat diese Hinterlassenschaft gestiftet?«

Der Priester seufzte, stand auf und ging zu einer riesigen

Truhe am anderen Ende des Raumes. Er nahm einen Schlüsselbund von seinem Gürtel und schloß sorgfältig die drei Schlösser auf, wühlte in der Truhe und förderte dann ein in Leder gebundenes Hauptbuch zutage. Das Pergament innen war vergilbt und altersschwach. Pater Raoul ließ seinen Blick suchend über die Seiten schweifen, murmelte etwas vor sich hin, hielt dann inne und deutete mit dem Finger auf einen Eintrag. Er drehte das Buch so, daß Kathryn es lesen konnte.

»Die Hinterlassenschaft ist etwa achtzehn Jahre alt. Eine großzügige Summe. Dreihundert Pfund Sterling, aber sie war, wie viele Hinterlassenschaften, anonym.«

»Und Ihr habt nicht die leiseste Ahnung, wer der Spender gewesen sein könnte?«

»Nein, und ich vermute, auch die Bankiers wissen es nicht. Solche Gelder werden vertraulich behandelt.« Pater Raoul zuckte die Achseln und klappte das Buch zu.

Kathryn schluckte ihre Enttäuschung hinunter. »Sagen Euch die Namen Darryl, Cotterell, Straunge und Chaddedon etwas?«

»Nun, Cotterell habe ich in den Gassen und Straßen beim Wirtshaus ›Zum Rattenschloß‹ gesehen. Er treibt sich dort herum, um sich seine Freuden zu kaufen.« Die Verachtung in der Stimme des Priesters war nicht zu überhören.

»Und die anderen?«

Pater Raoul wedelte mit der Hand in Richtung Luberon. »Wie unser guter Schreiber weiß, helfen sie den Armen, wie andere auch: Kaufleute, Schneider, Händler und Bürger. Sie besuchen die Kranken und tun, was sie können, was in der Regel nicht viel ist, und reichen zum Ende jedes Quartals ihre Rechnung ein.«

»Und Newington?« fragte Kathryn. »Der Ratsherr John Newington?«

Pater Raoul spitzte die Lippen und schüttelte den Kopf.

»Den Namen habe ich schon gehört, aber ich kenne den Mann nicht. Er hat mit diesem Stadtviertel nur wenig zu tun.«

Kathryn saß da und hatte die Hände in den Schoß gelegt. Nichts, dachte sie, wohin ich auch gehe, die Suche führt ins Nichts. Sie mußte wohl fünf Minuten so in Gedanken verloren dagesessen haben, während Luberon und Pater Raoul über Gemeindeangelegenheiten sprachen.

»Mistress Swinbrooke«, sagte Pater Raoul, »wollt Ihr noch etwas wissen?«

Erschöpft starrte Kathryn auf das Hauptbuch.

»Dieses Viertel gehört zu Eurem Pfarrbezirk?«

»Gewiß.«

»Vater, ist irgend etwas geschehen? Etwas, das Euch im vergangenen Jahr ungewöhnlich und ziemlich merkwürdig vorkam?«

»Was meint Ihr?«

Kathryn schloß die Augen und dachte an den Mörder. Er tötete, weil er ein Motiv hatte. Er hatte die Mittel und den Wohlstand, um sich unerkannt in der Stadt bewegen zu können. Sie dachte an »Die Erzählung des Ritters« in der Chaucer-Sammlung.

»Mistress Swinbrooke«, wiederholte Pater Raoul ziemlich gereizt. »Was meint Ihr?«

»Eine Beerdigung, ein Todesfall?«

Pater Raoul lehnte sich zurück und lachte. »Dank des Schweißfiebers hatten wir davon mehr als genug.«

»Nein«, Kathryn beugte sich über den Tisch. »Gab es einen Todesfall oder eine Beerdigung, die vielleicht nicht zu der üblichen Routine in Eurem Pfarrbezirk paßte?« Ihre Augen fixierten Raoul. »Wißt Ihr, Vater, jemand, dessen Tod unerwartet kam oder für den es keine Erklärung gab? Oder eine Beerdigung, um die sich Rätsel rankten?«

Pater Raoul schüttelte den Kopf. »Mistress Swinbrooke, Ihr habt meinen Pfarrbezirk gesehen. Wenn meine Leute auf den Gottesacker kommen, werden sie in ein Stück Leinen gehüllt und in eine flache Mulde gelegt. Ich segne die Leiche und singe eine Messe und« – hier brach er ab – »bis auf …

»Bis auf was, Vater?«

»Bis auf den vergangenen März, kurz vor Mariä Verkündigung. Da starb eine alte Frau, ja, Christina Oldstrom. Sie war Näherin und hatte in einer Nebengasse der Pound Lane gewohnt.« Der Priester fuhr mit den Fingern über seine Lippen. »Christina war eine merkwürdige Frau«, fuhr er fort. »Es heißt, sie stammte aus guter Familie, hatte aber Pech gehabt. Sie lebte sehr zurückgezogen.«

»Hatte sie Nachkommen?«

»Nicht, daß ich wüßte. Aber es war seltsam«, sagte Pater Raoul und hob die Hand. »Oh, sie war fromm und gottesfürchtig. Ich habe sie ein paarmal besucht und festgestellt, daß das Haus nach außen hin zwar schäbig war, daß es ihr innen aber nie an Bequemlichkeiten fehlte. Sie hatte immer genug Kohlen und Holz im Winter, ein sauberes Bett, eine Vorratskammer mit gutem Essen und Trinken und bezahlte immer ihren Kirchenzehnten. Ja, und im letzten Winter wurde sie von einer Krankheit heimgesucht, die sie aufzehrte. Ich schickte die Ärzte, die Ihr erwähntet, zu ihr, aber ohne Erfolg. Sie hatte einen schrecklichen Tumor in sich, der sie von innen her auffraß.«

»Hat noch jemand sie besucht, außer den Ärzten?« fragte Luberon scharf.

»Nein, nein. Ich habe immer gedacht, da sei noch jemand, aber sie hat nie über ihre Vergangenheit geredet, obwohl sie viel besser lebte als eine gewöhnliche Näherin.« Pater Raoul zuckte die Schultern. »Es war ihre Sache, daher habe ich nie danach gefragt. Auf jeden Fall starb sie. Sie hinterließ einen letzten Willen, in dem sie verfügte, daß ihre Kammer mitsamt dem Inhalt verkauft werden und der Erlös den Armen zukommen solle.« Pater Raoul sah Luberon an. »Ihr müßtet den Fall kennen, Luberon. Ihr habt das Geld verwaltet. Von Witwen und unverheirateten Frauen erhalten wir häufig solche Hinterlassenschaften.« Pater Raoul trommelte auf den Tisch. »Seltsam an der Sache war, daß ich, als ihre Leiche in die Kirche gebracht wurde, Silbermünzen und schriftliche Anweisungen erhielt, die besagten, daß ich sie in einem ordentlichen Kiefernsarg bestatten, drei Seelenmessen singen lassen und ein ordentliches Kreuz auf ihrem Grab errichten lassen sollte.«

»Habt Ihr diese Anweisungen noch?«

»Nein«, unterbrach Luberon ungerührt. »Die Silbermünzen wurden ausgegeben, die Messen gesungen, der Sarg gekauft und der Zimmermann für das Kreuz bezahlt.« Luberon blickte zur Seite und räusperte sich. »Frauen wie Christina gibt es häufig: einsam, arm, vernachlässigt und krank.«

»Ihr habt sie nicht gekannt?«

»Nein, natürlich nicht.«

»Kommt«, sagte Pater Raoul, »ich will Euch das Grab zeigen.«

Er führte sie wieder hinaus in den Sonnenschein und um die Kirche herum zu dem breiten, sauber angelegten Friedhof. Zwischen Grabmälern und Gräbern balancierten sie über schmale Pfade. Schließlich blieb Pater Raoul vor einem Grab stehen. Die Erde war inzwischen flach, die Blumen auf dem einstigen Grabhügel verwelkt und vermodert, das Kreuz war zwar verwittert, stand aber noch aufrecht an seinem Platz. Kathryn sah es sich genauer an und las die Inschrift: »Christina Oldstrom. *Requiescat in Pace,* möge sie in Frieden ruhen.« Sie starrte Raoul an.

»Und niemand kam vorbei, um die Leiche zu holen? Niemand, der sich als Verwandter ausgab?«

Pater Raoul schüttelte den Kopf.

»Und dieser mysteriöse Spender?«

»Mistress Swinbrooke«, bat der Priester. »Ich sagte es doch schon, anonyme Spenden sind nichts Ungewöhnliches. Das einzige, woran ich mich erinnere, ist die Geldbörse, in der das Geld war. Ich habe meine Pflicht erfüllt und die Ereignisse dem Gemeinderat vorgetragen.«

»Vater, wißt Ihr noch etwas über Christina Oldstrom?«

»Ich habe Euch alles gesagt. Sie war eine Näherin von etwa sechzig Jahren oder älter.«

»Aber sie muß doch eine Vergangenheit gehabt haben?« fragte Kathryn hartnäckig. »Es müssen doch noch andere Eintragungen da sein? Hat sie je geheiratet? Hatte sie Kinder?«

Pater Raoul atmete tief durch, blickte zum blauen Himmel empor und sah die Lerchen, die dort flatterten. »Ich darf es nicht tun«, sagte er leise. »Aber ich lasse Euch einen Blick in die Gemeindebücher werfen; Geburten, Todesfälle und Eheschließungen.«

»Muß das sein?« fragte Luberon und trat beunruhigt von einem Fuß auf den anderen. »Wonach sucht Ihr, Mistress?«

»Ich weiß es nicht«, gab Kathryn zu. »Aber Ihr, Master Schreiber, könnt mir helfen.«

Pater Raoul war sehr hilfsbereit, und Kathryn begann, nur widerwillig unterstützt von Luberon, sich durch alte, verstaubte Hauptbücher und schmierige Pergamentrollen zu arbeiten und die Eintragungen sorgfältig nach dem Namen Christina Oldstrom zu durchsuchen. Eine Stunde verging. Schließlich riß Luberon der Geduldsfaden, und mit dem Satz, er habe auch noch andere Dinge zu erledigen, verließ er mit schweren Schritten das Haus des Priesters. Pater Raoul ging wieder in seinen Garten. Hin und wieder schaute er herein, um Kathryn zu fragen, ob sie noch einen Becher Wasser oder Ale wolle. Kathryn, die sich nicht einmal die Mühe machte aufzuschauen, schüttelte den Kopf und setzte ihre Prüfung der zwar unterschiedlichen, doch allesamt krakeligen Handschriften der Priester des Pfarrbezirks von St. Peter fort. Schließlich entdeckte sie eine Eintragung über Christina Oldstroms Taufe im Jahre 1410, unter der Herrschaft Heinrichs IV. Sie wollte die Seite gerade umblättern, als ihr Blick auf eine andere Eintragung fiel: *»Filius natus Christina Oldstrom,* Christina Oldstrom hat einen Sohn geboren.« Sie hielt inne und studierte die Worte sorgfältig, prägte sich das Datum ein und blätterte dann schnell weiter, entdeckte aber nichts mehr. Kathryn klappte das Buch zu, stand auf und ging in den Garten hinaus.

»Seid Ihr fertig, Miss Swinbrooke?« rief Pater Raoul.

»Ja, ja«, erwiderte Kathryn geistesabwesend.

»Mistress, stimmt etwas nicht?«

»Nein. Ich muß nur ein paar Süßigkeiten kaufen.«

Und Kathryn ging, verfolgt von dem erstaunten Blick des Priesters, den Pfad entlang zum Friedhofstor.

Auch Thomasina hatte an diesem Morgen zu tun. Es waren ein paar Patienten dagewesen: Ein Kind mit einer verbrühten Hand; Beton, der Brauer, der an Gicht litt; ein junger Mann mit entzündetem Zahnfleisch, der um Nelkenöl bat. Thomasina behandelte sie alle, räumte den Küchentisch ab, nahm ihren Mantel und verließ das Haus. Zielstrebig ging sie durch die Ottemelle Lane, dann durch die Hethenman Lane nach St. Mildred. Sie trat in das dunkle, kühle Innere der Kirche und blieb neben dem Taufbecken am Eingang stehen. Ganz vorn im Kirchenschiff liefen Mitglieder des Gemeinderats hin und her, um den Altar für das Fest des Kostbaren Blutes vorzubereiten. Einige waren damit beschäftigt, den Lettner auf Hochglanz zu polieren, andere brachten Kerzen in Ordnung oder trugen Kissen und Baldachine in den Altarraum.

Thomasina stand eine Weile da und beobachtete das Treiben. Sie hatte ihr Opfer bereits erspäht, wartete aber noch, bis die anderen Gemeinderatsmitglieder die Kirche verlassen hatten, um nach Hause zu gehen.

Kurz darauf kamen einige von ihnen, nachdem sie sich lautstark verabschiedet hatten, durch das Kirchenschiff auf Thomasina zu. Allen voran schritt Joscelyn, der Verwandte von Kathryn. Neben ihm stakste seine dürre, sauertöpfische Frau einher, nach Thomasinas Überzeugung eine der schlimmsten Xanthippen, denen sie je begegnet war. Joscelyn sah Thomasina, kam auf sie zu und kratzte sich den kahl werdenden Schädel, als wäre ihm die Begegnung unangenehm.

»Thomasina«, sagte er. Seine wäßrigen Augen verengten sich zu Schlitzen, als er sie mit einem falschen Lächeln bedachte. »Wie geht es Mistress Kathryn?«

»Wenn es nach Eurer Fürsorge ginge, wäre sie schon längst tot!« entgegnete Thomasina giftig.

Wieder das falsche Lächeln.

»Wird sie denn den Laden aufmachen, um Kräuter und Gewürze zu verkaufen?«

Thomasina entging sein habgieriger Blick nicht. »Oh ja«, log sie. »Sie beabsichtigt, schon sehr bald zu eröffnen.« Mit Befriedigung sah sie Joscelyns besorgte Miene. »Natürlich«, flötete Thomasina spöttisch, »könnte das auch Euer Geschäft beeinträchtigen, Master Joscelyn!«

Joscelyn, der mit Gewürzen handelte, warf den Kopf nach hinten wie ein wütender Gänserich. »Aber sie hat keine Zulassung von der Zunft!« stieß er verächtlich hervor. »Keine Zulassung von der Zunft! Das ist nicht recht!« Kopfschüttelnd ging er wieder zu seiner Frau und verließ mit steifen Schritten die Kirche.

Thomasina streckte ihm hinter seinem Rücken die Zunge heraus und ging durch das Kirchenschiff, vorbei an dem hohen Lettner, zum Altarraum. Oben auf den Stufen des Altars stand nur noch eine Gestalt. Sie hatte Thomasina den Rücken zugekehrt.

»Witwe Gumple«, flüsterte Thomasina. »Sind wir allein?«

Die Gumple wirbelte herum. Ihr bleiches Mopsgesicht sah ein wenig lächerlich aus unter der üppigen Frisur. Thomasina schritt langsam auf sie zu.

»Sind wir unter uns, Witwe Gumple?« wiederholte sie ihre Frage.

Witwe Gumple fuhr sich nervös mit der Zunge über die Lippen. »Ja, warum, Thomasina«, erwiderte sie. »Alle sind gegangen. Der Pater bringt einem kranken Gemeindemitglied die Sterbesakramente.«

»Gut«, sagte Thomasina und zeigte auf die Tür zur Sakristei. »Es ist besser, wenn niemand hört, was ich Euch zu sagen habe.«

»Ach, seid doch nicht albern!« sagte Witwe Gumple, die sich allmählich von ihrem Schreck zu erholen begann. »Was könntest du mir schon zu sagen haben?«

Thomasina richtete sich zu voller Größe auf und zeigte mit dramatischer Geste auf die Witwe.

»Mistress Gumple!« rief sie mit donnernder Stimme, die wie Glockenklang in der Kirche widerhallte. »Ich klage Euch vor Gott und den Menschen an, eine Erpresserin zu sein!«

Die Gumple ließ die Kinnlade fallen. »Wie meinst du das?« flüsterte sie.

»Wie ich es sage«, erwiderte Thomasina.

Mit flatternden Augenlidern, den Blick gesenkt, hob die Gumple den Saum ihres Kleides und kam mit gezierten Schritten die Stufen herunter.

»Vielleicht ist es besser«, zischte sie, »wenn wir uns unterhalten.«

Witwe Gumple hatte die unterste Stufe noch nicht erreicht, als Thomasina ihr einen Stoß versetzte, der sie quer durch den Altarraum und die halboffene Tür der Sakristei beförderte. Thomasina folgte ihr wie eine Bulldogge, die zum tödlichen Angriff ansetzt. Jetzt hatte die Gumple offensichtlich Angst. Der Kopfschmuck rutschte ihr über die Augen, und sie lehnte sich an die Wand.

»Setzt Euch!« befahl Thomasina.

Die Gumple sackte auf dem Hocker zusammen, den Thomasina ihr hinschob. Thomasina baute sich vor ihr auf und hielt eine geballte Faust direkt vor ihre fleischige Nase.

»Ich mag Euch nicht, Witwe Gumple!« sagte Thomasina. »Ihr seid eine Heuchlerin, verbringt die meiste Zeit in der Nähe der Kirche und schnappt nach jedem noch so kleinen Glorienschein, den ihr erhaschen könnt. Aber das ist Eure Sache. Genauso wie die Tatsache, daß Ihr eine Vorliebe für junge Männer habt, deren Entgegenkommen Ihr gut bezahlt!«

Die Gumple starrte sie nur an. Ihre Augen waren wie zwei kleine schwarze Korinthen, schreckgeweitet angesichts der geballten Wut, mit der Thomasina sich über sie beugte.

»Junge Männer wie zum Beispiel Alexander Wyville«, fuhr Thomasina fort. »Ich vermute, Ihr kanntet ihn schon, bevor er meine Herrin heiratete. Der Himmel mag wissen, ob Ihr auch nach dem Eheversprechen noch Eure Beziehung zu ihm aufrechterhalten habt!«

Die Witwe machte den Mund auf und wieder zu.

»Mir müßt Ihr nichts erklären«, sagte Thomasina. »Euer Leben ist Eure Sache, aber was wißt Ihr über das Verschwinden von Alexander Wyville? Und warum habt Ihr meiner Herrin diese Botschaft geschickt, in der Ihr Gold fordert, das auf einem Grabstein auf dem Friedhof hinterlegt werden soll?«

»Aber ich habe doch keine Botschaft geschickt«, heulte die Gumple auf.

»Doch, das habt Ihr, aber meine Herrin hat sie nicht erhalten. Ich habe sie gelesen, ich bin zum Friedhof gegangen und habe mich dort versteckt. Außer einem Liebespaar, das Alexander nicht von Adam hätte unterscheiden können, wart Ihr die einzige, die auf diesem Friedhof zu sehen war!« Thomasina beugte sich drohend über die Witwe. »Oh, Ihr habt die Seitentür geöffnet und herausgeschaut, als würdet Ihr Euch wegen irgendeiner Gemeindesache sorgen, aber wonach habt Ihr wirklich Ausschau gehalten? Nach meiner Herrin? Oder nach dem Gold, das sie bringen würde? Oder habt Ihr nur versucht, sie in eine Falle zu locken, um sie zu Zugeständnissen zu zwingen?«

Die Witwe schüttelte stumm den Kopf.

»Ihr seid ein jämmerlicher Kübel Schweineschmalz!« knurrte Thomasina. »Ich gebe zu, der Arzt Swinbrooke hat etwas Schreckliches getan. Er hat versucht, den Mann zu vergiften, der seine Tochter schlug. Aber als er wieder nach Hause kam, stellte er fest, daß Alexander weg war. Die einzige Spur war der Mantel, den Wyville neben seinem Lieblingsplatz am Ufer des Flusses zurückgelassen hat. Ich glaube, Ihr kennt diesen Platz ganz gut, Ihr habt Alexander bestimmt dort des öfteren getroffen.« Thomasina räusperte sich. »Und nun, vermute ich, ist folgendes geschehen: Alexander Wyville trank den vergifteten Wein, war aber so betrunken, daß er sich übergeben mußte und das meiste wahrscheinlich wieder ausgespuckt hat. Dennoch hat er gemerkt, daß etwas nicht stimmte. Er schwankte aus der Hintertür von Swinbrookes Haus in die Gasse. Dann ging er entweder zu Euch oder Ihr habt ihn getroffen. Vielleicht habt Ihr ihm geholfen, alles von sich zu geben, was er getrunken hatte. Auf jeden Fall hatte Wyville nicht vor, zurückzukehren und dem Arzt Swinbrooke gegenüberzutreten. Daher ließ er seinen Mantel am Ufer und schlich sich mit Eurer Hilfe aus der Stadt, um sich Faunte und den anderen Rebellen anzuschließen.« Thomasina näherte ihr Gesicht bis auf wenige Zentimeter dem der Witwe Gumple. »Das stimmt doch, oder?« sagte sie scharf. »Und lügt mich nicht an! Wißt Ihr, wie Erpressung bestraft wird? Man wird lebendigen Leibes in einem Ölfaß verbrannt, das heißt, wenn ich Euch nicht vorher umbringe!« Thomasina langte mit einer Hand unter ihren Mantel, als suche sie nach einem Dolch. »Wenn Ihr aber die Wahrheit sagt«, fuhr sie in süßlichem Ton fort, »dann bleibt es unter uns. Ich schwöre bei Gott und allen Heiligen, daß ich Mistress Swinbrooke nichts verraten werde. Diese Briefe aber müssen natürlich ein Ende haben.«

Die Witwe, die vor Schreck keinen klaren Gedanken fassen konnte, nickte.

»Nun?«

»Ich habe Alexander Wyville gekannt«, begann die Gumple zögernd. »Er war ein Mitglied dieser Gemeinde. Ich habe mich mit ihm immer … nun ja … unterhalten eben. Ich …«, stammelte sie. »Ich war überrascht, als er sich mit Mistress Swinbrooke verlobte, denn ich kannte seine Schwächen, seine Vorliebe für Wein, sein hitziges Gemüt. Auf jeden Fall« – sie richtete ihren Kopfputz – »fand die Heirat statt.« Die Gumple hielt inne und sah zur Tür hinaus.

Klar, dachte Thomasina, und ich wette, du hast insgeheim über das Kuckucksei gelacht, das die Swinbrookes sich ins Nest geholt hatten. »Weiter!« befahl sie laut.

»Nun, Alexander hat mir gesagt, er wolle die Stadt verlassen und sich der Armee der Lancastertreuen anschließen. Er sagte, er liebe Kathryn, fände sie aber kalt wie Eis und abweisend. Ihren Vater verehrte er. Eines Nachts kam er in einem schrecklichen Zustand zu mir; sein Wams war voll Wein, und er stank wie ein Schwein. Er behauptete, der Arzt Swinbrooke habe ihn vergiftet, und er habe sich nur durch Erbrechen retten können. Dennoch klagte er immer noch über Magenschmerzen. Ich steckte ihm einen Gänsekiel in den Hals, was den Brechreiz noch weiter förderte. Dann gab ich ihm einen Becher Wasser nach dem anderen zu trinken, und er schlief eine Weile. Als er aufwachte, hatte er immer noch Angst, Swinbrooke würde ihn aufspüren und töten. Ich fragte ihn, warum, und er gestand mir, wie furchtbar er Kathryn geschlagen hatte. Wyville sagte, er wolle Canterbury verlassen und sein Glück bei den Lancastertreuen versuchen. Seine Börse war voller Silberstücke. Ich gab ihm ein paar Kleidungsstücke meines verstorbenen Mannes. Wyville bat mich, seinen Mantel ans Flußufer zu legen; Swinbrooke solle glauben, er sei ertrunken. Das ist das letzte, was ich von ihm gesehen habe.«

»Stimmt das?«

Die Witwe Gumple kam mühsam auf die Beine. »Ich schwöre!« sagte sie. »Ich schwöre es!«

»Und die Briefe, die Ihr an Mistress Swinbrooke geschickt habt?«

»Ich habe den Arzt Swinbrooke nie gemocht, und seine Tochter mit ihrem affektierten Gehabe auch nicht ...« Die Gumple zuckte nur mit den Achseln, als Thomasina ihr einen zornigen Blick zuwarf.

»Sie hat sich doch nur mit Alexander verlobt, um mir eins auszuwischen. Oh, ich weiß, daß Wyville ihr unrecht getan hat, aber warum ist sie auch immer so heiter und ausgeglichen?«

»Sie war weder heiter noch ausgeglichen«, knurrte Thomasina. »Wyvilles Gewalttätigkeiten haben sie in Angst und Schrecken versetzt, und dann hat ihr eigener Vater schließlich die schreckliche Tat gestanden, die er versucht hatte zu begehen. Meine Herrin hat sich nichts, aber auch gar nichts zuschulden kommen lassen. Ihr hattet nicht das Recht, sie so zu verfolgen, wie Ihr es getan habt.«

Thomasina trat einen Schritt zurück und hob drohend die Hand.

»Ich werde Euer Geheimnis bewahren, aber wenn Ihr je wieder so etwas versuchen solltet, werde ich Euch umbringen, das schwöre ich Euch!«

Zwölf

Als Thomasina wieder in die Ottemelle Lane kam, fand sie Kathryn in ihrer Kammer über der Chaucer-Handschrift.

»Mistress?«

Kathryn wandte sich um, und Thomasina erschrak darüber, wie mitgenommen ihre Herrin aussah.

»Kathryn«, flüsterte sie. »In Gottes Namen, was ist los?«

Kathryn schüttelte nur den Kopf. »Ich war in Westgate«, sagte sie leise. »Ich war in einem schrecklichen Haus, dann in St. Peter. Danach war ich noch bei Darryl, habe aber nur mit den Kindern gesprochen.«

»Und was ist passiert?«

Kathryn wollte nicht antworten, sondern hielt den Blick auf die Handschrift gesenkt. Thomasina ging in die Vorratskammer, wo Agnes gerade Fleisch einsalzte.

»Mistress Kathryn benimmt sich merkwürdig«, murmelte Agnes. »Sie ist gerade erst zurückgekommen, weiß wie ein Gespenst. Ich habe ihr von der Botschaft berichtet.«

Thomasinas Herzschlag setzte für einen Moment aus. »Welcher Botschaft?«

»Oh, von dem Iren. Er will, daß sie nach Kingsmead kommt, aber es geht ihr nicht gut.«

»Es gibt nichts, was ein wenig Wein mit Kräutern versetzt nicht heilen könnte«, antwortete Thomasina und nahm eifrig zwei Becher und einen Krug Wein vom Regal. Mit den gefüllten Bechern ging sie wieder zu Kathryn, die immer noch dasaß und in Chaucers Werk las. »Trinkt das, Mistress.«

Kathryn nahm den Becher entgegen und trank in kleinen Schlucken. »Nicht zu viel auf leeren Magen.«

»Ist es wegen Wyville?« fragte Thomasina. »Macht Ihr Euch immer noch Sorgen, was mit ihm geschehen sein könnte?«

Kathryn schüttelte den Kopf.

»Nein, meine Gefühle für ihn sind erkaltet. Der Herr möge mir verzeihen, aber es ist mir gleichgültig, ob er lebt oder tot ist!«

»Ihr wißt, daß er noch leben könnte?«

»Alexander Wyville ist nicht mehr mein Gemahl. Wenn er zurückkehrt, werde ich vor dem Kirchengericht eine Annullierung erwirken.«

Thomasina zog einen Hocker heran und setzte sich neben ihre Herrin. »Es werden keine Briefe mehr kommen, Kathryn.«

»Wie meinst du das?«

Sie lächelte. »Vertraut mir. Die Briefe haben ein Ende.«

Gerade wollte Thomasina Kathryn nach Colums Botschaft aus Kingsmead fragen, als donnernd gegen die Haustür geklopft wurde. Dann hörte man die eiligen Schritte von Agnes und die Stimme eines Mannes, der um Einlaß bat.

»Das ist dieser verfluchte Ire«, maulte Thomasina.

Aber als sie mit Kathryn in die Küche kam, stand ein verschwitzter, rot angelaufener Luberon da und hielt ein Stück Pergament in die Höhe.

»Master Schreiber, was ist denn nun schon wieder?«

»Was nun schon wieder ist? Was nun schon wieder ist?« Luberons Stimme überschlug sich. »Eine neue verdammte Botschaft an der Tür der Kathedrale. Lest!«

Kathryn nahm das vergilbte Stück Pergameint.

Ein Offizier grün nach Canterbury ging,
Doch ach, seine Seel' für den Teufel ich fing.

»Was meint er damit?« keuchte Luberon. »Wer ist der grüne Offizier?«

Kathryn untersuchte das verschmierte Stück Pergament und die hingekritzelte blaue Schrift. »Weiß der Himmel«, murmelte sie, »was im Kopf dieses Verrückten vorgeht!«

»Hat ihn denn keiner gesehen?« fragte Thomasina. »Es muß doch jemandem auffallen, wenn einer ein Stück Pergament an die Tür der Kathedrale nagelt?«

»Die Kathedrale hat mindestens vier Eingänge«, dozierte Luberon. »Und im Inneren gibt es noch mehr Türen. Hunderte von Pilgern strömen da jeden Tag hindurch, und wie lange dauert es schon, so etwas aufzuhängen? Der Mörder kann im Vorbeigehen seine Nachricht anbringen und in der Menge verschwinden.«

»Ich wollte ja nur helfen«, gab Thomasina zurück.

Luberon funkelte sie böse an. »Der Himmel weiß, was wir tun sollen«, knurrte er. »Sollen wir jeden Ritter in Canterbury warnen? Jeden Adligen an den Stadttoren zurückschicken? Das gäbe einen Aufruhr.« Er stieß hörbar die Luft aus. »Mistress Swinbrooke, ich habe Euch gesagt, was ich weiß.« Er warf einen prüfenden Blick auf Kathryn. »Seid Ihr in St. Peter fündig geworden?«

Kathryn sah ihn merkwürdig an. »Nein, nein«, log sie. »Eigentlich nicht.«

»Dann, Mistress, lebt wohl«, sagte Luberon, versprach, am nächsten Tag wiederzukommen, und verließ schnaubend das Haus.

Kathryn ging zurück in ihre Schreibkammer, während Thomasina laut mit Agnes schimpfte, weil sie mit offenem Munde herumstehe und Dingen lausche, die sie nichts angingen. Kathryn setzte sich. Als Thomasina wieder hereinkam, bat sie entschieden, man möge sie allein lassen. Sie wollte niemandem mitteilen, daß sie wußte, wer der Mörder war. Bis jetzt hatte sie kaum Beweise, wie also sollte sie ihn in eine Falle locken? Kathryn schaute gedankenverloren auf das verschmierte Stück Pergament. Was sollte das heißen: »Der grüne Offizier«? Vielleicht würde Colum es ihr sagen können. Plötzlich richtete sie sich kerzengerade auf. Natürlich, deshalb war die Botschaft geschrieben worden. Colum war ein Offizier, ein Mitglied des königlichen Haushaltes, und das Grün bezog sich auf seinen irischen Ursprung. Der Offizier wurde bei Chaucer auch als »in grüner Kutte« beschrieben.

Wenn der Mörder nun schon zugeschlagen hatte? Der Ire hatte eine Nachricht gesandt, sie solle nach Kingsmead kommen. War etwas geschehen? Kathryn sprang auf.

»Thomasina, meinen Mantel, schnell!« Kathryn eilte in die Küche. »Agnes, ist ein Geschenk hier abgegeben worden? Süßigkeiten? Eine Flasche Wein?«

»Nein, Mistress.«

Thomasina kam eilends mit dem Mantel zurück. Kathryn ließ die Flut ihrer Fragen unbeachtet. Ihre Gedanken überschlugen sich. Colum hatte gesagt, er wolle Kingsmead verlassen, um Futter für die Ställe zu kaufen, also wußte der Mörder nicht, daß er bei ihr wohnte. Aber was würde geschehen, wenn Colum nach Kingsmead zurückkehrte und eine Flasche vergifteten Weins finden würde, eine Schachtel Süßigkeiten oder etwas Brot und Käse, die dort als Geschenk zurückgelassen worden waren? Sie atmete tief ein, um ihr rasendes Herz zu besänftigen. Der Mörder war, weiß Gott, gerissen genug, eine Notiz zu hinterlassen, aus der hervorging, daß es von ihr oder einem beliebigen anderen Wohltäter aus Canterbury sei.

»Mistress«, fragte Thomasina besorgt, »was ist los?«

Kathryn sah sie an. Flüchtig fragte sie sich, warum Thomasina so sicher war, daß diese schrecklichen Botschaften nicht mehr kommen würden, aber das mußte warten.

»Thomasina«, sagte sie eindringlich. »Ich muß unbedingt nach Kingsmead! Nein!« Kathryn hob die Hand. »Du bleibst hier. Laß niemanden herein. Nimm keine Geschenke an. Versprich mir das!«

Thomasina versprach es, aber ihre Herrin lief bereits zur Tür hinaus.

Kathryn holte ihr friedliches Pferd aus der Taverne, sattelte es und ritt Richtung Westgate davon. Am Lager hielt sie kurz an, um zu sehen, ob Colum bei den Soldaten war, die dort hin und her liefen, aber da sie nur unnötig Aufmerksamkeit erregte, spornte sie ihr Pferd wieder an. Sie ritt durch das Nordtor, ließ die Stadtmauern hinter sich und folgte in scharfem Galopp dem staubigen Weg über einen Hügel. Sie zügelte das Pferd erst, als sie das alte Landhaus und die zerfallenen Zäune von Kingsmead erblickte, folgte dann dem sich windenden Pfad hügelabwärts. Ein Junge, vermutlich der Bursche eines Soldaten, saß schlafend vor dem baufälligen Tor. Kathryn stieg ab und rüttelte ihn wach.

»He du, ist jemand hier?«

»Nein, Mistress«, sagte der Junge. Seine dunklen, runden Augen in dem blassen Gesicht blickten sich suchend um. »Warum sollte jemand hier sein? Master Murtagh und die anderen sind nach Maidstone unterwegs, und die Frauen sind ins Lager zurückgegangen.«

»Und inzwischen war niemand hier?«

»Ehrlich, Mistress, wer will schon hierherkommen? Der Ort ist verlassen.«

»Hat sich kein Fremder mit Wein oder Essen gemeldet?«

Der Junge kreuzte abwehrend die Arme vor der Brust. »Natürlich nicht, habe ich doch gesagt!«

Kathryn strich ihm liebevoll über den Kopf. »Dann bleib hier, mein Junge. Wenn der Ire kommt, sag ihm, Mistress Swinbrooke – hast du verstanden? – Mistress Swinbrooke sei hier.«

Sie ging durch das Tor und schritt den schmalen Pfad entlang, der zu einer Seite des Landhauses führte. Kathryn sah sich um und begriff, daß Colum niemals hier hätte bleiben können. Die Gärten waren überwuchert, die Wasserrinnen voller Unkraut, das kleine Haus verlassen und zerfallen. An den Fenstern waren keine Fensterläden, ein paar Türen hingen schief in den Angeln, während in dem roten Ziegeldach große Löcher klafften und die Dachsparren darunter freilegten. Kathryn ging um das Haus herum. Dort sah es noch schlimmer aus: Der große Hof war mit Unkraut überwuchert, die Ställe, Schmieden und Nebengebäude nur noch Ruinen.

»Ist hier jemand?« rief sie.

Nichts rührte sich. Colum würde bald hier sein, vielleicht hatte er den Boten geschickt. Sie fesselte ihrem Pferd die Vorderbeine und drückte die kleine Tür auf, die in die Küche führte. Drinnen herrschte Zerfall: Der Putz an den Wänden war feucht und verrottet, und Kathryn mußte ihre Röcke heben, damit sie in den Wasserpfützen nicht naß wurden. Sie ging durch den dunklen, muffigen Korridor. Die Kammern im Erdgeschoß waren baufällig, doch die Treppe, die nach oben führte, war aus Stein und machte einen sicheren Eindruck. Ein Vogel, der in den Dachsparren nistete, flog laut zwitschernd auf. Kathryn zuckte erschreckt zusammen und fluchte über ihren eigenen Mangel an Mut.

»Es wird Monate dauern«, sagte sie leise zu sich, »bis das alles wieder in Ordnung ist.«

In den Bäumen, die das Haus umstanden, hörte sie das sanfte Gurren von Tauben. Sie blieb stehen und lauschte. Die schreckliche Verlassenheit des Ortes ließ sie schaudern.

Plötzlich erstarrte Kathryn, als sie einen Laut aus dem oberen Stockwerk vernahm. War dort jemand? Vielleicht der Bote, den Colum geschickt hatte? Dann hörte sie ein Stöhnen, als ob jemand Schmerzen hätte. Sie stieg ein paar Stufen hinauf.

»Was war das?« rief sie. »Ist da wer?«

Wieder das Stöhnen, dann ein heiseres Keuchen.

»Kathryn, bitte!«

»Colum?« flüsterte sie.

War Colum zurückgekommen? Was war geschehen? Die letzten Stufen nahm sie im Laufschritt. Die Tür oben war leicht angelehnt. Sie stieß sie auf und trat in die düstere Kammer. Auch hier roch es muffig und ekelhaft; nur wenig Licht fiel in den Raum, da das einzige Fenster nach Osten ging und die Nachmittagssonne nicht hereinließ. Suchend schaute sie sich um und erblickte auf dem kleinen Bettgestell in der Ecke eine formlose Gestalt.

»Colum?« rief sie und ging, allen Mut zusammennehmend, durch den Raum. Plötzlich gab eine der Dielen unter ihren Füßen nach, krachte und splitterte. Kathryn fluchte und blickte zur Decke hoch. Durch die vielen Löcher konnte sie die Dachsparren und eine Spur blauen Himmels erkennen. Kathryn setzte behutsam einen Fuß vor den anderen, als sie sich jetzt zum Bett begab. Dann zog sie die Decken zurück. Zuerst konnte sie nichts erkennen; sie berührte die Matratze und fühlte klebrigfeuchten Schlamm. Nachdem sich ihre Augen an die Dunkelheit gewöhnt hatten, erkannte sie, daß die Gestalt nur ein Bündel aus Lumpen war, aber oben, wo das Kissen hätte sein sollen, lag der abgeschlagene Kopf eines Hundes, dessen Kiefer noch vom Todeskampf zu einem Lächeln verzerrt waren, seine dicke rote Zunge hing zwischen gelblichen Zähen heraus. Kathryn schrie entsetzt auf. Hinter ihr fiel die Tür ins Schloß. Sie wirbelte herum, als ein Zunder aufflackerte und die dicken Talgkerzen auf dem Tisch in der hinteren Ecke angezündet wurden.

»Wer ist da?« fragte sie heiser.

Ein Schatten trat in den Lichtschein der Kerzen, und Kathryn wußte Bescheid. »Mörder, Bastard!« zischte sie.

Sie blickte auf die Fußbodendielen, sah, wie verrottet und verschimmelt sie waren, und trat einen Schritt vor.

»Das ist weit genug, Hexe!« Die Stimme klang dumpf.

Kathryn sah genau hin, als die verhüllte und maskierte Gestalt näherkam, die Kapuze weit ins Gesicht gezogen.

»Guten Tag, Mistress Swinbrooke.«

Kathryn schob sich vorsichtig näher. Plötzlich bewegte der Schatten seinen Mantel. Kathryn vernahm ein leises Klicken, und der Pfeil einer Armbrust schoß über ihren Kopf hinweg und bohrte sich in die Wand hinter ihr.

»Ich habe gesagt, Ihr sollt nicht näherkommen! Für Euch habe ich etwas Besonderes!«

Kathryn starrte auf die schwarze Ledermaske, aber das einzige, was sie sehen konnte, war bösartiges Blitzen hinter den Augenschlitzen.

»Was soll der Hund?« fragte sie.

»Eine nette Beigabe. Als ich wieder hierherkam, lief der Köter mir knurrend entgegen. Also habe ich ihn erstochen und ihm dann den Kopf abgehackt.«

»Wo ist Colum?«

»Oh, es ist Colum, nicht wahr? Dieser Bastard von einem Iren? Zum Teufel, ausgerechnet!« Die Gestalt kicherte. »Er wird bald dasein, und dann könnt Ihr ihn willkommen heißen!«

Kathryn wischte sich die schweißnassen Hände am Kleid ab. Sie blickte auf den Tisch im Hintergrund und sah die drei Zinnbecher.

»Was wollt Ihr?« fragte sie, bemüht, ihrer Stimmen einen festen Klang zu verleihen.

»Euren Tod.«

»Warum?«

»Warum nicht?«

Kathryn zwang sich zu einem Lächeln. »Ja, natürlich wollt Ihr meinen Tod. Ihr mögt dieses Spiel, nicht wahr? Blindekuhspiel in den Straßen und Gassen von Canterbury. Natürlich müßt Ihr mich töten. Warum also hört Ihr nicht mit dem Mummenschanz auf und legt Eure Maske ab? Bald werden alle wissen, was ich weiß: daß Ihr der Ratsherr John Newington seid!«

Wieder das Kichern. »Aber Ihr habt es noch keinem gesagt, Kathryn, und selbst wenn, welchen Beweis habt Ihr? Ich habe beobachtet, wie Ihr in die Ottemelle Lane zurückgekommen seid. Ihr hattet nicht genug Zeit, eine Botschaft zu schreiben oder diesen fetten Schmalzbrocken, der Euch überallhin folgt, ins Vertrauen zu ziehen. Auf jeden Fall werdet Ihr bald von eigener Hand sterben«, gluckste die Gestalt. »Euch dann als den Mörder hinzustellen wird ein leichtes sein.«

Kathryn zuckte die Schultern. »Aber ich kenne die Wahrheit, Mörder. Warum nehmt Ihr also nicht diese Maske ab? Euer Gesicht muß darunter doch schwitzen und jucken. Kommt«, drängte sie. »Ich habe mich an die Spielregeln gehalten. Wir wissen beide, daß ich die Wahrheit sage.«

Eine Hand hob sich, und die Gestalt zog die Kapuze zurück und streifte die Ledermaske ab. Newingtons Gesicht, im Kerzenlicht schrecklich anzusehen, strahlte in kaltem Glanz.

»Ihr seid ein verdammt kluges Mädchen, Kathryn«, zischte er. »Viel klüger, als ich dachte.« Newington hob die Armbrust und zog aus einem Beutel an seinem Gürtel einen zweiten Pfeil, den er in den Zug legte. Er trat einen Schritt zurück. »Wißt Ihr«, fuhr er leise fort, »als dieses alte Weib von Erzbischof und sein aufgeblasener Schreiberling Luberon beschlossen, sich in meine Spiele einzumischen, suchten sie in der Wählerliste nach einem Arzt, der ihnen helfen könnte. Dieser dumme Ire auch.« Newington lächelte. »Natürlich habe ich ihnen nur zu gern geholfen. Das Schweißfieber hatte ziemlich viele Ärzte hinweggerafft. Meiner Ansicht nach immer noch zu wenige, aber dann stieß ich auf Euren Namen neben dem Eures Vaters.« Er zuckte mit den Schultern. »Es war nur noch die Frage, wie man die anderen in die Falle locken konnte.« Newington fuchtelte mit einem behandschuhten Finger vor Kathryn herum. »Aber Ihr wart sehr schlau.« Newington sprach wie ein betrübter Schulmeister, der einen Schüler ermahnt. »So, Kathryn, wir haben noch genug Zeit. Sagt mir, was Ihr nun tun wollt. Ich bin sicher, es wird nicht lange dauern.«

»Wenn ich Euch sage, was wir beide wissen, wird es nicht viel länger dauern!« gab Kathryn schnippisch zurück. »Ihr seid verrückt, böse und ein Mörder, Master Newington. Ihr habt das Chaos in der Stadt ausgenutzt, um Eure Rache am Schrein zu vollziehen, indem Ihr Pilger ermordet habt, unschuldige Männer, deren einziges Verbrechen darin bestand, daß sie am Grab von Thomas Becket beten wollten und einem Berufsstand angehörten, der in Eure Pläne paßte.« Kathryn hielt inne und atmete tief ein. »Ihr wart gut geeignet dafür, stimmt's? Ihr kennt die Stadt wie Eure Westentasche. Ein Bürger, ein nicht unbedeutender Mann. Und noch zwei andere Vorteile hattet Ihr. Euer Schwiegersohn ist Arzt, und er hat zwei Kinder, die Ihr besucht habt, wann immer es möglich war. Es war so leicht, hin und wieder den Schlüssel zum Herbarium zu nehmen und sich mit Gift zu versorgen, das Ihr gerade brauchtet. Wer hätte es herausfinden sollen? Und ehe jemand bemerkte, daß etwas fehlte, wie zum Beispiel Tollkirsche oder Fingerhut, habt Ihr die fehlende Menge mit ein wenig Mehl aufgefüllt. Die Pulver an sich sind weiß. Mehl kann ihre Wirkung nicht schmälern, und es würde nicht auffallen, wenn man sie damit aufmischt.« Kathryn zwang sich zu einem Lächeln. »Das hat mich interessiert. Warum sollte Straunge Mehlspuren auf dem Boden des Herbariums finden?«

Newington nickte und sah Kathryn erwartungsvoll an,

als wolle er sie auffordern weiterzureden. »Sehr gut«, murmelte er. »In der Tat, sehr gut. Aber, wie der Mann des Gesetzes bei Chaucer sagt, ›Deine Freunde sind nicht da, wenn du in großer Not bist‹.«

»Dann sind da natürlich die Verkleidungen«, fuhr Kathryn fort. »Ihr seid Mitglied der Laienbruderschaft der Messe Jesu. Jedes Jahr führen sie in der Heiligkreuzkirche ein Stück auf. Wie leicht war es doch, einen Kittel und eine Kniehose zu nehmen und sie unter Eurem Ratsherrenmantel zu verbergen, vielleicht habt Ihr noch etwas Farbe benutzt für Euer Gesicht? Wem würde es schon auffallen? Die Leute sehen, was sie sehen wollen. Es würde ihnen im Traum nicht einfallen, daß der schmutzige, verschmierte Diener in einem Schankraum in Wirklichkeit ein angesehener Ratsherr ist. Und natürlich habt Ihr darauf geachtet, daß Ihr Euch nur unter Pilgern aufhieltet, die in der Stadt fremd waren und Euch nicht erkennen würden. Hilfreich bei dem gesamten Unternehmen war das Durcheinander, das der letzte Krieg verursacht hat. Eure Freunde und Kollegen im Stadtrat sind zu sehr mit ihren eigenen Angelegenheiten beschäftigt. Ein ausgezeichneter Deckmantel für Euren Zeitvertreib, Unschuldige abzuschlachten. Es war ja so einfach«, fuhr Kathryn fort. »Ihr geht in einen Schankraum, schließt Euch einer Pilgergruppe an, begeht Eure gemeine Tat und verschwindet in einer Gasse.«

»Genug!« unterbrach Newington sie.

»Oh, kommt, Master Ratsherr«, sagte Kathryn und trat vorsichtig näher an ihn heran. »Wollt Ihr mich nicht nach dem Warum und Wie fragen? Ihr wißt, daß Ihr verrückt seid. Geistig umnachtet.«

Newington verzog das Gesicht. »Und Ihr seid bald eine tote Hexe!« stieß er zwischen den Zähnen hervor. Er hob die Armbrust. »Aber nicht durch einen Pfeil, nein, raffinierter. Etwas, das besser zu Eurem Beruf paßt.«

Kathryn fuhr sich mit der Zunge über die ausgetrockneten Lippen und atmete tief ein. Sie spürte, wie ihre Beine zitterten, und unterdrückte den Drang, in Tränen auszubrechen und um Gnade zu flehen.

»Ihr wart sehr schlau, John Newington, Ratsherr von Canterbury«, fuhr sie ruhig fort, »geboren in Westgate als unehelicher Sohn der Christina Oldstrom, einer Näherin aus gutem Hause. Sie hat Euch aufgezogen, und sobald Ihr alt genug wart, wurdet Ihr nach London in die Lehre geschickt. Ich vermute, daß wir auch bei Durchsicht aller Kirchenbücher von Canterbury nicht auf die Geburt eines John Newington stoßen würden.« Sie lächelte den Ratsherrn an. »Der Name Eurer Mutter begann mit ›Old‹, Ihr habt Euren dann mit einem »New« anfangen lassen, ein feiner Zug. Ein Zeichen der Zeit, ein Hinweis darauf, daß Ihr zwischen Eurem jetzigen Status und Eurer Herkunft eine Verbindung hergestellt habt. Wie lange wart Ihr in London? Zehn, zwanzig Jahre? Lange genug jedenfalls, um Eure Vergangenheit zu verbergen. Nichtsdestotrotz fühltet Ihr Euch schuldig. Ihr kehrtet nach Westgate zurück und saht, in welcher Armut Eure Mutter lebte. Ihr wart es wohl, der die Hinterlassenschaft für St. Peter gespendet hat, um Eure Schuldgefühle zu verringern und die Ärzte zu bezahlen, die in diesem Bezirk arbeiteten. In aller Heimlichkeit habt Ihr Eure Mutter besucht und ihr jeden Wunsch erfüllt. Aber dann wurde sie krank.«

Newington hatte den Kopf leicht zur Seite geneigt. Er sah zufrieden aus, wie ein Lehrer, dessen Schüler seine Lektion aufsagt.

»Ja, ja, ganz recht, Mistress Swinbrooke. Ich konnte meine Mutter nicht öffentlich anerkennen, aber ich tat, was ich konnte. Dann wurde sie krank. Ich habe viel Geld für alle möglichen Ärzte ausgegeben, habe sogar einen Arzt aus London bezahlt, aber es half nichts. Meine Mutter magerte ab. Sie bestand jedoch darauf, den Schrein zu besuchen, dieses Mausoleum mit schmutzigen Knochen und Reliquien. Ich pflegte mir einen Pilgermantel umzuhängen und sie an der Kathedrale zu treffen. Ihr Glaube war so stark, Kathryn! Sie kroch diese Stufen dort auf Händen und Knien hinauf und betete um Erlösung.«

Newingtons Augen schwammen in Tränen. Kathryn spürte Mitleid in sich aufsteigen. Wie sehr hatten sich doch Haß, Erniedrigung und Enttäuschung in diesem Mann verhärtet und ihn letzten Endes um den Verstand gebracht. Newington stampfte auf wie ein unartiger Junge.

»Sie wurde immer weniger und starb schließlich.« Seine Stimme zitterte vor Bewegung. »Oh, zunächst habe ich mir selbst und den Ärzten einen Vorwurf gemacht, aber sie starb mit dem Namen Becket auf den Lippen. Nach ihrem Tode ging ich des öfteren zur Kathedrale, um zu beobachten, wie die Pilger hineinströmten und ihre hart verdienten Pennies opferten. Da habe ich begonnen, meine Rache zu planen.« Sein Gesicht wurde plötzlich hart: Kathryn hatte einen Schritt nach vorn getan. »Nicht weiter, Mistress. In London habe ich Chaucer gelesen. Meine Abschrift seines Werkes habe ich natürlich inzwischen vernichtet, aber ich kannte die Verse auswendig. Diesen Weg wollte ich also gehen. Für jeden Pilger, der in den Erzählungen erwähnt wird, sollte in Canterbury ein Mensch sterben. Ein hübscher Einfall, wie?« Newington tippte sich ans Kinn. »Diese Erzählungen gefielen mir. Ist Euch aufgefallen, wie häufig darin Mixturen und Gifte vorkommen? Die Zecher in der ›Erzählung des Ablaßkrämers‹, der Ritter in der ›Erzählung der Frau aus Bath‹?« Verträumt lächelte er vor sich hin. »Ich habe meine Mutter stets vor den großen Toren der Kathedrale getroffen. Ich war immer verkleidet und verblüfft, daß mich niemand erkannt hat. Natürlich hat dieser Idiot Faunte die Ratsversammlung beschäftigt.« Newingtons Gesicht wurde ernst. »Wen kümmert es schon, welcher Prinzenarsch auf dem Thron in London sitzt?« Er warf einen schnellen Blick auf den Tisch, auf dem die drei Becher standen. Kathryn rührte sich nicht, sie hoffte inständig, daß Newington so lange reden würde, bis Hilfe kam. Der Mörder sah sie an. »Wir können nun wirklich nicht mehr länger warten«, murmelte er, als hätte er ihre Gedanken erraten. »Die Zeit rinnt davon! Die Zeit rinnt davon! Aber Ihr habt das Mehl erwähnt«, sagte er.

»Ja. Straunge hat es auf dem Boden des Herbariums gefunden. Es war auch auf dem Boden des Weinkrugs, den Ihr der Hure Peg mitgegeben habt.«

»Ach, Mustard Peg. Eine großmäulige Hexe! Ich dachte, sie würde gut zu dem Büttel passen. Ich kaufte sie, sagte ihr, sie solle mich an der Nebenpforte treffen, gab ihr den Weinkrug und ließ sie durch, bevor ich zum Bankett meines Schwiegersohnes ging.«

»Was ist mit Eurer Tochter«, unterbrach Kathryn hastig. »Habt Ihr keine Gefühle für sie?«

»Ihr kennt das Sprichwort, Mistress Kathryn: ›Gott hat uns unsere Familie gegeben, Gott sei Dank können wir uns unsere Freunde aussuchen!‹ Sie ist arrogant und hochnäsig. Ich war dagegen, daß sie Darryl heiratete, obwohl ich später nachgab. Sein Beruf bot mir Gelegenheit zu weiteren Investitionen und zu gegebener Zeit Zugang zu einem reichhaltigen Giftvorrat.« Newington grinste. »Wie gern die Ärzte doch über diese und jene Mixtur reden. Und außerdem war da noch Chaddedons Bibliothek.« Newington fuchtelte mit einem Finger vor Kathryn herum. »Es gibt fast nicht, was ich nicht über Gifte weiß.« Sein Gesicht wurde ernst. »Meine Enkel hingegen liebe ich über alles. Es ist doch eine Ironie« – bei diesen Worten tippte er mit der Armbrust gegen seine Hand –, »daß Ihr es durch sie herausgefunden habt? Ihr wart heute morgen wieder bei ihnen und habt sie gefragt, wer ihnen die Geschichte von Arcita und Palamon erzählt hat, den beiden Helden aus Chaucers ›Erzählung des Ritters‹.« Newington schüttelte den Kopf. »Das hättet Ihr nicht tun sollen, Kinder, fast noch Babies, dazu zu benutzen, ihren Großvater zu entlarven!«

»Zuerst dachte ich an Darryl«, erwiderte Kathryn. »Aber die Kinder sagten mir, Ihr wärt es gewesen, ihr Großvater, der ihnen gern Geschichten von Chaucer erzählt.«

»Ihr habt Süßigkeiten benutzt«, gab Newington den Vorwurf zurück. »Ihr habt meine Enkel bestochen!«

»Oh, um Himmels willen!« fauchte Kathryn ihn an. »Früher oder später wird jeder Mörder erwischt. Ich erinnerte mich, daß Euer Schwiegersohn gesagt hatte, er wisse nichts über Chaucer, und Ihr habt dasselbe behauptet.«

Kathryn warf einen flüchtigen Blick auf die Dielenbretter hinter dem Ratsherrn und bemerkte die Spalten und Risse dort. »Es waren nicht nur Arcita und Palamon, da waren noch mehr Spuren, Bruchstücke von Informationen: Eure Mitgliedschaft in der Laienbruderschaft der Messe Jesu; Ihr lebt allein, niemand kann Euch beobachten. Ihr kennt Canterbury, besitzt einen Schlüssel zur Nebenpforte und habt Zugang zu einem reichhaltigen Giftvorrat. Doch letzten Endes haben Euch diese unschuldigen Kinder entlarvt«, schloß Kathryn.

»Aber sie haben es mir gesagt«, antwortete Newington verärgert, als wäre er am meisten erbost über die Tatsache, daß seine Enkel mit einer völlig Fremden geredet hatten. »Sie haben mir von Euren Fragen berichtet. Also ging ich auf schnellstem Wege zur Kathedrale mit einer weiteren Ankündigung und bestach einen Soldaten, der die Botschaft zur Ottemelle Lane brachte.« Mit dem Saum seines Gewandes tupfte sich Newington den Schweiß von der Stirn, hielt dabei aber die Armbrust im Anschlag.

»Dieser dumme Ire ist nicht in der Stadt. Luberon hockt wie eine Henne auf den Eiern. Ich wußte einfach, daß Ihr kommen würdet. Ihr mögt Murtagh, nicht wahr?«

»Ist das für Euch von Bedeutung? Und wenn ich nicht gekommen wäre?«

Newington verzog das Gesicht. »Zu anderer Zeit, an anderem Ort, aber nun seid Ihr ja hier! Süßigkeiten für meine Enkel!« knurrte er. »Nun gut, ich habe Gift für Euch.« Newington zeigte auf die drei Becher auf dem Tisch. »In einem ist Tollkirsche, in dem anderen Fingerhut, in dem dritten ist kein Gift. Es ist wie bei dem Spiel, das sie in Cheapside in London spielen. Welcher Becher ist der Glücksbecher?« Newington hob die Armbrust. »Mistress Swinbrooke, ich schlage vor, Ihr probiert alle drei.«

»Man wird Verdacht schöpfen«, begann Kathryn und versuchte, die Panik zu unterdrücken, die sie zu ergreifen drohte.

»Wer wird sich auch nur einen Deut darum scheren?« unterbrach Newington. Er legte den Kopf zur Seite. »Vielleicht behaupte ich, Ihr hättet Euch eigenhändig umgebracht? Oder Ihr wärt einfach ein weiteres Opfer von Sir Thopas?«

»Thopas?« rief Kathryn fragend.

»Ja, ja, Ihr wißt doch – das ist der Name, den Chaucer sich selbst in den *Canterbury-Erzählungen* gegeben hat. Ich habe diesen Namen übernommen, ich, der Dichter dieses mörderischen Dramas.« Newington zuckte mit den Schultern. »Oder vielleicht sage ich auch, Ihr wart der Mörder, und hinterlasse eine hingekritzelte Botschaft neben Euch. Dann gebe ich ein Jahr Ruhe und fange wieder an. Auf, auf«, sagte Newington und drängte sie mit der freien Hand. »Wie heißt es doch so schön? ›Medice sane te ipsum; Arzt, heile dich selbst‹? Nun ja, in diesem Fall ist es ein wenig anders.« Die Armbrust wurde weiter vorgeschoben. »Mistress Swinbrooke, bitte trinkt jetzt. Schließlich habe ich, wie Chaucers Frau aus Bath sagt, ›die Herrschaft über Euch errungen‹.«

Kathryn schätzte die Entfernung zwischen sich und Newington ab. Es war zu weit. Wieder starrte sie auf die Dielenbretter hinter dem Mörder.

»Swinbrooke, trinkt. Wer weiß? Vielleicht habt Ihr beim ersten Mal Glück!«

Kathryn ging langsam auf den Tisch zu und nahm den mittleren Becher, der kühl und schwer in ihrer Hand lag. Sie führte ihn an die Lippen, roch den starken Rotwein und setzte ihn wieder ab.

»Ich kann nicht!« sagte sie. »Und wenn Ihr schießt ...«

Ein feines Lächeln umspielte Newingtons Lippen. »Dann seid auch Ihr dem Krieg zum Opfer gefallen, weiter nichts. Vielleicht wird man den Iren zur Verantwortung ziehen oder einen dieser rauhen Krieger. Ich werde diesen gottverdammten Ort so verlassen, wie ich ihn betreten habe, auf demselben Weg. Es gibt in den Zäunen und Mauern um Kingsmead mehr Löcher als in einem Fischernetz.«

Kathryn ließ die Armbrust nicht aus den Augen. Newington, der kein Soldat war, hielt sie falsch. Er würde die Haltung seiner Hände verändern müssen, um den Pfeil abzuschießen. Sie machte einen Schritt nach vorn.

»Ich will nicht trinken!«

Newington mußte umgreifen, und als er es tat, schleuderte Kathryn den schweren Becher gegen ihn und warf sich gleichzeitig zur Seite. Der Pfeil aus der Armbrust verfehlte sein Ziel und schoß an ihr vorbei. Newington fiel nach hinten, als er versuchte, dem Becher auszuweichen, und fingerte fieberhaft nach einem neuen Pfeil. Seine schweren Reitstiefel krachten auf die verrotteten, verschimmelten Bodendielen. Kathryn wollte gerade auf ihn zu stürmen, als eine der Dielen plötzlich nachgab und, eine Staubwolke aufwirbelnd, durchbrach. Newington versuchte verzweifelt, Halt für die Füße zu finden. Doch auch der Rest des altersschwachen Bodens gab unter Ächzen und Stöhnen nach, Newington brach durch und fiel auf den Steinboden des darunterliegenden Raumes.

Kathryn riß die Tür auf und rannte die Treppe hinunter.

Newington lag in dem Zimmer im Erdgeschoß in einem Schutthaufen, ein Bein merkwürdig abgewinkelt. Zuerst dachte Kathryn, er sei tot, doch dann stöhnte er. Kathryn bückte sich und fühlte den Puls am Hals des Mannes. Sie blickte sich in dem Raum um und schreckte angeekelt zurück, als sie den kopflosen Körper des Hundes sah, den Newington getötet und dann in eine Ecke geworfen hatte. Sie begann zu zittern. Ihre Beine schlotterten so stark, daß sie in die Hocke gehen mußte und nach Atem rang.

»Beruhige dich!« flüsterte sie. »Um Himmels willen, Kathryn, beruhige dich!«

Sie beugte sich vor und schob den bewußtlosen Ratsherrn zur Seite, aber von seiner Armbrust war nichts zu sehen. Kathryn zog den langen Dolch aus seiner Scheide und umschloß ihn mit festem Griff.

»Mistress, was ist los?«

Kathryn wandte sich um. Der kleine Bengel, der am Tor Wache gestanden hatte, stand mit großen Augen im Türrahmen.

Kathryn winkte ihn herein. »Komm her!«

Der Junge trat in den Raum. Er erblickte den verstümmelten Körper des Hundes und drehte sich um, weil er würgen mußte. Dann schob er sich näher heran und betrachtete voller Angst den ausgestreckten Newington.

»Wer ist das?« murmelte er.

»Ein böser, trauriger Mann«, erwiderte Kathryn.

»Ist er tot?«

»Nein, aber es wäre besser für ihn!«

»Ich habe ihn nicht kommen sehen«, sagte der Junge und kreuzte die dünnen Ärmchen schützend über der Brust. »Er muß hintenrum gekommen sein, nur den Hund habe ich bellen hören.«

Kathryn zwang sich zu einem Lächeln. »Komm her!«

Die großen Augen in dem schmalen, kreidebleichen Gesicht starrten sie ängstlich an.

»Warum?« fragte er

»Weil auch ich Angst habe«, gestand Kathryn. »Ich möchte dich in meiner Nähe haben!«

Der Junge trottete um Newington herum, und Kathryn schloß ihn in die Arme und drückte seinen mageren Körper an sich. Der Junge sah auf das Messer hinunter.

»Gehört das ihm?«

»Ja.«

»Kann ich es haben?«

Kathryn lächelte und spürte einen Anflug von Mitleid mit diesem dünnen Kerlchen. »Was du brauchst, mein Junge, ist ein ordentliches Essen«, erwiderte sie. »Erzähl mir was von dir.«

Newington rührte sich und ächzte. Kathryn preßte den Jungen an sich und wich zurück. Sie wollte fortlaufen, fühlte sich aber zu schwach, und sie wollte nicht, daß Newington entkam.

»Erzähl mir was von dir, Junge«, wiederholte Kathryn.

Der kleine Kerl plapperte drauflos, und Kathryn zwang sich zuzuhören, als er seine traurige Geschichte erzählte: vage Erinnerungen an eine Mutter, dann ein Leben wie ein herumstreunender Hund auf den Abfallhaufen verschiedener Kriegslager.

»Wie heißt du?« unterbrach Kathryn.

»Wuff!« erwiderte der Junge.

Kathryn lächelte und spürte, wie Wärme und Kraft in ihren Körper zurückkehrte. Sie blickte ihn an. »Warum Wuff?«

»Ein Krieger hat mir den Namen gegeben, aber der ist jetzt tot. Ich wollte nie lächeln, Mistress, deshalb hat er mir immer ins Gesicht geblasen. Als ich dann lachte, hat er gesagt, ich hätte es getan, weil er leise ›wuff‹ gemacht hat. Ich bin auch tapfer«, fuhr er fort und zeigte auf Newington herab. »Ich habe den Krach gehört und gedacht, daß Ihr in Gefahr seid. Habt Ihr was zu essen?« fügte er hinzu.

»Nein.«

»Hatte er was dabei? Ist oben noch was?«

Kathryn dachte an die Becher. »Dort hinauf darfst du auf keinen Fall. Es ist ein böser Ort.«

Der Junge begann gerade, seine letzte Mahlzeit zu beschreiben, ein Stück gestohlenes Wildbret, als Kathryn Hufschlag auf dem Pflaster hörte. Sie ging zur Tür und erblickte die wildesten Galgenvögel, die sie je gesehen hatte, angeführt von Colum und Holbech. Sie ritten in den Hof. In der Mitte der Gruppe hoppelte auf einem kleinen, lammfrommen Gaul eine verschwitzte, hochrote Thomasina, die sich beim Anblick ihrer Herrin aus dem Sattel fallen ließ und über den Hof auf sie zulief.

»Mistress Kathryn, was ist los? Der Ire hat keine Botschaft gesandt!« Thomasina starrte wütend auf den ausgestreckten Newington. »Also das ist der Bastard!« Sie betrachtete den schwarzen Kapuzenmantel des Ratsherrn und blickte ihre Herrin an. »Newington war der Mörder?«

»Lebt er noch?« fragte Colum, der hinter Thomasina auftauchte. »Hat er Euch verletzt?« Er drängte sich herein, schob den Jungen zur Seite und legte eine Hand auf Kathryns Schulter.

Kathryn griff nach der Hand des kleinen Jungen. »Ja«, antwortete sie. »Ja, Newington ist der Mörder. Ja, er hat versucht mich umzubringen, und ja, er lebt, ist aber bewußtlos.«

Colum stellte sich über den Ratsherrn und trat ihm heftig in die Rippen. Newington stöhnte und öffnete die Augen.

»Holbech!« brüllte Colum. »Heb dieses Schwein auf!«

Der Söldner kam schwankend herein, hob ein wenig schmutziges, trockenes Stroh auf, holte einen Zunder hervor und warf, noch ehe Kathryn etwas dagegen unternehmen konnte, brennende Strohhalme auf Newingtons Beine. Der Ratsherr stöhnte und wimmerte vor Schmerz.

»Hört auf damit!« befahl Kathryn.

Colum schnippte mit den Fingern, Holbech löschte daraufhin zusammen mit anderen Soldaten das Feuer und zog Newington auf die Füße. Der Ratsherr sah schrecklich aus: Eine Gesichtshälfte war blau unterlaufen, und seine aufgesprungenen Lippen waren blutverkrustet. Mit leerem Blick schaute er Kathryn und Colum an, dann schnaubte er verächtlich.

»Bringt ihn raus!« befahl Colum. »Bindet ihn auf ein Pferd, bedeckt sein Gesicht und bringt ihn zur Burg!«

Sie sahen den Soldaten nach, wie sie Newington vor sich her trieben.

»Er wird sich vor einem Gericht verantworten müssen«, verkündete Colum. »Aber nicht hier, sondern vor dem Oberhofgericht in London. Dann kann er dem Henker in The Elms in die Augen blicken!« Er wandte sich wieder an Kathryn. »Wie seid Ihr darauf gekommen?«

Kathryn lächelte. »Chaucer hat es mir erzählt.«

Colums Augen wurden schmal.

»Ich erzähle es Euch später«, fügte Kathryn hinzu. Sie merkte, daß Thomasina wie eine Glucke um sie herum zu flattern begann.

»Ach, bevor ich es vergesse«, sagte Kathryn. »Oben auf dem Tisch stehen Weinbecher. Ich glaube, sie sind vergiftet!«

Langsam ging sie aus dem verfallenen Haus und hielt den Jungen immer noch an der Hand.

»Wohin bringt Ihr ihn?« fragte Thomasina.

Kathryn sah auf den schmächtigen Kerl hinunter.

»Er kommt mit mir nach Hause, Thomasina. Er heißt Wuff, ist sehr dünn, sehr klein und sehr hungrig.« Kathryn lächelte ihn an. »Und er ist auch sehr tapfer!«

Thomasina spürte, was ihre Herrin damit zum Ausdruck bringen wollte, und ergriff die Hand des kleinen Jungen, als wäre er ihr verlorener Sohn. Kathryn ging zu den Pferden hinüber, während Thomasina und Wuff zu plaudern begannen.

»Mistress Swinbrooke!«

Kathryn drehte sich um. Colum stand in der Tür. Sie bemerkte, wie müde und unrasiert er aussah: ein typischer Soldat in seiner Lederjacke, dem breiten Schwertgürtel, den dicken Wollhosen und den hohen Reitstiefeln. Bei jeder Bewegung klirrten die Sporen.

»Was ist, Ire?«

»Ist hier alles erledigt?«

»Es sieht so aus, ja.«

»Kann ich immer noch bei Euch wohnen?«

»Natürlich!«

»Auch wenn ich meine Geister mitbringe?«

»Wir alle haben unsere Geister, Colum«, erwiderte Kathryn. »Ihr habt die Bluthunde von Ulster, und der Himmel weiß, wo Alexander Wyville steckt!«

Colum, der die Hände lässig in den Schwertgürtel gesteckt hatte, schlenderte auf sie zu. »Warum seid Ihr hergekommen?«

Kathryn zuckte die Achseln. »Ich dachte, Ihr wärt in Gefahr.«

Die Augen des Iren bekamen einen weichen Glanz. »Ihr seid meinetwegen hergekommen? Keine Frau hat das je getan, Mistress Swinbrooke.«

Kathryn wandte ihm den Rücken zu und ging weiter.

»Das hat noch keine Frau für mich getan!« rief Colum hinter ihr her.

»Schön, Ire«, rief Kathryn ihm über die Schulter hinweg zu, »dann wurde es vielleicht Zeit, daß eine von uns das mal tut!« Sie drehte sich um und lächelte. »Schließlich ist, wie die Frau aus Bath sagt, ›die Sorge einer Frau ein Gottesgeschenk‹.«

Leseprobe aus Paul Harding:
Der Prinz der Finsternis,
erschienen im Oktober 1993

Corbett und Ranulf ritten nach Norden; sie kamen durch kleine Dörfer, kaum mehr als Ansammlungen wackliger, strohgedeckter Hütten, die sich um eine Kirche oder ein Herrenhaus drängten. Bald würde die Erntezeit vorüber sein. Corbett mußte an solche Zeiten in seiner Jugend denken, als er das Korn hoch und gelb stehen sah, neben grünen Brachfeldern und den schmalen Erdstreifen, die das Land eines Dorfes von dem des nächsten trennten. Die Katen selbst waren nicht großartiger als die, die sein Vater besessen hatte, mit ihren Wänden aus Flechtwerk und Lehm und dem kleinen Gärtchen, in dem Zwiebeln, Kohl, Knoblauch und Schalotten gezogen wurden.

Sein Pferd stolperte, und Corbett fluchte; Ranulf bewunderte im stillen, wie gut sein Herr ein paar der schmutzigsten Flüche beherrschte, die er je gehört hatte. Die Straßen waren verwüstet von riesigen Schlaglöchern, behelfsweise aufgefüllt mit Reisigbergen oder Erdhaufen, die vom ersten heftigen Regenschauer weggeschwemmt werden würden. An einem Dorfgasthof machten sie halt, um eine Schüssel gewürzter Aale und ein paar Schluck vom schweren heimischen Bier zu sich zu nehmen. Die Schenke war voll von Männern und Frauen, Dörflern, Falknern, Jägern, Lakaien aus den Stallungen, Bäckern, Brauern, Köchen und Küchenjungen. Alle drängten sich auf einen Humpen Ale herein, Schulter an Schulter mit Schäfern und Schweinehirten, und sie neckten und tätschelten die Waschfrauen und Milchmädchen, die kamen, um Klatschgeschichten auszutauschen oder die Blicke ihrer Lieblingsburschen auf sich zu lenken.

Corbett saß in einer Ecke und hörte sich Ranulfs Bericht über die Londoner Angelegenheiten an, bevor er ihm leise erzählte, was sie in Godstowe Priory erwartete. Ranulf wurde blaß. Gaveston und Lord Edward waren zweimal so gefährlich wie der alte König – vor allem Gaveston, ein boshafter, mächtiger Lord, der seine Anwesenheit sowohl bei Hofe als auch in der Stadt hatte spürbar werden lassen. Zum ersten Mal seit der Christmette schloß Ranulf die Augen und betete ernstlich, sein Herr möge nicht scheitern oder die königliche Gunst verlieren. Corbett war zwischen die Fronten der tobenden Feindseligkeiten zwischen Edward und seinem grausamen Erben geraten. Wenn er die Erwartungen des Königs enttäuschte, würde Corbett jedenfalls das königliche Mißfallen zu spüren bekommen, aber der Prinz von Wales war irrational und unberechenbar wie der Vogel im Wind – gerade noch ein heiterer Gefährte und Mensch wie jeder andere, und im nächsten Augenblick auf jedem Zoll seiner Autorität bestehend. Gaveston war noch schlimmer; er war regelrecht gefährlich. Ranulf liebte seinen Herrn, auch wenn er ihn im stillen hier und da um ein oder zwei Münzen betrog oder sich heimlich über seine ernste Art lustig machte; aber wenn Corbett stürzen sollte, würde er mit ihm stürzen. Ranulf stand auf und bestellte noch einen Krug Ale bei der Schlampe mit der fettigen Schürze, um die Panik zu ertränken, die in seinem Magen geronnen war.

»Wir alle wissen von Eleanor Belmont!« rief er. »Man sprach von ihrem Tod, im Rathaus und in St. Paul's Walk.« Fragend schaute er seinen Herrn an.

Corbett setzte sich auf und riß sich von dem Reliquienhändler los, der gerade mit einem Sack voller Ware in die Schenke gekommen war.

»Wen macht man denn dafür verantwortlich?«

»Man beschuldigt den Prinzen oder sogar den alten König.«

»Und was sagen die Leute sonst noch, Ranulf?«

»Der Prinz soll Gaveston mehr lieben als irgendein Mann seine Frau. Die Alten reden von der Rückkehr des Bürgerkriegs, und die Harnischschmiede und Pfeilmacher machen gute Geschäfte.«

Corbett nickte und lehnte sich wieder zurück. Seine Spitzel hatten ihm das gleiche berichtet; landauf, landab ließen die großen Lords ihre Burgen instand setzen, sie legten Vorräte an und wappneten sich gegen mögliche Belagerungen. Würde es Krieg geben? Vielleicht lag die Antwort in Godstowe.

Corbett schaute zur Tür hinaus und sah, daß das Tageslicht zu schwinden begann, und so setzten sie die Reise fort; wachsam hielten sie die Augen offen, derweil die Sonne unterging und sie der alten Römerstraße nordwärts nach Oxfordshire folgten. Vor einer Weile hatte hier noch reger Verkehr geherrscht; Kaufleute waren unterwegs gewesen, Studenten in ihren Lumpengewändern, Quacksalber und vereinzelt auch ein Ordensbruder, der seinen transportablen Altar von Dorf zu Dorf rollte. Aber Corbett wußte, daß die Straße jetzt, da es Abend wurde, trotz der drückenden Sommerwärme ein gefährlicher Ort war. Die Wälder und trostlosen Moore wurden bewohnt von land- und gesetzlosen Männern, dreckigen, verlausten Gestalten in zerlumpten, wettergegerbten Kleidern, entstellt von sämtlichen Geschwüren und Krankheiten unter der Sonne. Solche Leute waren eine Plage auf dieser Landstraße, und sie brüsteten sich noch mit ihren Taten und erzählten ihren rot und blau geprügelten, verwundeten Opfern, es sei »Rohkopf«, »Blutknochen« oder »Robin Übelkerl« gewesen, der sie niedergeschlagen und ausgeraubt hatte – oder was diese Gesetzlosen sich sonst für Namen gaben. Corbett tastete nach Schwert und Dolch an seinem Gürtel und fühlte sich gleich wohler; er spornte sein müdes Pferd noch einmal zum Trab an.

Spätabends erreichten sie das Dorf Woodstock, das zwischen dem Schloß und dem Kloster lag. Sie bezogen ein Zimmer im Wirtshaus »The Bull« am anderen Ende des Ortes, nahe dem Wald. Corbett, stets umsichtig, gab sein Geld mit Bedacht aus; das Zimmer, das sie bekamen, war eigentlich nur eine Dachkammer mit einem aufgebockten Strohlager, das er und Ranulf teilen würden, einer Wolldecke, einer Truhe, einem Tisch und zwei Stühlen. Man versprach ihnen einen Topf verdünntes Ale, eine Hafergrütze zum Frühstück und ein Abendbrot. Der blatternarbige Wirt war überdies bereit, Stall und Futter für ihre Pferde zur Verfügung zu stellen.

Nachdem sein Herr zur Ruhe gegangen war, stieg Ranulf in den Schankraum hinunter und nahm eine kleine Tasche mit allerlei Dingen mit, die er in ländlichen Gegenden immer bei sich hatte: ein paar Gläser mit gefärbtem Wasser und zermahlenen Blütenblättern, Haare von einem gekochten roten Hund, zerstoßene Haut vom Kopf eines Toten, mit Fett vermischt. Diese und andere Köstlichkeiten verkaufte Ranulf dem Wirt und seinen Gästen als Heilmittel gegen jedes bekannte Leiden unter der Sonne. Als er sicher war, daß er wenigstens einen Teil der Ausgaben seines Herrn wiedergewonnen hatte, steckte er das Geld in die Tasche und stahl sich nach oben; er legte sich auf den Rand des Bettes und schlief den Schlaf des Gerechten.

Indessen hatte in Godstowe Priory der Mord noch einmal sein Lager aufgeschlagen. Die alte Dame Martha war damit beschäftigt, sich in ihrer geräumigen Kammer ein ungewohntes Bad zu bereiten. Ein Wandschirm war ringsum aufgestellt worden, und die Köche hatten große irdene Krüge aus der Küche heraufgeschleppt und füllten den

Holzzuber mit kochendheißem Wasser. Dame Martha wollte sich von ihrer besten Seite zeigen. Sie war sicher, daß die Priorin an dem, was sie wußte, höchst interessiert sein würde.

Dame Martha hatte ihr braunes, blau gefüttertes Wollgewand, die Tracht ihres Ordens, der Töchter von Syon, abgelegt, und hantierte, nur mit einem weißen Leinenhemd bekleidet, geschäftig mit dem Wandschirm, um ihn näher an ihr Bad zu rücken. Sie vergewisserte sich, daß die Kammertür verschlossen und verriegelt war, griff nach ihrem Weinbecher und trank gierig.

Gern hätte sie Seife gehabt, von der parfümierten Sorte, duftend und süß, die das Kloster aus Kastilien importieren ließ. Vor fünf Monaten hatte sie auch welche benutzt, als sie vor den Osterfeiertagen das letzte Mal gebadet hatte.

Dame Martha berührte ihr Haar und fühlte, wie fettig ihre grauen Locken waren. Sie saugte an ihrem Zahnfleisch, und ihre kleinen schwarzen Augen verhärteten sich. Ja, sie mußte so gut aussehen, wie sie nur konnte, wenn Lady Amelia sie sähe; Dame Martha wollte scharfsinnig und klug auf sie wirken und sich nicht als schwatzhafte alte Nonne abtun lassen, die sich in törichten Tagträumen verlor. Und sie wollte nicht, daß eines von diesen Biestern, Dame Frances oder Dame Catherine, sich über das, was sie zu berichten hatte, lustig machte und es als Fiebertraum eines alternden Verstandes verlachte. Nein, Dame Martha hatte etwas gesehen in der Nacht, als die königliche Hure gestorben war, etwas, das einfach nicht ins Bild paßte, und sie würde dieses Wissen nutzen, um Vorteile für sich herauszuschlagen – Süßigkeiten, oder vielleicht Leinenlaken oder größere Portionen aus dem Refektorium. Das alles hatte sie verdient; sie hatte dem Orden schließlich lange Jahre gedient.

Dame Martha streifte das Leinenhemd ab, kletterte in

den Zuber und ließ ihren blaugeäderten, verfallenden Leib in das heiße, entspannende Wasser sinken. Sie legte den Kopf zurück und richtete sich gleich wieder auf, denn der Mord klopfte an ihre Tür.